AF203576

Besuchen Sie uns auf www.penguin-verlag.de und Facebook.

VERENA GÜNTNER
POWER

Roman

PENGUIN VERLAG

Die Autorin dankt dem Ministerium für Wissenschaft, Forschung und Kunst Baden-Württemberg, der Kanzlei für kulturelle Angelegenheiten des Berliner Senats und der Kulturstiftung des Freistaats Thüringen für die Unterstützung der Arbeit an diesem Roman.

Penguin Random House Verlagsgruppe FSC® N001967

The rocks in our hands
preparing for flight

Peter Broderick

KERZE STEHT BARFUSS am Eingang des großen Kaufhauses. Sie hört das Rauschen der Lüftungsanlage über ihrem Kopf, sieht, wie die Leute an ihr vorbeiziehen und die großen Glastüren aufstoßen, sich in Gängen verlieren, hinter Regalen mit Parfüm und mit Cremes verschwinden. Immer wieder kehrt Kerzes Spiegelbild in der auf und zu schwingenden Tür als ruhender Pol zurück. Sie steht ganz still. Die blonden, dünnen Haare hängen in verklebten Strähnen über ihre Schultern. Paulis Pullover ist ihr zu groß, aus den Ärmeln schauen nur die Fingerspitzen heraus, und die kurzen Hosen, die bei Henne weit oberhalb des Knies enden, reichen ihr bis zu den Waden. Schmutzig sind die Waden, schmutzig und verdreckt, wie ihr Gesicht, ihre Hände und Füße. Die Leute machen einen Bogen um Kerze, weichen ihr aus, in der Scheibe ist das deutlich zu sehen, wie auch die Taube deutlich zu sehen ist, die vor dem Kaufhauseingang auf und ab läuft, den vielen Schuhen auszuweichen versucht, manchmal nervös die Flügel spreizt und ein paar Zentimeter über den Boden flattert. Kerze folgt ihr mit dem Blick, die Taube humpelt leicht, ein Fuß hat sich in einer Plastikschnur verfangen. Fest ist die Schnur um den Fuß, um die Krallen gezurrt. Da ist keiner, der ihr das abmacht, denkt Kerze, keiner, dem die Taube wichtig genug ist, also verkrüppelt ihr Fuß, und sein Wuchs beugt sich der Schnur. Sie wartet darauf, dass die Taube ein Schlupfloch findet, ihren sinnlosen Slalom beendet, und greift, als alles Warten nichts nützt, hinter sich nach ihrem Schwanz, wickelt ihn dreimal um die rechte Hand, bis die Zweige tief ins Fleisch schneiden, und schlägt ihn seitlich mit großer Kraft auf den Boden. Die zusammengebundenen Weidenzweige knallen auf das Marmorimitat, das bis zum Eingang des Kaufhauses reicht. Die Taube, davon aufgescheucht, hopst flatternd hin und her, und Kerze schlägt so lange, bis sie trudelnd nach oben fliegt, es über die Köpfe der Passanten schafft, mit geducktem Köpfchen knapp unter dem Vordach hindurchgleitet und sich jäh in den Himmel erhebt. Kerze schaut ihr nach, löst gerade die Hand von ihrem Schwanz, als ein Mann kommt, der Wut in sich trägt und sie im Vorbeigehen rammt. Kerze, die die Stadt und Kaufhäuser hasst, stürzt einer Glastür entgegen, fällt hinein ins laute, ins grelle Bling Bling.

ERSTER TEIL

EINS

»Kerze«, ruft jemand, und sie dreht sich nicht um. Lässt die Person aufschließen, denn sie kommt keinem entgegen, nicht mal mit einem Kopfdrehen.

»Kerze«, ruft wieder jemand, und dann merkt sie, dass es die Stimme von der Hitschke ist, und sie bleibt stehen und wartet, denn die Hitschke hat einen schlechten Fuß, ein bisschen fußbehindert ist die, und dafür kann sie ja nun mal nichts.

»Kerze!« Sie ist außer Atem. »Kerze, hast du Power gesehen?«

Kerze schüttelt den Kopf: »Warum?«

»Power ist weg.«

Die Hitschke ist um Kerze herumgelaufen, steht jetzt vor ihr und stützt die Arme in die Seiten. Ihr Gesicht ist rot wie ein Hühnerarsch oder wie Haut, auf die lange jemand mit der flachen Hand eingeschlagen hat.

»Seit gestern ist Power weg, und ich weiß nicht, wo er ist.« Sie fängt an zu heulen.

Kerze streckt einen Arm aus und stoppt sie mit der Hand. Heulen geht nicht für Kerze, die Hitschke weiß das ganz genau, und sie hört sofort auf.

»Hitschke«, sagt Kerze, »wenn Power seit gestern wirklich weg ist, dann werd ich ihn jetzt suchen. Das geht nicht, dass Power weg ist, wir beide wissen, dass das nicht geht.«

Die Hitschke nickt heftig. »Heißt das, du nimmst den Auftrag an?«

»Natürlich nehme ich den Auftrag an.«

Die Hitschke lächelt dankbar und wischt sich den Tränenrotz an ihrem Jackenärmel ab. Kerze hebt drohend einen Finger in die Luft.

»Entschuldigung, ich hab kein Taschentuch.«

»Trotzdem. Kein Grund!«

Sie nickt, die Hitschke. »Ich mach's nie mehr«, flüstert sie, aber ihre Stimme ist schon wieder kurz davor zu brechen.

Kerze fragt sie, wo sie Power zuletzt gesehen hat. Vor dem Edeka. Sie fragt sie, wann sie ihn das letzte Mal gesehen hat. Um kurz nach zwei. Sie fragt sie auch noch, ob er angeleint war, ja, und ob er sein Jäckchen angehabt hat, auch ja. Dann legt sie den Zeigefinger auf den Mund und sagt: »Hitschke, das reicht, mehr Infos brauche ich nicht. Geh nach Hause, schau was im Fernseher. Stell das Telefon vor dich auf den Couchtisch, ich rufe dich an, sobald ich ihn habe.«

Sieben Wochen lang hat Kerze Power gesucht. Am Ende hat sie ihn gefunden. Natürlich war er tot und von Maden zerfressen. Aber das ist nicht wichtig. Wichtig ist, dass sie ihn gefunden und zurückgebracht hat. Denn das ist das, was Kerze am besten kann: Versprechen halten. Jeder im Dorf weiß das, und deshalb kommen die Leute zu ihr. Beauftragen sie, wenn sie bei einer Sache nicht weiterwissen, trauen ihr zu, dass sie das schafft, dass sie alles schafft, was sie einmal zugesagt hat. Weil sie Kerze ist. Ein Licht in dieser rabenschwarzen Welt.

Erst fragt Kerze natürlich alle Leute im Edeka. Sie fragt die Erika an der Kasse, sie fragt die Frau an der Wurst- und Käsetheke. Sie klingelt an einer Klingel neben dem Flaschenautomaten und sagt: »Ich möchte den Geschäftsführer sprechen.« Der Geschäftsführer hat keine Zeit und keine Ahnung, wer Power ist. Er wohnt nicht hier im Dorf, kommt jeden Morgen aus der Stadt mit einem silbergrauen Honda, mit dem er immer halb auf dem Gehweg parkt. Er schiebt sie zur Seite in den Gang mit den Spirituosen. Sie geht ihm nach, bis er vor dem Kühlregal stehen bleibt und anfängt, Joghurts zu zählen. Sie starrt ihn die ganze Zeit dabei an, denn er erscheint ihr sehr verdächtig, und irgendwann sagt er: »163, passt«, und dreht sich zu Kerze um. »Diesen scheiß Köter hab ich nicht gesehen, und jetzt verzieh dich.« Seine Mundwinkel zucken aggressiv, als er das sagt. Oder vielleicht auch nur, weil er Hunger hat, denkt sich Kerze. Natürlich geht sie nicht, nicht gleich. Sie läuft ihm noch ganze drei Minuten hinterher, bis sie sich sicher ist, dass er Power nicht hat. Denn das kann ja nicht er, das kann nur Kerze entscheiden, ob sie ihm glaubt oder nicht.

Draußen bleibt sie erst mal vor dem Edeka stehen. Sie schaut sich jeden Einzelnen, der hineingeht, ganz genau an. Es kommt die Lisa, die gerade erwachsen geworden ist. Es kommt der Mazur, der einen Hut aufhat, und es kommt ein Kind, das sie nicht kennt, das jünger ist als Kerze und in der Eistruhe wühlt. Kerze steht neben der Tür und geht bei allen einen Schritt vor, damit sie ihr ausweichen und ins Gesicht schauen müssen. Denn dass jemand böse ist und Hunde klaut, kann Kerze daran erkennen, dass die Augen klein sind. »Kleine Augen«, sagte ihre Oma immer, »sind ein Zeichen dafür, dass ein Mensch böse ist.« Und Kerze findet, dass sie damit recht hatte. Sie kennt nämlich den Huber, der böse ist, sie kennt die Kerstin, die böse ist, und kennt die Schillerzwillinge von nebenan, die böse sind, und alle haben winzig kleine Augen. Augen haben die, an die Kerze manchmal kurz vor dem Einschlafen denken muss, an jedes dieser schmal geschlitzten Pärchen muss sie denken und bekommt einen wohligen Schauer, denn das Böse, Kerze weiß nicht genau, warum, das Böse ist auch etwas, das ihr irgendwie gefällt.

Keiner von denen hier vor dem Edeka hat solche Augen, die Lisa nicht, das unbekannte Kind nicht und der Mazur leider auch nicht. Die drei sind absolut sauber, und auch die nächsten, die kommen, sind sauber, und sogar die über- und die überübernächsten, und nach einer halben Stunde hat Kerze keine Lust mehr und joggt vor zum Brunnen.

»Hey, Kerze!«

Sie nickt kurz.

»Was geht so?«

»Viel. Und bei dir?«

Flori hat sein neues Spiderman-T-Shirt an, seit einer Woche hat er es jeden Tag an. »Ich war Eis essen mit Lara.«

»Und wo ist Lara jetzt?«

»Die ist schon heim.«

»Flori?«

»Ja«, sagt Flori.

»Flori, ich muss dich was Wichtiges fragen.«

»Alles klar. Schieß los.« Flori hängt sich über den Brunnenrand und schwingt einen Arm im Wasser hin und her.

»Flori, bist du bereit?«

»Klar«, sagt er und hängt jetzt auch den zweiten Arm ins Wasser.

»Kannst du mich bitte anschauen dabei, es ist was wirklich Wichtiges«

Flori kommt hoch. Von seinen Armen tropft Brunnenwasser auf den Boden.

»Also«, sie holt Luft, »ich frage dich jetzt: Hast du Power gesehen?«

Floris Gesicht sieht ganz leer aus, er guckt Kerze an wie ein Auto und antwortet nicht, und sie merkt, wie sich die Härchen in ihrem Nacken aufstellen. Alarmstufe Rot.

»Flori, ich frage dich jetzt noch mal und hoffe, du sagst mir die Wahrheit: Hast du Power gesehen?«

Flori schaut an sich herunter, wischt dann die Arme und Hände an seinen kurzen Hosen ab.

»Power?«

»Ja, den Hund von der Hitschke«, sagt Kerze ungeduldig.

»Ach so.« Er schlägt sich gegen die Stirn. »Der kleine Flauschige?«

»Der, genau. Hast du ihn gesehen?« Sie mustert ihn scharf.

»Nee«, sagt Flori und beugt sich wieder über den Brunnenrand.

»Bist du dir sicher?«

»Ja, klar. Warum?« Er sieht zu ihr rüber.

»Ich such den, der ist weg.«

»Seit wann?«

»Seit gestern.« Sie räuspert sich. »Hast du nicht mal Sarahs Katze geklaut?«

»Was?« Flori richtet sich auf.

Kerze nickt düster.

»Spinnst du? Ich hab die nicht geklaut. Die kam immer zu uns, weil sie Hunger hatte, und müde war sie auch. Nur darum hab ich den Karton für sie in meinen Schrank gestellt, damit sie sich da drin ausruhen kann. Und die Schranktür hab ich deswegen zugemacht, damit sie schön schlafen kann. Das heißt noch lange nicht, dass ich sie geklaut hab.« Er verschränkt die Arme vor der Brust. »Außerdem war ich da vier!« Und weil Kerze immer noch sehr ernst guckt: »Ich hab die Hitschke und ihren blöden Hund schon ewig nicht mehr gesehen.«

Kerze mustert Flori, prüft, ob sie ihm glauben kann oder nicht. Er hat keine roten Ohren bekommen, und das ist Kerzes Ansicht nach immer ein gutes Zeichen. Sie beschließt, Flori zu glauben. Der beugt sich wieder über den Brunnenrand und rutscht noch ein Stückchen weiter mit dem Oberkörper drüber, streckt die Zunge raus und trinkt ein bisschen vom Wasser.

»Flori?«

»Ja«, sagt er und stützt sich jetzt mit beiden Händen auf dem Grund des Brunnens ab, um besser trinken zu können.

»Flori, du bist voll eklig.«

Er stemmt sich hoch und schaut sie an. »Ich weiß«, sagt er grinsend, und das Wasser läuft ihm dabei aus dem Mund und übers Kinn und färbt Spidermans leuchtend weiße Augen dunkel, und wäre Kerze nicht Kerze, würde ihr der finstere Blick von Spiderman jetzt Angst machen. Aber sie ist ja zum Glück Kerze. Und Kerze hat keine Angst.

Im Wald fällt Nachmittagssonnenlicht zwischen Baumkronen hindurch auf Laub und Moos am Boden. Kerze kennt die Wege, ihr ganzes Leben hat sie im Wald verbracht. Für sie ist der Wald kein Ungeheuer, der Wald ist ihr Freund. »Power«, ruft sie und schleudert Stöckchen vor sich zwischen die Bäume, wartet, ob er von hinten angeflitzt kommt, um sich eines der Stöckchen zu schnappen. Aber kein Power. Im Wald nicht und auf den Feldern um den Wald, auf denen auch nicht. Ein Schaf, vier Kühe, ganz weit vorn eine Katze. Das ist alles an Tier.

Sie geht querfeldein über den Acker bis zur Landstraße, von dort am Straßenrand entlang zurück ins Dorf. Lässt den Kirchturm nicht aus den Augen, denn auch wenn sie Gott hasst, die Kirche mag sie.

Ihr Turm bedeutet Zuhause, wenn man von weit her über eine Wiese stapft und Richtung Dorf sieht.

ZWEI

Im Haus von der Hitschke sind alle Lichter an. Obwohl es noch gar nicht ganz dunkel ist, sind alle Lichter an.

»Hitschke, warum hast du denn alle Lichter an?«, fragt Kerze, als sie die Tür öffnet.

»Weil ich Angst habe im Dunkeln, weil ich Angst habe, wenn Power nicht da ist und das Haus so leer.«

»Verstehe.«

»Hast du ihn denn gefunden?«

Kerze zieht die Augenbrauen hoch und beugt sich zur Hitschke hinüber.

»Jetzt denk mal nach, denk mal ganz scharf nach«, sagt sie, »dann kommst du sicher drauf.«

Die Hitschke überlegt, und die Haut auf ihrer Stirn schiebt sich zu winzigen schmalen Röllchen zusammen. Hinter ihr im Flur hängt ordentlich ein Mantel an der Garderobe, ein Anorak und ein Regenschirm, daneben ein großes gerahmtes Bild von Power. Er trägt sein selbst gestricktes Jäckchen und hat die Vorderpfoten auf einen kleinen rosa Plastikhocker gestellt. Wie immer sieht er aus, als würde er ein bisschen lächeln, und generell sieht er auf dem Foto gar nicht aus wie ein Hund, eher wie ein Mensch, und, denkt Kerze, das ist er ja auch irgendwie für die Hitschke, das ist der, den sie hat im Leben, und was zählt es, ob er ein Außerirdischer ist oder ein Terrier.

»Du hast ihn nicht gefunden«, sagt die Hitschke matt und zieht Rotz die Nase hoch. »Du hast ihn nicht gefunden, denn …« Ihr Unterkiefer zittert, und weil Kerze sie streng ansieht, schließt sie kurz die Augen, damit das Zittern aufhört. »… wenn du ihn gefunden hättest, dann hättest du ihn jetzt dabei.«

Kerze nickt langsam, sie lächelt milde. »So ist es, Hitschke, so ist es. Gut, dass du noch mal nachgedacht hast.«

Die Hitschke faltet die Hände, wirft ihren Kopf in den Nacken und schaut in den Abendhimmel.

»Gott, lieber Gott«, sagt sie, »bitte gib mir meinen Power zurück.«

Kerze ruft: »Gott nicht, aber ich werd ihn dir zurückgeben. Merk dir das! Du kannst mich auch Gott nennen, wenn dir das hilft. Also wenn das hilft, werd ich der Gott sein, der dir Power zurückbringt.« Sie fixiert die Hitschke. »Du kannst dich ganz auf mich verlassen.«

Die Hitschke nickt stumm.

»Das weißt du doch, oder?«

Nicken.

»Und warum weißt du das?«

»Weil du«, beginnt die Hitschke den Satz, dann sprechen beide im Chor weiter, »immer deine Versprechen hältst.«

»Sehr richtig«, sagt Kerze. »Und jetzt gibst du mir noch das Foto da hinten.«

Die Hitschke dreht sich um. »Das von Power?«

Kerze runzelt die Stirn. »Siehst du ein anderes Foto als das von Power?«

»Nein«, schnieft die Hitschke, und ihre Augen füllen sich schon wieder mit Tränen.

»Und selbst wenn da ein anderes Foto wäre, sagen wir eins von dir, warum sollte ich das haben wollen? Erinnere dich, worum es hier geht, wer hier verschwunden und wer hier nicht verschwunden ist.«

Die Hitschke lässt schuldbewusst den Kopf hängen.

»Ich weiß und ziehe das auch ab, was dein Insgesamt-Verhalten angeht, dass du heute ganz schön durch den Wind bist, aber mitarbeiten, gedanklich mitarbeiten, das musst du schon ein bisschen, wenn du Power wiederhaben willst.«

Vorsichtig nimmt die Hitschke das Bild von der Wand. Zärtlich streichelt sie über das Glas, bevor sie, den Kopf leicht abgewendet, das Bild in Kerzes Hände legt. Kerze will gehen, aber die Hitschke ruft: »Halt!«, und läuft in die Küche. Der Mantel, der Anorak, der Regenschirm haben alle die gleiche Farbe: Beige.

Sie kommt zurück.

»Hand auf«, sagt sie, und Kerze tut es, streckt ihr eine entgegen. Schokorosinen rieseln hinein, leicht geschmolzene Schokorosinen, denn die Hitschke hat immer warme, leicht schwitzige Hände.

Kerze bedankt sich, bleibt aber noch kurz stehen. »Hitschke«, fragt sie, »was ist deine Lieblingsfarbe?«

»Rot«, antwortet die und leckt die Finger der Hand ab, in der sie die Schokorosinen hatte.

»Und was soll dann das?« Kerze zeigt auf die Garderobe.

Die Hitschke zuckt die Schultern, und Kerze schüttelt den Kopf.

»Denk mal drüber nach: Lass Farbe in dein Leben. Bis morgen.« Kerze spricht jetzt etwas leiser. »Ich komme, sobald ich Power gefunden habe. Wenn ich ihn nicht finde, komme ich am Abend und sage dir, dass ich ihn noch nicht gefunden habe.«

Die Hitschke nickt. »Danke«, ruft sie ihr hinterher.

An der nächsten Ecke schaut sich Kerze um. Die Hitschke steht am Küchenfenster und sieht ihr nach. Kerze schaut so lange, bis sie aus der Küche verschwindet, das Licht löscht sie nicht.

In der Korngasse bleibt Kerze vor einem großen Gebüsch stehen und öffnet die Hand. Die Schokolade ist jetzt ganz geschmolzen, und sie nimmt die Rosinen und klebt sie an die dünnen Zweige des Gebüschs, eine nach der anderen. Sie hebt den Blick, sucht den Abendhimmel nach Vögeln ab. Als sie in der Ferne einen Schwarm Schwalben erkennt, formt sie die Hände um ihren Mund zu einem Trichter und ruft: »Sind für euch!« Dann bückt sie sich, wischt die Schokolade ins Gras und flüstert den Regenwürmern zu, die durch tiefer liegende Erdschichten kriechen: »Und das für euch.«

Zu Hause liegt Kerzes Mutter auf dem Sofa. Sie schaut die Wiederholung einer Show mit Stefan Raab und lacht.

»Warum lachst du über den?« Kerze setzt sich vor dem Sofa auf den Boden.

»Weil er lustig ist.«

»Der ist nicht lustig, Mama.«

»Doch, für mich schon.«

»Du kannst nicht wissen, was lustig ist«, sagt Kerze und legt sich der Länge nach auf den Teppich vor den Fernseher.

»Was ist denn lustig?«

»Nichts. Das Leben ist eine sehr ernste Sache, und ich hoffe, dass du das im Blick hast, Mama.«

Sie schauen Stefan Raab zu Ende und sagen sich Gute Nacht.

In ihrem Zimmer öffnet Kerze das Fenster. Sie öffnet nachts immer das Fenster, egal, ob es schneit oder regnet, kalt ist oder stürmt. Sie macht das, weil sich sonst die Geister in ihrem Zimmer versammeln. An ihrem fünften Geburtstag sind sie das erste Mal aufgetaucht und kommen seitdem immer wieder. Sie tun Kerze nichts, stehen nur stumm um ihr Bett herum und schauen sie an. Aber Kerze kann nicht schlafen, wenn die Geister sie anschauen. Wenn sie wach sind, sie selbst aber schlafen soll. Und weil es nichts bringt, ihnen zu sagen, jetzt guckt halt mal woandershin, macht sie jeden Abend das Fenster auf und sie fliegen hinaus. Denn Kerze weiß: Geister mögen keinen Luftzug, weil ihnen das ihr Gespenstertuch durcheinanderbringt und sie in sich zusammenfallen, sie dann aussehen wie ganz normale Bettlaken, vor denen sich nichts und niemand fürchtet. Im Winter friert Kerze natürlich, wenn das Fenster offen steht, und am Anfang, im ersten Geisterjahr, hat sie immer Ärger deswegen mit Mama bekommen. Aber als die gemerkt hat, dass das Schimpfen nichts bringt, dass Kerze es trotzdem jeden Abend aufmacht, sobald sie aus der Tür ist, hat sie aufgegeben und eine besonders dicke Wolldecke gekauft, ohne weiter nachzufragen.

Kerze weiß nicht, was die Geister von ihr wollen. Sie haben es ihr all die Jahre nicht gesagt, obwohl sie oft gefragt hat. Seid ihr gute oder böse Geister?, war eine Frage und: Was wollt ihr denn von mir? Irgendwann hat sie damit aufgehört und sich an sie gewöhnt, hat sich an das Gefühl gewöhnt, nicht allein zu sein.

Als die Geister hinausgeflogen sind, holt Kerze Powers Foto hervor und entfernt es aus dem Bilderrahmen. Sie hebt ihr Kopfkissen an und schiebt es darunter, weil sie hofft, dass Power ihr im Traum sagt, wo er ist. Sie legt sich ins Bett, zieht die Decke bis unter ihr Kinn und betet.

»Lieber Keingott.

Ich schlafe jetzt, und morgen wache ich wieder auf.

Gute Nacht, Keingott.«

Aber sie schläft noch nicht gleich ein, denn sie muss an Power denken und daran, wie es ihm gerade wohl geht. Gestern Morgen war er noch da. Gestern Morgen hat die Hitschke seinen Fressnapf mit Hundefutter gefüllt, und er hat es aufgefressen und den Napf sauber geleckt, wie jeden Tag. Heute hat die Hitschke vor einem leeren Fressnapf gestanden, morgens, und abends auch noch mal. Dass Power weg ist, dass dieses Wegsein jetzt das Einzige ist, was noch da ist von ihm, wird Kerze nicht akzeptieren. Sie wird dagegen kämpfen. Sie wird tun, was notwendig ist, damit am Ende wieder alles wird, wie es immer war.

In dieser Nacht träumt sie nicht von Power, sie träumt von anderen Dingen, einem Schwarm Bienen unter anderem, der ihren Kopf umkreist wie eine lebendige Krone.

In der Schule bekommt Kerze am nächsten Vormittag nichts mit, so sehr ist sie mit ihren Gedanken bei Power. In der letzten Stunde, in Erdkunde, löst sie fein säuberlich die vollgeschriebenen Seiten aus ihrem Heft. Langsam macht sie das, damit das Geräusch, das die Blätter beim Herausreißen erzeugen, nicht so laut ist und die Lehrerin nichts merkt. Dann legt sie das Quadrat, das sie aus der letzten, nur halb beschriebenen Seite herausgetrennt hat, vorne auf das Deckblatt des Hefts, zieht ihren Klebestift aus dem Mäppchen, fährt einmal damit an den Kanten entlang und dreht es um. Mit der flachen Hand streicht sie sorgfältig darüber, streicht die Erhebungen, die dabei entstehen, zu den Seiten aus, bis alles ganz glatt ist. Sie zieht das Mäppchen zu sich heran und schaut ernst hinein. Sie überlegt, sie grübelt über die Farbwahl und entscheidet sich schließlich für Schwarz. Hoch konzentriert schreibt sie in Großbuchstaben AUF-TRAG, macht einen Doppelpunkt und notiert POWER SUCHEN UND FINDEN dahinter. Sie drückt den Stift fest aufs Papier, so fest, dass an einer Stelle ein kleines Loch entsteht, worüber sie sich ärgert. Aber sie hat keine Zeit sich zu ärgern, die Stunde ist bald um, und als Nächstes entscheidet sie sich für Rot und schreibt ihren Namen. *Kerze* schreibt sie, aber diesmal in Schreibschrift und ohne den Stift zu fest anzudrücken. Als Letztes zieht sie den braunen Stift aus seiner Lasche. Sie beugt sich tief über das Heft, die Nasenspitze berührt fast das Deckblatt, und als sie fertig ist, lehnt sie sich zurück und betrachtet ihr Werk. Er könnte es sein, es könnte aber auch ein anderer Hund sein. Die Pfoten sind am schwierigsten zu malen, genauso wie Hände und Füße bei Menschen, das bekommt sie nie so richtig gut hin. Mit Schwarz zeichnet sie einen kleinen Punkt als

Auge und einen lachenden Mund in den Hundekopf hinein. Dann steckt sie alle Stifte zurück in die Laschen und zieht ihren Füller heraus. Sie schlägt das Heft auf und beginnt zu schreiben, schreibt alles von gestern auf, die Hitschkebegegnung, die Suche in und vor dem Edeka, das Gespräch mit Flori am Brunnen, das Stöckchenwerfen im Wald und schließlich das zweite Treffen vor dem Haus der Hitschke. Dann macht sie noch einen Steckbrief zu Power mit Fellfarbe, ungefährer Größe und fertigt eine detaillierte Zeichnung seines Jäckchens an. Drei ganze DIN-A5-Seiten hat sie vollgeschrieben, und auf die dritte setzt sie noch schnell das Datum von heute, dann sinkt sie erschöpft im Stuhl zurück.

Das Läuten der Schulglocke lässt sie zusammenzucken.

Als sie aus dem Haupteingang in den Hof tritt, stehen überall kleine Grüppchen von Kindern herum. Sie quatschen, manche halten ihre Handys in die Runde und spielen Musik ab. Kerze zieht die Trageriemen ihres Schulranzens enger und geht schnell in Richtung Fahrradständer.

Im Fahrtwind auf dem Weg nach Hause meint sie mehrfach Hundegebell zu hören. Sie hält jedes Mal an und schaut sich um. Aber kein Power weit und breit, auch kein anderer Hund. »Hört auf«, sagt Kerze und meint die Geister, denn die müssen es ja gewesen sein, die an Powers Stelle gebellt haben, da ist sie sich sicher. Dann tritt sie in die Pedale und ist zu Hause, noch bevor ihre Mutter den Kartoffelbrei von gestern aufgewärmt hat.

Nach dem Essen fragt Mama: »Wo gehst du hin?«, und Kerze dreht sich langsam zu ihr um. Das Heft mit dem Auftrag hat sie links in die Innentasche ihrer Jacke gesteckt, ihr Herz schlägt dagegen, und sie spürt deutlich, wie es sich beim Atmen hebt und senkt.

»Das kann ich dir nicht sagen.«

Mama lehnt sich in der Küchenbank zurück und schaut ihr tief in die Augen. Kerze erwidert den Blick, sie ist ihn gewöhnt, kennt ihn auswendig, weiß über seine Dauer, seine Intensität Bescheid und auch, wie man beidem entkommt.

»Tschüss«, sagt sie, als Mamas Augen sie loslassen.

»Sei bis zum Abendessen zurück.«

»Das werde ich nicht schaffen.«

»Hast du einen Auftrag?«

Kerze nickt.

»Gut. Dann pass auf dich auf.«

Mit langsamen Schritten geht sie die Dorfstraßen ab, schaut in Hauseingänge, über Gartenzäune, lugt in eine halb offene Garage. Jeden, der ihr begegnet, fragt sie nach Power. »Hast du ihn gesehen oder du vielleicht?« Aber die Leute schütteln die Köpfe und wollen schnell weiter.

Im Wald entscheidet sich Kerze für größere und längere Stöcke als beim letzten Mal. Sie schleudert sie ins Unterholz, ruft immer wieder Powers Namen. Als sie zur Schonung kommt, setzt sie sich auf einen Baumstumpf am Rand. Sie streift die Schuhe ab und gräbt die Zehen ins Moos, zieht das Heft aus der Jacke und schreibt hinein: *Nicht im Wald.* Sie steckt es zurück und betrachtet die Tannen. Die meisten sind jetzt halb so groß wie sie selbst, die Zweige beladen mit hellgrünen, duftenden Nadeln. Sie schaut den Bäumen beim Wachsen zu, seit sie leben. Einmal, manchmal zweimal die Woche kommt sie her, das ganze Jahr über. Sie lernt etwas beim Zuschauen. Dass man Geduld haben muss, dass nichts einfach so passiert. Ein weiterer Zentimeter in die Höhe, das kostet etwas. Die kleinen Tannen wissen das, und Kerze, die weiß es auch. Und wenn sie gleich aufstehen, das Schweizer Taschenmesser aus ihrer Hosentasche ziehen und damit einen Ritz in den alten Ahorn machen wird, nur wenige Millimeter über dem letzten Ritz von vor zwei Monaten, weiß sie, was ihr Körper geleistet hat in diesen Wochen, um es bis dorthin zu schaffen.

Mit dem Rücken stellt sie sich an den Stamm und hält das Messer über den Kopf. Flach legt sie es auf den Scheitel, schiebt es Richtung Rinde und drückt die Klinge hinein. Sie dreht sich um: wie immer eine Haaresbreite. Die Ritze, einer dicht über dem anderen, ziehen sich in einer sich schlängelnden Linie den Stamm hinauf. Kerze streckt den Arm aus. Vorsichtig folgt sie der Linie mit dem Finger bis zum ersten Ritz. Er ist jetzt auf Höhe ihrer Schultern. Sechs war sie damals und hatte das Taschenmesser zwei Tage vorher zum Geburtstag bekommen.

Die Ameisen, die, Erdkrümel und Tannennadeln transportierend, an Kerzes Ritzen vorbei den Baumstamm nach oben krabbeln, sind größer und schwärzer als die im Dorf. Sie sehen aus, als müsste man große Angst vor ihnen haben, wäre man selbst winzig klein.

Sie bleibt lange im Wald, geht tief hinein, tiefer als je zuvor, und ruft wieder Powers Namen. Als es dämmert, hält sie an und schaut sich um. Bäume, so weit das Auge reicht, nichts als Bäume. Sie horcht hinein in die Nichtstille des Waldes. Unter dem Laub wuselt es, schafft die Natur an ihren Prozessen. Wie weit sie von zu Hause weg ist, kann sie nicht genau sagen. Dass sie jetzt Angst bekommen könnte, denkt Kerze, und: dass andere Kinder in diesem Moment ganz sicher Angst bekämen. Sie geht einen Schritt vor und wieder einen zurück, sucht den Kipppunkt, an dem die Furcht den Körper ergreifen und vereinnahmen könnte, und stemmt sich mit aller Kraft dagegen. Es ist wie Armdrücken, und Kerze gewinnt. Genug für heute, denkt sie und kehrt um.

Im Dorf sitzen schon alle über den Abendbrottellern. Kerze biegt in die Heilandstraße ein, an deren Ende das Haus der Hitschke verlassen aussieht, obwohl alle Lichter brennen. Es strahlt eine Traurigkeit aus, die sie wegschauen lässt, zum Boden hin und zu einem Käfer, der ab der Körpermitte platt gequetscht auf dem Asphalt klebt. Sie beugt sich hinunter, sieht, wie die Vorderbeinchen sich noch leicht bewegen, wie die Fühler in der Luft nach etwas tasten, das nicht da ist.

Nach dem ersten Klingeln schon reißt die Hitschke die Tür auf. Ihr suchender Blick geht zu Kerzes Beinen, sie lässt enttäuscht die Schultern sinken.

»Es ist der zweite Tag«, sagt Kerze besänftigend.

Die Hitschke nickt, und Kerze zieht ihr Heft hervor. Angestrengt wandert ihr Blick über die Zeilen. Immer wieder schaut sie auf und zur Hitschke hin, runzelt nachdenklich die Stirn, bevor sie umblättert und das Heft schließlich zuschlägt.

»Morgen geht es weiter«, sagt sie und schiebt es unter dem enttäuschten Blick der Hitschke zurück in ihre Jacke.

Sie dreht sich um und zeigt die Straße hinunter.

»Dort auf der Höhe von Beilmanns Tanne liegt ein halb toter Käfer auf dem Gehweg. Da gehst du jetzt hin und schaust ihn dir an, stehst ihm bei, bis er tot ist.«

Die Hitschke sieht sie verwirrt an.

»Warum?«

»Deine Chance, dich auf das Schlimmste vorzubereiten.«

Zu Hause findet Kerze einen Teller mit Pizza auf dem Tisch. Drei große Stücke mit Lücken dazwischen. Sieht aus wie das Zeichen für Radioaktivität. Sie nimmt sich eins und beißt hinein. Es ist kalt, aber sie hat lange nichts gegessen und merkt, wie hungrig sie ist. Danach räumt sie ab und geht sie ins Wohnzimmer, es brennt kein Licht. Auch Mamas Zimmer im ersten Stock ist leer. Auf der Fensterbank steht eine Monstera, die Mama oft vergisst zu gießen und die im Halbdunkel tatsächlich immer aussieht, wie ein vielhändiges, klappriges Ungeheuer. »Du machst mir keine Angst«, sagt sie und streichelt eins der Blätter, streift die Schuhe ab und legt sich in Mamas Bett. Winkt dem Keingott kurz vor dem Schlaf noch zu, für heute muss das reichen.

DREI

Am ersten Tag nach Powers Verschwinden macht sich die Hitschke morgens nach dem Frühstück fertig, um hinauszugehen. Im Flur wickelt sie sich den dünnen Schal um den Hals, zieht die Sommerjacke an und schultert die Handtasche mit den Leckerli darin. Sie öffnet die Haustür und bleibt stehen. Sie wird ihre gewohnte Runde drehen, sagt sie sich und macht ein paar Schritte den Weg aufs Gartentor zu, bevor sie erneut anhält. Es ist doch Unsinn, allein zu gehen, denkt sie plötzlich. Die Leute werden sehen, dass sie ohne Power unterwegs ist, und Fragen stellen. Wo haben Sie denn Ihren Hund gelassen, wo ist Power?, werden sie fragen, und sie wird nicht wissen, was sie antworten soll, und alles wäre genauso wie damals beim Karl. »Nein!«, ruft sie, dreht sich energisch um und läuft zurück ins Haus. Sie lässt die Tasche auf den Boden fallen, zerrt am Reißverschluss der Jacke und schmeißt sie mitsamt des Schals auf den Garderobenständer. Dann wird sie eben das Mittagessen zubereiten. Endlich ist dafür mal genug Zeit, und sie muss nicht wie sonst immer so husch, husch nach dem langen Morgenspaziergang im Wald die hastig geschälten Kartoffeln in den Topf werfen, damit um halb zwölf pünktlich das Essen auf dem Tisch steht. Denn sie isst auch weiterhin exakt um diese Zeit; es kommt ihr nicht in den Sinn, an diesem jahrzehntealten Ritual zu rütteln. Sie geht also in die Küche, öffnet den Kühlschrank und sieht hinein, sieht die Marmelade, das Apfelmus, den Frischkäse, die Margarine im obersten Fach liegen, darunter die Eier, den Emmentaler und die Salami am Stück, einen Vanillepudding und je ein großes Glas Naturjoghurt und saure Gurken. Sie zieht auch das Gemüsefach auf und betrachtet das Bund Radieschen, die Salatgurke, den Blumenkohl und die Cherrytomaten, die sie gestern beim Edeka gekauft hat, unmittelbar bevor Power verschwand. Sie überlegt. Die Milchpackung in der Tür erscheint ihr abwegig, ebenso die Tube Senf, der Meerrettich und der Hefewürfel im Fach darüber. Sie hat keine Ahnung, was sie mit all diesen Sachen anstellen soll, und kann doch den Kühlschrank nicht wieder schließen, ohne etwas herausgenommen zu haben. Blindlings greift sie hinein und erwischt das Joghurtglas, stößt die Kühlschranktür zu und knallt es vor sich auf den Tisch. Sie lässt es stehen, läuft ins Wohnzimmer und reißt die Terrassentür auf. Öffnet den obersten Knopf ihrer Bluse und schnappt nach Luft. Der kalte Schweiß dringt ihr aus allen Poren.

»Guten Morgen«, hört sie es rufen und schreckt zusammen.

Die Podoschnik von nebenan steht im Garten und schaut hinüber.

»Guten Morgen«, antwortet sie hastig und wischt sich über die Stirn. »Wie geht es dem Baby?«

»Gut, danke. Und dem Hund?«

»Auch gut.«

Die Podoschnik mustert sie schweigend, und die Hitschke wird nervös. Sie überlegt fieberhaft, was sie sagen, wie sie erklären könnte, dass Power weg ist, und merkt, dass die Scham darüber einen neuen Schweißausbruch bei ihr auslöst. Doch die Podoschnik dreht sich einfach um und geht, ohne sich zu verabschieden, zurück ins Haus.

»Auf Wiedersehen«, ruft die Hitschke ihr schnell noch hinterher und hält sich mit einer Hand am Gartenstuhl fest, wartet, bis ihr Atem gleichmäßig wird, das Herz ihr nicht mehr bis zum Hals schlägt. Vorsichtig, an der Hauswand entlang, geht sie auf wackeligen Beinen zum Briefkasten. Außer dem Wochenblatt ist nichts darin. In der Küche legt sie die Zeitung neben das Joghurtglas auf den Tisch und schaut zur Uhr. Es ist Viertel nach neun. Sie nimmt einen Stuhl und stellt ihn vor das Fenster. Mit einem großen Glas Wasser in der Hand setzt sie sich hin und schaut hinaus. Alle halbe Stunde wird sie einen Schluck nehmen. Dazwischen wird sie sich konzentrieren, damit sie den Moment nicht verpasst, wenn Kerze mit Power um die Ecke biegt.

VIER

Am nächsten Morgen will Kerze einen anderen Weg zur Schule nehmen. Sie ist früher aufgestanden, um genügend Zeit zu haben; Mama ist schon weg, und sie gießt noch schnell die Monstera. Ihr Marmeladenbrot verspeist sie hastig im Stehen, während sie sich Schuhe und Jacke anzieht und den Ranzen aufsetzt. Sie schiebt das Fahrrad aus dem Schuppen und auf die Straße. Der Blick auf die Uhr am Kirchturm stellt sie zufrieden, sie steigt auf und zieht die Basecap tief in die Stirn. Im Dorf sind die Straßen leer, keins der anderen Kinder ist zu sehen. Die kauen noch am Müsli, schlürfen ihre Milch, wissen nichts von Kerze und ihrem Auftrag. Das Heft pulsiert in ihrer Brusttasche, es fordert etwas, stachelt sie an, und der Gedanke an die vielen unbeschriebenen Seiten lässt sie schwer in die Pedale treten.

Der Fahrtwind peitscht ihr um die Ohren, als sie die Landstraße hinunterschießt, die von alten Birken gesäumt ist. Oberhalb der Kantner Höhe macht sie halt und wischt sich den Schweiß von der Stirn. Sie zieht ihre Wasserflasche aus dem Ranzen und trinkt sie halb leer, ohne abzusetzen. Der Kantner Brocken ist von Morgensonne beschienen. Sie wirft das Rad hin und setzt sich auf einen warmen Stein. Das Fernglas gehörte ihrem Opa. Dass er damit gern Vögel beobachtet hat, ist alles, was sie von ihm weiß. Sie hat es bekommen, nachdem die Oma gestorben und das Haus ausgeräumt worden war. Ein Zettel hatte darauf geklebt: *Für Kerze*. Die Oma ist die Einzige in der Familie gewesen, die sie so nannte. Kerze hat sich diesen Namen selbst gegeben, denn sie glaubt, dass man so etwas keinem anderen überlassen sollte, schon gar nicht den Eltern, denen am allerwenigsten.

Langsam schwenkt sie das Fernglas herum. Felderschachbrett, Wiesen dazwischen, ein frisch gepflügter Acker neben einer Weide, auf der Kühe grasen, weiter vorn Heuballen, die in keiner erkennbaren Ordnung auf einem abgemähten Feld lagern. Ein Jägerstand, ein umgestürzter Baum, ein einsames Auto am Waldrand, aber kein Power. So schreibt sie es in ihr Heft: *Blick vom Kantner Brocken, kein Power.*

Der Keingott wird es ihr nicht leicht machen, Kerze weiß das. Ihn freut die Anstrengung, das Aufwenden von Kraft; mit einem stumpfen Messer kratzt er an ihrem Ernst.

Sie schaut auf die Uhr und verstaut das Fernglas im Ranzen.

Auf dem Schulhof stehen Becca, Marri und Livy neben dem Tor. Becca hat sich die Augenbrauen schwarz nachgezogen. Vor einem halben Jahr und unter den wachsamen Blicken der Jungen begannen bei ihr die Brüste zu wachsen. Marri, deren hellblonde, kinnlange Haare mit einer großen goldenen Spange zur Seite gesteckt sind, nickt Kerze fast unmerklich zu. Marri ist im übernächsten Garten aufgewachsen, und sie haben immer alles zusammen gemacht. Haben Löcher gegraben, mit bloßen Händen, um unter den Zäunen hindurchzukriechen und rennend den risikoreichen Schillergarten mit Lotus, dem Schäferhund, zu durchqueren, nur um schneller beieinander sein zu können. Das letzte Mal vor anderthalb Jahren, bevor ihre Freundschaft schlagartig abbrach, weil Becca neu in die Klasse kam und alle Mädchen hinter sich versammelte.

Kerze geht an den dreien vorbei. Sie hat die Jacke bewusst offen gelassen, damit alle das T-Shirt sehen können. Das Bild von Power hat sie erst dünn mit Kuli vorgezeichnet und es dann mit dem schwarzen Textilmarker nachgezogen, den ihr Mama zu Ostern geschenkt hat. Sie weiß, dass sie Power nicht ganz getroffen, sein Lächeln nicht hinbekommen hat. Aber auf die Ohren und die Schnauze ist sie richtig stolz.

Becca prustet los und zeigt auf das T-Shirt.

»Die spinnt doch«, sagt sie zu Livy und Marri und tippt sich gegen die Stirn.

Das Treppengeländer im Schulgebäude ist frisch gewachst. Kerze wirft beim Hochgehen einen Blick in den Hof, auf die mickrigen Bäume, das kaputt gespielte Basketballfeld. Die Geschichtsarbeit gibt sie nach zwanzig Minuten schon ab, während die anderen mit angestrengten Gesichtern, den Kopf in die Hände gestützt, ihre Füller zerbeißen. Geschichte ist einfach, immer dasselbe. Die nächsten vier Stunden ziehen unbemerkt an ihr vorbei. Sie grübelt über die Suche, notiert sich im Heft, wo sie schon überall nachgesehen hat, schützt es vor den Blicken der Schillerzwillinge, die links und rechts neben ihr sitzen und versuchen, hineinzulinsen. Nur einmal wird sie drangenommen, in Biologie, und antwortet vage, da sie die Frage nicht richtig gehört hat, dennoch nickt der Lehrer zufrieden.

Als die Schulglocke endlich klingelt, springt sie auf, wirft ihre Sachen in den Ranzen und läuft aus dem Klassenzimmer. Auf dem Fahrrad hört sie es wieder bellen, aber diesmal lässt sie sich nicht einfangen. Über dem Feld brütet die Nachmittagssonne schon auguststark, und Kerze zieht die Kapuze ihres Shirts auf den Kopf. Hinter ihr fächern sich die Geister Luft zu. Sie dreht sich nicht um, stiefelt weiter raus, versucht, sie abzuhängen.

Die Geister kommen ursprünglich vom Keingott. Kerze weiß das, weil es einen Geist gibt, der manchmal mit ihr spricht. Er ist der kleinste von allen. Seine Stimme klingt, als käme sie von weit her, aus einem anderen Jahrhundert vielleicht oder von einem anderen Planeten aus einer weit entfernten Galaxie. Sie hört die Stimme eigentlich ganz gern, auch weil sie sie an die erinnert, mit der ihre Oma immer den Gerti hat sprechen lassen. Der Gerti ist Kerzes einziges Kuscheltier gewesen. Ein kleines Äffchen mit zu dicht beieinanderstehenden blauen Glasaugen, die ihm einen etwas hilflosen Ausdruck verliehen. Jedes andere Kuscheltier hat sie kategorisch abgelehnt. Es erschien ihr sinnlos, ihr Herz an mehr als ein lebloses Stoffding zu hängen, nur um es anlutschen oder daran riechen zu können. Als die Oma starb, da war Kerze fünf, ist auch der Gerti gestorben. Am Tag der Beerdigung hat sie ihn in den Sarg geworfen und nicht geduldet, dass ihn der Friedhofswärter wieder herausholt. Ein fürchterliches Gerangel zwischen Kerzes Mutter und dem Wärter hat es gegeben, das damit endete, dass Mama zu weinen begann und zwei ganze Tage nicht mehr damit aufhörte. Am Tod und Begräbnis vom Gerti änderte das nichts. Und wenn Kerze heute finster zumute ist, denkt sie an ihn, wie er da unten auf der verrotteten Oma liegt, der Gerti, und das tut ihr gut, das Wissen, dass die zwei sich haben. Denn sie schafft das, schafft das schon alles allein. Sie braucht ja niemanden, niemanden außer sich. Sie hat ja schließlich sich. Auch Mama, aber vor allem sich. Und sich haben bedeutet ja nicht, nichts zu haben. Und ihr reicht das auch. Denn bei sich, da weiß sie, woran sie ist. Da weiß sie immer, fast immer, was kommt.

»Hey, Kerze!«

Das ist nicht die hohe Geisterstimme. Spiderflori holt sie ein. Sie nickt ihm knapp zu, hält sich eine Hand über die Augen und späht Richtung Wald.

»Was machst du?«, fragt Flori.

»Ich suche.«

»Was suchst du denn?« Dann fällt es ihm ein. »Ach so! Darf ich mitmachen?«

Kerze nickt, ohne ihr konzentriertes Gesicht zu verlieren. Sie bückt sich, um einen Stock aufzuheben, und reicht ihn Flori. Beide werfen die Stöcke in hohen Bögen voraus und sammeln sie wieder ein. Flori ist ein guter Werfer. Das hätte Kerze ihm nicht zugetraut, denn Flori ist klein und schmächtig, mit schmalen Schultern und milchig blasser Haut.

Früher, als Flori noch kleiner war, hat Kerze manchmal auf ihn aufgepasst. Obwohl sie nur zwei Jahre älter ist, hat Floris Mutter Kerze das zugetraut und die sich so ein bisschen erstes eigenes Geld verdient. Sie reagierte unerbittlich auf Floris Versuche, sie zu einem Schokoladenklau in der Speisekammer zu animieren, ließ ihn in der Folge stundenlang vor dem ausgeschalteten Fernseher auf dem Sofa sitzen. Bis sich Flori bei seiner Mutter beschwerte und heulend forderte, Kerze solle nicht mehr kommen. Heute sind sie aber wieder Freunde.

»Ich hab keine Lust mehr.«

Flori ist zurückgefallen. Kerze dreht sich zu ihm um und sieht, wie er ausholt und das Stöckchen weit wegwirft.

»Ich brauch auch eine Pause«, ruft sie ihm zu.

Auf dem Weg zurück ins Dorf pflügen sie durchs Maisfeld. Sie reißen sich jeder einen Kolben ab und beißen krachend hinein.

»Früher hab ich davon Bauchweh bekommen«, sagt Flori, und Kerze nickt.

Auf der Bundesstraße kommt ihnen Henne entgegen. Henne, der ein Nazi ist seit einem Dreivierteljahr.

»Heil«, ruft er, als die beiden an ihm vorbeigehen.

»Hallo Henne«, sagen Kerze und Flori im Chor.

Henne ist der einzige Nazi im Dorf. In den umliegenden Dörfern gibt es viele, in einem leben sogar nur Nazis. Henne hat diesbezüglich einfach Pech gehabt. Am Anfang ist er rumgegangen und hat alle möglichen Leute gefragt, ob sie auch Nazis werden wollen. Sogar die Ausländer und die ganz kleinen Kinder hat er gefragt. Pauli, willst du, Lara, du vielleicht, wie sieht es mit dir aus, Jaro, mach halt auch mit, Lungeroma, so ging das eine Woche lang, bis ihn der Vater von Livy brüllend bis zum Weiher gescheucht hat. Henne hatte Livys kleinen Bruder, der Downsyndrom hat, in eine selbst gemachte Hakenkreuzfahne gewickelt und war mit ihm, die Arme zum Hitlergruß erhoben, auf dem Kirchplatz auf und ab marschiert.

»Hat Henne dich auch gefragt, ob du ein Nazi werden willst?«

Flori nickt. »Morgens vor der Schule mal. Ich hab Nein gesagt, weil ich gar nicht so genau weiß, was ein Nazi ist, und weil ich mit Henne nix zusammen machen will.«

»Keiner will was mit Henne machen, oder?«

Flori schüttelt den Kopf.

»Mich hat er beim Schwimmen mal gefragt. Ich glaube ganz am Ende, als er schon alle anderen durch hatte.«

Kerze ist im Schwimmverein. Sie hat alle Schwimmabzeichen bis Gold, ist im Training immer die Schnellste, Henne der Langsamste. Das Vereinsbad ist fünf Kilometer entfernt, manchmal fahren er und sie die Strecke mit dem Fahrrad gemeinsam.

»Er hat gewartet, bis ich die tausendfünfhundert Meter rumhatte. Stand schon am Beckenrand, als ich raus bin. Und dann hat er gefragt, ganz leise: Willst du mit mir zusammen ein Nazi sein?, und ich hab den Kopf geschüttelt, und er hat okay gesagt und ist rüber zu den Duschen.«

»Schon blöd, wenn keiner mitmachen will«, sagt Flori und zuckt mit den Schultern.

»Muss er mit klarkommen.«

Kerze wischt sich den Schweiß von der Stirn. Die Sonne brennt.

Über der Straße flimmert die Hitze und rückt das weiter vorn liegende Dorf in eine diffuse Sicht. Sie schweigen ein bisschen, schlurfen über den Asphalt.

»Was ist das eigentlich, ein Nazi?«, fragt Flori plötzlich.

Kerze überlegt kurz.

»Keine Ahnung. Einer, der Angst hat, dass man ihm was wegnimmt?«

»Echt?«

»Glaub schon.«

Ein Schwarm Schwalben fegt über ihre Köpfe hinweg. Kerze sieht ihnen nach und fragt sich, ob die Schokorosinen bei ihnen angekommen sind. Sie stellt sich die winzig kleinen Schwalbenmägen vor, die Rosinen darin.

»Scheiße«, sagt Flori und bleibt stehen.

»Was ist?«

»Ich bin doch ein Nazi.«

»Warum?«

»Weil ich immer Angst hab, dass Pauli mir meine Matchboxautos wegnimmt.«

Kerze bleibt stehen und geht in die Hocke. Sie legt eine Hand flach auf den Asphalt, beugt sich tiefer hinunter und atmet den Geruch der Straße ein. Blinzelnd schaut sie hoch zu Flori.

»Bock?« fragt sie grinsend.

»Au ja«, ruft Flori und zieht sich schon das T-Shirt über den Kopf.

Sie behalten nur die Unterwäsche an und legen sich bäuchlings mitten auf die Fahrbahn.

»Heiß, heiß, heiß«, kreischt Flori.

»Wer länger aushält«, schreit Kerze.

Flori jault, springt auf und schnappt sich seine Sachen. Er läuft ein paar Schritte voraus und geht in Stellung.

»Wer zuerst am Kirchplatz ist?«, ruft er Kerze zu und sprintet schon los. Die rappelt sich hoch, sammelt ihre Klamotten ein und rennt hinterher.

Lachend sausen sie die Straße hinunter. Flori ist schnell wie der Blitz, aber Kerze holt ihn ein und gewinnt. Außer Atem stehen sie in der Nachmittagssonne und stützen die Hände auf den Knien ab. Flori schaut zum Kirchturm rauf.

»Wollen wir?«, fragt er und schmeißt seine Kleider neben den Treppenaufgang.

Die letzten Stufen erklimmen sie auf allen vieren, hängen dann die Arme aus dem Fenster im Glockenturm.

»Wie lange haben wir?«, fragt Flori, und Kerze schaut auf ihre Armbanduhr.

»Vier Minuten.«

Als es losgeht, springt Flori auf, hält sich die Ohren zu und stürzt die Stufen hinunter. Kerze bleibt oben stehen, sie hält das aus. Lässt ihren Blick dabei über das Dorf schweifen und bellt zur Probe, bellt gegen das Läuten an, wird lauter und lauter und hört, als die Glocken schließlich verstummen, dass Flori, der unten steht und zu ihr hinaufschaut, mit ihr bellt.

Nachdem sie ihren Bericht bei der Hitschke abgeliefert hat, macht sie sich auf den Heimweg und versucht, einen Blick in die Häuser zu werfen, aber es ist noch zu hell.

Auf dem Kirchplatz steht die Ziege von der Lungeroma am Brunnen und säuft. Alle paar Tage reißt sie aus, der Zaun um das alte Holzhaus ist an einer Stelle morsch, und die Ziege stößt ihn mit dem Kopf einfach um. Die Lungeroma ist hundert geworden vor zwei Jahren, die kann keine Zäune mehr reparieren. Und weil wegen irgendeiner Sache vor fünfzig Jahren keiner mehr im Dorf mit ihr spricht, hilft der Lungeroma auch niemand dabei. Einmal hat Kerze sich überlegt, sich selbst einen Auftrag zu geben und das mit dem Zaun einfach in Ordnung zu bringen. Aber dann fand sie, dass die Lungeroma ja noch nicht tot ist und einen Schritt zumachen könnte auf die anderen Leute. Das hat sie ihr auch so ins Gesicht gesagt, aber die Lungeroma, verbohrt wie sie ist, hat ihren zahnlosen Mund zusammengepresst, aus ihm eine Sichel gemacht und Kerzes Vorschlag einfach weggemäht.

»Lungeroma«, ruft sie, als sie am Haus angekommen ist.

Die Lungeroma streckt den Kopf durch ein winziges Fenster im Giebel. Die schneeweißen Haare, die sie sonst unter einem Tuch verbirgt, stehen wie Filzwolle ab.

»Die wieder, dieses Viech«, murmelt sie und etwas lauter: »Ich komme runter.«

Kerze zerrt die Ziege durchs Gartentor und bindet sie an den alten Zwetschgenbaum. Sie schaut sich um, neben der Tür quillt die Zinkwanne über vor Müll. Sie wuchtet sie über den braunen Rasen und schaufelt mit dem Spaten alles in die Tonne hinterm Zaun.

»Bist du wieder abgehauen?«

Die Lungeroma ist herausgekommen und tätschelt ihrer Ziege die Stirn. Sie trägt ein ausgeleiertes Männerunterhemd und ist sonst nackt. Kerze läuft zu ihr und fasst sie vorsichtig am Arm.

»Komm«, sagt sie leise, »wir ziehen dir schnell was an.«

Im Haus ist es finster, die Fensterläden sind fast überall geschlossen. Es raschelt bei jedem Schritt, der Fußboden ist übersät mit Werbebroschüren, Zeitungen und Plastiktüten. Die schmale Treppe steigen sie dicht an dicht gemeinsam hoch, und der säuerlich-süße Geruch der Lungeroma mischt sich mit dem Gestank im Haus. Kerze öffnet die Fenster in der Schlafkammer.

»Du musst hier öfter lüften«, sagt sie, aber die Lungeroma schüttelt trotzig den Kopf. Kerze wühlt im Schrank, fischt eine Unterhose und ein Nachthemd heraus. Sie geht in die Knie.

»Halt dich gut fest«, sagt sie, deutet auf den Bettpfosten und hilft ihr, sich anzuziehen.

»Hast du schon zu Abend gegessen?«

Die Lungeroma nickt.

»Magst du noch ein Glas Milch?«

»Lieber was davon.«

Verschmitzt zeigt sie auf den kleinen Nachtschrank neben dem Bett. Kerze öffnet ihn. Eine Likörflasche steht am Boden, ein winziges Glas daneben.

»Na, Zähneputzen ist ja eh nicht mehr bei dir«, sagt Kerze mit einer Kopfbewegung zum Wasserglas auf dem Fenstersims, in dem die Dritten von der Lungeroma liegen. Sie schenkt ihr ein Schlückchen ein. Die Lungeroma grinst, nippt am Gläschen und zieht die Schublade vom Nachtschrank auf. Eine Ritter Sport Alpenmilch liegt darin, und sie lutschen jede ein Stück, bevor sich Kerze verabschiedet.

Zu Hause wartet Mama mit Salamibroten und fragt, wie Kerzes Tag war.

»In Ordnung.«

»Könnte besser gewesen sein?«

»Schon.«

»Willst du Marri nicht mal wieder einladen?«

Kerze guckt sie grimmig an.

»Manchmal muss man einfach nur fragen«, sagt Mama.

»Ich geh jetzt nach oben.«

In ihrem Zimmer sind schon die ersten Geister eingetrudelt.

»Seid viel zu früh dran«, sagt Kerze und öffnet das Fenster.

Sie setzt sich an den Schreibtisch, notiert die Ergebnisse des Tages in ihrem Heft und macht sich einen Plan für morgen. Sie hat die Hitschke gefragt, wo sie am liebsten mit Power spazieren geht, und sich gewundert, dass sie selbst noch nicht darauf gekommen ist, am Weiher zu suchen. Vor vier Jahren ist sie dort im Winter einmal eingebrochen. Sie war ganz allein unterwegs gewesen, wie immer, wenn sie in den Wald geht. Sie erinnert sich sehr genau an das Geräusch, als das Eis unter ihr brach, an den unwirklichen Moment des Abrutschens ins eiskalte Wasser und das Gefühl, außerhalb ihres Körpers zu sein, und dass ihr das stimmig vorgekommen ist. Erinnert sich auch daran, wie aus dem Nichts der Hubersohn auftauchte, sie mit einem kräftigen Ruck herauszog, ihr seine dicke Daunenjacke überwarf und sie rennend zurück ins Dorf schleppte.

»Was für ein Glück«, haben sie gesagt, Mama und die Hitschke und alle anderen, die sich in den darauffolgenden Tagen an ihrem Bett versammelten. »Was für ein Glück, dass der Markus zur Stelle war.«

»Ich hätte das auch selbst hinbekommen. Mich muss keiner retten«, hat Kerze erwidert und dem Hubersohn nie gedankt.

Als es zehn Uhr ist, schleicht sie die Treppe hinunter. Der Fernseher läuft, Mama ist auf dem Sofa eingeschlafen. Vorsichtig schließt Kerze die Haustür hinter sich und geht durch den Garten. Es ist noch nicht ganz dunkel, aber Kerze hat sich schwarze Kleider angezogen, ihre Sporthose und aus Mamas Schrank einen Kapuzenpullover, zudem die dicke Wollmütze von der Ablage, unter der sie schon jetzt zu schwitzen beginnt. Die Schillers nebenan kann sie vergessen, Lotus würde sofort anschlagen. Powers Bellen wäre ihr ohnehin aufgefallen, jeden Abend hört sie das Geschrei der Zwillinge bis zu sich herüber. Schnell geht sie die paar Schritte über die Straße zu den Friedrichs. Das Gartentor quietscht seit Jahren, also steigt sie über den Zaun und schleicht zum Haus. Alle Lichter der unteren Etage sind an, aber die Fenster mit dichten Vorhängen verhangen. Sie legt ein Ohr auf die massive, dunkel gebeizte Eichenholztür und horcht. Geschirrklappern und Fernsehgeräusche, sonst nichts. Kerze schaut auf die Uhr. Fünf Minuten wird sie warten und horchen, fünf Minuten pro Haus. Sie hofft, dass Power, sollte er hinter einer dieser Türen sein, sich in dieser Zeit bemerkbar macht.

Die Minuten verstreichen ohne ein Geräusch, das auf Powers Anwesenheit schließen ließe. Kerze macht ein Minus hinter die Friedrichs im Heft, notiert zusätzlich Datum und Uhrzeit und steigt über den Zaun in den nächsten Garten. Die Maders im Haus nebenan sind nette Leute. Ein kinderloses Paar im Rentenalter, das Kerze ab und an eine Tafel Milka zusteckt. Eher halbherzig lauscht Kerze an der Tür, sie ist sich sicher, dass Power nicht hier ist, aber eine Observationslücke will sie sich dennoch nicht erlauben. Sie hört leises Wasserplätschern und das Verrücken eines Stuhls, hin und wieder unverständliches Gemurmel. Wie erwartet bekommen auch die Maders ein Minus im Heft. Die nächsten drei Häuser sind seit Jahren schon unbewohnt. Erst im Haus der John brennt im Erdgeschoss Licht. Die John, die keinen Mann hat, die kaum das Haus verlässt. Ein Motiv hätte sie, findet Kerze und presst das Ohr gegen die Tür, schließt die Augen. Die fünf Minuten ziehen in absoluter Stille vorbei, und Kerze setzt ihr Minus. Sie geht weiter die Straße hinunter, leer stehende und bewohnte Häuser wechseln sich ab. Fernsehgeräusche, Geschirrklappern, Wortfetzen und leise Selbstgespräche. Nach zwölf Minuszeichen geht sie wieder nach Hause.

Mama liegt auf dem Sofa wie vorhin, sie schnarcht leise. Im Fernsehen brennt es. Schwarzer Qualm und lodernde Flammen, dazwischen Baumgerippe. Kerze schaltet aus und geht nach oben. Im Bett zieht sie Powers Foto unter ihrem Kissen hervor.

»Bleibst du bei deinem Verschwinden?«, fragt sie den Hund und deutet sein Schweigen als ein Ja. Sie nickt. »Dann werde ich bei meiner Suche bleiben, wenn du nichts dagegen hast.«

Noch eine ganze Weile betrachtet sie Powers Bild, studiert seinen Gesichtsausdruck, die Maserung seines Fells, registriert die Härchen an den Ohrenspitzen, die aussehen wie kleine Antennen. Noch nie sind ihr die aufgefallen, und sie fragt sich, was sie noch übersehen hat, was ihr möglicherweise sogar jetzt, beim Betrachten dieses Fotos, entgeht. Unruhe steigt in ihr auf, und sie meint ein Gespenstertuch flattern zu hören. Schnell sieht sie sich um, aber da ist nichts, sie ist allein. Der Keingott hat sie reingelegt, und sie knipst das Licht aus, ohne ihm, wie sonst, eine Gute Nacht gewünscht zu haben.

FÜNF

Am nächsten Tag gießt es in Strömen, als sie vom Schulgebäude in den Hof tritt. Sie bindet das Kapuzenband unter dem Kinn fest und steigt auf ihr Rad. Der Regen peitscht ihr ins Gesicht, und sie braucht länger für die vier Kilometer bis zum nächsten Ort als sonst. Als sie bei der Bücherei ankommt, ist sie vollkommen durchnässt. Sie wringt ihre Jacke aus und hängt sie über einen Stuhl im Eingangsbereich. Das könnte sie in der großen Bibliothek in der Stadt so nicht machen, auch wenn die Auswahl an Büchern dort natürlich größer ist. Sie grüßt die nette Frau Altmann hinterm Tresen und geht hinein. Eine ganze Weile blättert sie in einem Bildband über Vulkanausbrüche, bevor sie sich dem Regal mit den Hundebüchern zuwendet. Chihuahuas und Boxer, Labradore im Lauf und mit wogendem Fell. Lange studiert sie das Bild eines Windhundes, der ihr krank und doch hochmütig erscheint, dessen Körperbau sie fasziniert und gleichzeitig abstößt. Nichts, rein gar nichts hat er mit Power, dem flauschigen Power mit dem schwarz-weiß gescheckten Fell, gemein. Und auch sonst erfährt sie kaum etwas, das ihr weiterhelfen könnte, aber weil sie nicht unverrichteter Dinge wieder gehen will, trägt sie ein Buch mit dem Titel *Vom Wolf zum Hund* zur Ausleihe. Draußen hat es zu regnen aufgehört, und sie fährt ohne Jacke in Schlangenlinien nach Hause. Dort wirft sie den Ranzen in den Flur, schnappt sich die Basecap und einen Apfel, den sie auf dem Weg zu Floris Haus in sechs Bissen bis auf den Stiel ganz verspeist. Sie klingelt und bückt sich, um einen Zweig aufzuheben. Sie wiegt ihn in der Hand, prüft, ob er ein gutes Stöckchen, ob er DAS Stöckchen sein kann, das Power aus dem Nichts anjagen lässt. Zu leicht, entscheidet sie und wirft ihn zurück auf den Weg, der nass ist vom Regen und schmierig vom Feldmatsch. Auf der Straße die Reifenspuren vom 1000 Vario, dem Riesenschlepper, in dem der Hubersohn in der Garage immer auf dem Bock sitzt als wär's ein Thron. Und der Huber, sein Vater, ist ja auch sowas wie der König im Ort. Ohne ihn wär das Dorf schon längst am Ende, wären noch mehr abgewandert in die Stadt oder in die nächsten Dörfer, in die wenigen, die noch etwas zu bieten haben, die nicht schon völlig ausgesaugt und leer gefressen sind. Der Huber und seine hektarlangen Korn- und Gemüsefelder, die das Dorf umschließen, es regelrecht umklammern, halten den Ort am Leben. Und auch wenn keiner das will, es ist nun mal die Wahrheit.

Flori kommt aus der Tür, er steigt in seine Gummistiefel und ruft: »Kann Lara auch mitkommen? Sie sagt, sie kann seit gestern hellsehen.«

Die drei marschieren durch die Straßen, Lara redet ununterbrochen.

»Ich brauche alle Informationen. ALLE, versteht ihr?«

Flori verdreht die Augen und schaut zu Kerze.

»Seit gestern kannst du hellsehen, sagst du?«, fragt die.

»Ja, genau.«

»Und was genau hast du hellgesehen?«

»Meine Katze. Wie sie Katzenbabys bekommt.«

»Wir haben gar keine Katze«, sagt Flori mit vielsagendem Blick zu Kerze.

»Ich werde aber eine Katze haben. An Weihnachten bekomme ich eine Katze, sagt Mama, allein schon wegen Papa.«

»Unser Vater hat eine Katzenhaarallergie, und Mama rechnet sich aus, dass er nicht mehr so oft zu Besuch kommt, wenn wir eine Katze haben«, sagt Flori.

»Ich weiß auch schon, dass sie vier Katzenbabys bekommen wird und wie die aussehen werden, drei rote und eine mit Tigerfell. Das hab ich alles hellgesehen.«

Lara massiert im Gehen ihre Schläfen, wie nach schwerem Nachdenken. Sie hat die dunklen Haare zu einem französischen Zopf geflochten, ein paar Strähnen haben sich daraus gelöst. An der Weggabelung bleiben sie stehen, die Feuerwehr macht gerade Mittagspause, macht eigentlich immer Mittagspause. Jens und Werner sitzen an dem großen Holztisch neben der Toreinfahrt über ihre Brotboxen gebeugt und schmatzen in Eintracht. Als sie die drei sehen, heben sie kurz die Köpfe und nicken ihnen zu.

»Ich interessiere mich auch wahnsinnig für Schamanismus«, sagt Lara und streicht sich dynamisch eine Strähne aus dem Gesicht.

»Ich glaube einfach, dass es mehr gibt zwischen Himmel und Erde als nur das, was wir ...«

Sie zeigt mit zwei Fingern erst auf ihre Augen und dann vor sich in die Luft.

Flori wendet sich zu Kerze und macht den Scheibenwischer. »Soll ich schon mal Stöcker sammeln?«

Kerze nickt, und er stapft genervt voraus. Sehr genau beschreibt sie Lara die Situation mit Power, seit wann er weg ist, wo er zuletzt gesehen wurde und wo sie schon überall gesucht hat, holt das Heft hervor, liest nach und ergänzt, was sie vergessen hat. Lara stellt viele Fragen, auf die Kerze keine Antwort weiß, zum Beispiel, wie alt Power ist, was er am liebsten frisst und ob er gern gestreichelt wird. Sie notiert sich die Fragen, um sie später der Hitschke zu stellen, denn da gibt sie Lara recht, wichtige Fakten sind das, die ihr auf der Suche nach Power behilflich sein, die ihr entscheidende Anhaltspunkte zu seinem Verbleib liefern könnten, und sie fragt sich, warum sie selbst damit so nachlässig war.

»Danke, Lara«, sagt sie, als Flori ihnen die Stöckchen reicht. »Das war sehr hilfreich.«

Flori schaut Kerze ungläubig an. Die holt aus und wirft eins in hohem Bogen Richtung Wald. Sie werfen und jagen übers Feld, bis sie ganz erschöpft am Waldrand ankommen und ins kniehohe Gras sinken.

Nach einer Weile fragt Kerze: »Lara, hast du denn schon angefangen mit dem Hellsehen?«

Lara, die ihren Zopf geöffnet hat, wirft die Haare zurück. »Ich kann damit nicht einfach anfangen«, sagt sie sehr ernst. »Die Antwort wird mich finden. Wenn es so weit ist, sag ich dir Bescheid.«

»Das ist in Ordnung«, antwortet Kerze und richtet sich auf. Die Sonne ist herausgekommen, sie spürt, dass sich kleine Schweißperlen auf ihrer Nase und über der Oberlippe gebildet haben, und zieht die Basecap aus ihrer Jacke.

»Lasst uns jetzt zum Weiher und dort nach Power suchen.«

Sie klopfen sich die Ameisen von den Kleidern, und Kerze geht voraus. Einmal quer durch den Wald, vorbei an der Schonung, an kleinen Abhängen. Vorbei an der Lichtung, die für sie die Fieberlichtung ist, seit sie dort, ein paar Sommer ist das her, frühmorgens im Fieberwahn hingelaufen ist, sich ins taufeuchte Gras gelegt und von drei Meter langen Welsen fantasiert hat, bis ihre Mutter mit der Hitschke kam, und die beiden Frauen sie zurück nach Hause trugen.

Der Weiher liegt in dunklem, fast schwarzem Blau still in seinem Bett. Ein paar Fichten, die satten Weiden vom gegenüberliegenden Ufer fest im Blick, sind ausgebrochen aus dem Wald und drängen zum Wasser hin. Kerze schiebt ihr Käppi nach oben und sucht den Weiher nach einem leblosen Hundekörper ab.

»Da«, ruft Lara und zeigt mit ausgestrecktem Arm auf eine Stelle im nördlichen Teil des Gewässers.

Dicht am Ufer setzen sie ihre Schritte in den weichen Boden. Als sie nah genug sind, bellt Kerze einmal und horcht. Ein Käuzchen gibt Antwort, dann ist es wieder still, bis auf die Grillen, die ihr Sommergeräusch von den Uferwiesen aus über den Weiher spannen.

»Nur ein großer Ast«, sagt Flori und setzt sich auf einen bemoosten Stein.

»Wann entscheidet sich das eigentlich, ob das ein Hund ist oder ein Stück Holz?«, fragt Kerze.

»Hä?«, macht Flori.

Kerze dreht sich langsam um und deutet auf die Stelle, von der aus sie gestartet sind.

»Da vorn haben wir noch gedacht, es könnte Power sein, der hier im Wasser treibt.« Sie wandert weiter mit dem Arm auf die Hälfte der Strecke, die sie zurückgelegt haben. »Wenn wir dort stehen geblieben, wenn wir nicht weitergegangen wären, könnte das …«, ihr Arm weist jetzt auf den Ast im Weiher, »… noch immer Power sein.«

Alle drei starren in die angezeigte Richtung. Flori kratzt sich am Kopf und zuckt die Schultern. Lara denkt einen Augenblick lang angestrengt nach, nickt dann versonnen und sagt: »Du hast recht. Die Realität ist echt ein krass unrealistisches Konstrukt.«

Flori schlägt sich mit der flachen Hand gegen die Stirn und fällt rückwärts ins Gras.

Auf dem Heimweg geht Kerze bellend voraus. Als Erster stimmt Flori mit ein, irgendwann auch Lara. Sie bellen, bis sie ins Dorf kommen, hören auch dann nicht auf, als ihnen Becca, Livy und Marri entgegenkommen. Kerze lässt sich zurückfallen und fasst die beiden anderen an den Händen. Bellend gehen sie an den Mädchen vorbei, überqueren den Kirchplatz, wo ihnen mehrere Leute irritiert nachschauen.

»Ist das ein Spiel?«, ruft ihnen eine Frau hinterher und erhält keine Antwort.

Die Hitschke wartet schon im Garten. Sie hat sich die Haare nicht gemacht, strohig stehen sie ab.

»Du darfst dich nicht so gehen lassen. Ich werd ihn dir zurückbringen, ich hab es ja versprochen.«

Müde sieht die Hitschke aus und älter, als sie sowieso schon ist. Sie fährt sich durch die Haare und lächelt entschuldigend.

»Ich hab die Wickler verlegt. Eigentlich sind sie immer am gleichen Platz, in der Kommode im Schlafzimmer. Aber irgendwie ...« Sie schüttelt leicht den Kopf. »Irgendwie ist alles anders jetzt, auch im Haus und mit den Dingen.«

Sie sieht Kerze fragend an, als erwarte sie eine Antwort von ihr.

»Willst du mit zum Abendessen zu uns kommen?«

Die Hitschke denkt nach. Sie legt die Hände an die Schläfen und schließt für einen kurzen Moment die Augen.

»Nein danke«, sagt sie dann.

»Gute Entscheidung«, ruft Kerze und ist schon losgelaufen. »Es gibt heute Eiersalat!«

Kurz vor ihrem Haus kommt Kerze der Hubersohn entgegen. Die offenen, langen Haare schauen unter der Basecap hervor. Es ist die gleiche, die sie auch hat. Schwarz, mit dem Emblem vom Bauernverband. Beim vorletzten Dorffest hat der Verband die Käppis verteilt, aber keiner wollte sie haben, außer dem Hubersohn und ihr. Dicker ist er geworden, sie sieht ihn in letzter Zeit abends oft vor dem Bären stehen, eine Zigarette in der Hand und ins Leere starrend. Bis vor ein paar Jahren hat er manchmal mit ihr Fußball gespielt, auf der Wiese hinterm Huberschober. Hat ihr Kopfbälle beigebracht, die nicht wehtun, und ihr gezeigt, wie man sich im Tor behauptet.

»Hallo, Markus«, sagt Kerze.

Der Hubersohn nickt nur, schlurft dann weiter. Kerze sieht ihm nicht nach, sie weiß, auch ihm sitzen die Geister im Nacken, seine sind nur größer, mit schwereren Tüchern.

SECHS

Der Fendt 1000 Vario steht wie ein hochgetriebener Bulle in seinem Stall. Die Garage hat der Vater im Sommer gleich nach dem Fest in Karpfham extra bauen lassen. Direkt neben der Scheune zur Straße hin, mit einer komplett mit Panzerglas versehenen Außenwand. Damit ihn jeder, der vorbeigeht, sehen kann, den 1000 Vario, der eine Warnung ist an die anderen: Mit mir nehmt es lieber nicht auf.

Einen Thermomix hat er dazubekommen, der jetzt auf der Anrichte verstaubt. Weil ja die Mutter schon vor zehn Jahren das Weite gesucht hat. Da würde sie wieder die Hand auf die heiße Herdplatte legen, wenn sie vom Thermomix wüsste, ist sich der Hubersohn sicher. Eine schlechte Köchin war sie, eine ganz schlechte. Das auch noch zu allem anderen! Für den Vater ist sie nicht mehr lebendig. Wer sich von ihm abwendet, geht ins Totenreich.

Der Hubersohn legt die Hand auf das linke Vorderrad vom 1000 Vario. Er spürt die Kraft der Maschine, wozu sie in der Lage ist. Sie pumpt ihm Stärke in die Venen, richtet ihn auf. Er streckt den Rücken durch und bläht die Brust. Sein 1000 Vario, seiner. Genau genommen nicht seiner, Vaters Geld. Seins, wenn er tot ist. Hofft er. Wenn der Mazur auf Besuch kommt, hat der Vater oft einen Fünfziger in der Hand liegen, die er ihm reicht. Die leere Hand danach, die macht dem Hubersohn zu schaffen. Im Sattel sitzt der Vater trotzdem noch seit dem Schlag. Setzt sich lieber einen Helfer daneben, der für ihn schaltet, als ihm, dem Hubersohn, das Einbringen zu überlassen.

Die ganze Nacht hat es geregnet, der Matsch in den Profilrillen ist mittlerweile trocken. Er greift sich den Schlitzschraubenzieher von der Werkbank, vorsichtig fährt er hinein und holt den Dreck Stück für Stück heraus. Da investiert er was, in die Pflege vom 1000 Vario. Nur das Beste für sein Baby, sein Superbaby. 500 PS, drei Meter achtzig hoch, der größte Standardschlepper der Welt. Nach einer Dreiviertelstunde ist er mit den Rädern durch. Er stemmt sich in die Führerkabine und lässt sich in den Sitz fallen. Mit einem Finger bedient er das Touchpad, Freiwild ballert aus allen vier Boxen. Er schließt die Tür und regelt die Lautstärke maximal rauf. Aus der Kühlbox fischt er ein Bier, lehnt sich zurück und packt die Beine aufs Lenkrad. Er schaut auf die Uhr, fünfzehn Uhr fünfzig, die Schule ist seit zwanzig Minuten aus. Gleich kommen die Kinder, drücken sich die Nasen platt an der Scheibe, wie jeden Tag. Die Bässe wummern in seiner Druckkabine, er nimmt zur Dämmung noch einen großen Schluck Bier, noch einen und noch einen und wird, wie geplant, weich im Kopf.

Der kleine Keller ist wie immer der Erste und macht den Daumen hoch, auch wie jeden Tag. Der Hubersohn prostet ihm zu. Jetzt kommen die anderen, die Jungs vorneweg, aber auch ein paar Mädchen. Die interessieren sich schon, so ist es nicht, einige haben durchaus etwas übrig für Technik, für Größe. Einmal die Woche lässt er sie rein, steigt von seinem Bock und winkt sie ums Haus herum in die Garage. Nie am gleichen Wochentag, so hält sich die Spannung, und er genießt die erwartungsvollen Gesichter hinter der Scheibe. Süchtig wird man danach, findet er.

Heute ist es zum Glück so weit. Er öffnet die Tür vom Vario, und die Kinder rennen schon los, stürmen wenige Sekunden später herein und schmeißen ihre Ranzen und Rucksäcke in die Ecke.

»Darf ich als Erster, darf ich, darf ich?«

Der Hubersohn hebt den kleinen Keller auf den Bock.

»Aber nix anfassen«, sagt er streng und zeigt auf den Touchscreen. Der Junge dreht schon am Lenkrad, strahlt übers ganze Gesicht.

Vor dem Vario hat sich eine Schlange gebildet, die Jungs vorn, die Mädchen dahinter. Die kleinen Hände liegen auf den Rädern, manche passen ganz in die breiten Rillen. Ein Kind nach dem anderen hievt er in die Fahrerkabine hinein. Die Mädchen kreischen, wenn sie drankommen. Als das letzte von ihnen, die kleine Wendt, in der Kabine sitzt, öffnet der Hubersohn die Kühlbox neben dem Bock, dreißig Liter fasst die, und holt Fantadosen heraus. Die Kinder jubeln. Zischend macht er sie auf und reicht sie in die Runde. Er selbst schnappt sich ein zweites Bier und schaut hinaus. Auf der anderen Straßenseite sitzt Kerze auf dem Stromkasten, ihr Fahrrad lehnt daneben. Wegen der Sonne hat sie ein Auge zusammengekniffen, aber das andere sieht ihn direkt an. Unsicher hebt der Hubersohn die Hand zum Gruß, sie kommt nie mit hinein. Er nimmt eine Fanta aus der Kühlbox und schwenkt sie halbherzig in der Luft, aber Kerze verzieht keine Miene. Als alle ausgetrunken haben, sieht er auf die Uhr.

»Und jetzt zischt ab. Ich muss zurück an die Arbeit!«

Die Kinder rennen lachend davon, auch Kerze ist verschwunden.

Er schwingt sich zurück auf den Sitz, trinkt sein Bier aus und schläft ein. Wird erst wach, als der Vater von draußen gegen die Scheibe haut. Er brüllt etwas, aber der Hubersohn kann nicht verstehen, was. Schnell springt er auf, wirft die Bierflasche in die Box, wischt sich den Speichel von der Backe und läuft dem Vater hinterher in den Hof.

»Da«, sagt der Vater und zeigt auf einen Mann, der neben dem

Heuschober steht. »Der Neue.« Dann verschwindet er ohne ein weiteres Wort im Wohnhaus.

Der Neue lehnt teilnahmslos an der Mauer. Der Hubersohn mustert ihn. Sein Körper ist drahtig, die Arme definiert. Er trägt eine enge Jeans, mit künstlich erzeugten Löchern am Knie, und ein rotes, hautenges T-Shirt von Adidas. Die schwarzen, dicken Haare, borstig und ungewaschen, stehen in alle Richtungen. Wie alt er ungefähr ist, kann der Hubersohn nicht sagen. Das dunkel gebräunte, wettergegerbte Gesicht und die großen, zerfurchten Hände zeugen von Feldarbeit und verschleiern sein Alter.

»Komm mit«, sagt der Hubersohn und geht vorneweg. »Scheune!«, sagt er und zeigt nach links. »Arbeitshalle!« Er zeigt nach rechts. »Schober, Lager, Waschanlage!« Zuletzt zeigt er auf die Garage vom 1000 Vario: »Tabu!«

Der Neue nickt und steckt sich eine Zigarette an, aber der Hubersohn schnipst sie ihm aus der Hand und tritt sie aus.

»Nicht hier auf dem Hof.«

Er führt ihn über eine Wiese zur Unterkunft und öffnet dort die Tür. Im Moment sind alle auf dem Feld, die Zimmer leer.

»Komm«, sagt der Hubersohn und geht einen Gang ohne Fenster hinunter. Er stößt eine Tür auf und weist auf eins der drei Stockbetten.

»Oben«, sagt er.

Der Neue reagiert nicht.

»Hier oben ist dein Bett«, sagt er überdeutlich und haut auf die Matratze.

Er dreht sich um, öffnet einen Schrank in der Ecke und holt ein Kissen, eine Decke, Bettbezüge, zwei Handtücher und einen Waschlappen heraus. Er schmeißt alles auf das Bett und schaut auf die Uhr.

»In zehn Minuten hole ich dich ab und bringe dich zu den anderen aufs Feld.«

Der Hubersohn verlässt die Unterkunft und zündet sich eine Zigarette an. Als vor drei Tagen einem der Erntehelfer von Rollo der Unterschenkel zerfleischt wurde, hat der Vater gleich einen neuen bestellt. Aus Polen diesmal, die Bulgaren waren ohnehin in der Überzahl. Ein Gleichgewicht bei den Helfern ist wichtig, findet der Hubersohn, sonst gibt es zu oft Prügeleien. Er stößt den Rauch durch die Nase aus, steckt zwei Finger in den Mund und pfeift. Keine fünf Sekunden später kommt Rollo mit wehenden Ohren quer über den Hof gejagt. Er hat ihn selbst ausgebildet und auf türmende Helfer abgerichtet. Denn ein paar Mal ist es auch ihnen passiert, dass welche abgehauen sind, bevor die Reise- und Unterbringungskosten abgearbeitet waren. Da zahlt der Bauer dann drauf. Der Vater, na klar, war fuchsteufelswild gewesen und hat den Rollo angeschafft. Ein extrem bissiger Rottweiler, der am Tag nur mit Maulkorb vor der Hütte liegt. Am Abend macht der Hubersohn den Korb zur Sperrstunde ab. Der Rollo hat noch jeden erwischt, aber eigentlich versucht es auch keiner mehr, seit er da ist. Und der von ihm zuletzt Angekaute hat angeblich gar nicht flüchten wollen, wie er hinterher beteuerte, hat nur nach der Sperrzeit noch einen Schnaps im Bären trinken wollen. Angeblich.

Rollo hat sich auf den Rücken gedreht, und der Hubersohn krault ihm den Bauch, drückt, als es ihm reicht, in die Hoden vom Hund, der kurz aufjault, auf alle viere springt und sich in den Schatten der Hubereiche verzieht. Der Hubersohn schiebt den Schirm seines Käppis nach oben und wischt sich mit einem Taschentuch den Schweiß von der Stirn. Als der Neue aus der Unterkunft tritt, pfeift er ihm zu wie eben noch dem Hund. Er schwingt sich auf den alten Fendt, der, den er fahren darf, und dreht den Zündschlüssel im Schloss. Der Neue springt auf, klettert auf den Beifahrersitz. Auf dem Feld reicht der Neue den anderen die Hand, fügt sich dann nahtlos ein in die Gruppe, ohne den Hubersohn noch mal anzusehen.

SIEBEN

Kerze hat sich den Wecker gestellt. Ihn unter das Kopfkissen geschoben, damit sein dumpfes Piepen nur sie, nicht auch ihre Mutter weckt. Sie schlägt die Decke zurück und steigt aus dem Bett. Die Beine fühlen sich steif an, und die Kniekehlen schmerzen ein wenig vom harten Jeansstoff. Sie hat in Kleidern geschlafen, wollte morgens keine Zeit verlieren. Vorsichtig öffnet sie die Zimmertür, Millimeter um Millimeter schiebt sie sie auf, damit sie nicht knarzt. Sie schleicht über den Flur, vorbei an Mamas Zimmer, die sie durch die halb geöffnete Tür gleichmäßig atmen hört, geht leise die mit Teppich bezogene Treppe hinunter und wirft einen Blick auf die Uhr neben der Garderobe: Zwei Minuten hat sie gebraucht seit dem Aufwachen. Sie greift sich ihr Käppi, die Regenjacke und den Schulranzen und schlüpft aus der Haustür. Draußen schließt sie ihr Fahrrad vom Strommast gegenüber dem Haus, das sie, auch um Zeit zu sparen, letzte Nacht nicht wie sonst in den Schuppen gestellt hat. Am Kirchplatz sieht sie zum Turm, der noch im Dunkeln liegt. Das angestrahlte Zifferblatt der Uhr informiert sie darüber, dass seit dem Aufstehen mittlerweile vier Minuten vergangen sind. Zufrieden tritt sie stärker in die Pedale und fegt aus dem Dorf.

Als sie beim Karottenacker vorbeikommt, hält sie an. Akkurat laufen die Dämme ins Unendliche. Hunderttausende Rüben müssen das sein, wohlgeformt und makellos, wie alles Hubergemüse. Die

Hitschke hat gestern Abend bei der Befragung angegeben, dass Powers Lieblingsessen Karotten seien. »Karotten?«, hat Kerze gefragt. »Ja, roh und ungeschält.« Nein, ein Kaninchen sei er aber nicht und würde auch ein Stück Kassler nicht verachten, im Gegenteil, sich das halb zahnlose Maul danach lecken. Was denn mit Powers Zähnen sei? »Ach, nur eine Altersfrage!« Dass sie sich deswegen aber besonders Sorgen mache, ob er durchkäme da draußen oder wo auch immer er sei, ohne sie, die Hitschke, ohne ihre täglichen Dosen mit dem weichen, durchpürierten Fleisch, denn auch an den Lieblingskarotten habe er in letzter Zeit sehr lange zu nagen gehabt. »Wie alt ist er denn genau?«, hat Kerze gefragt, worauf die Hitschke ins Schlingern geraten ist.

Fedrig reckt sich das Grün in die Höhe, es sieht aus wie Petersilie. Sie beugt sich hinunter und rupft drei Karotten heraus, steigt auf ihr Rad und fährt weiter. Die letzten Meter muss sie schieben, zu hoch steht das Gras, das sich um die Speichen ihrer Reifen windet. Nächste Woche erst wird gemäht, übernächste das Heu eingeholt. Der Huber verkauft es überteuert an die Milchbauern der Nachbardörfer, die zu wenig Grünland haben und ihre Kühe im Winter nicht mehr satt kriegen. Am Waldrand wirft sie ihr Rad einfach hin, überlegt kurz, ob sie auch den Ranzen hierlassen soll, entscheidet sich beim Gedanken an ihr gut bestücktes Stiftemäppchen dagegen, zieht die Riemen enger und dreht sich noch mal um. Die Sonne ist gerade aufgegangen, ein diesiger Himmel verspricht für später Wolken. Schnell stapft sie los.

Drinnen ist es kälter, der frühe Morgen lässt sie frösteln, und sie zieht den Reißverschluss der Regenjacke hoch bis unters Kinn. Noch nie war sie um diese Zeit allein im Wald, er kommt ihr anders vor bei diesem Licht, die Bäume scheinen enger beieinanderzustehen, die Steine stärker von Moos bewachsen, der Geruch von feuchtem Laub und nasser Erde intensiver zu sein. Wäre sie nicht Kerze, sondern irgendein anderes Kind, würde sie sich jetzt fragen, ob es eine gute Idee gewesen ist, herzukommen, ob es nicht besser gewesen wäre, daheimzubleiben unter dem warmen Deckbett. Aber sie ist kein anderes Kind, sie ist Kerze, und deshalb lacht sie über diesen Gedanken, geht weiter und schweift mit dem Blick suchend umher. Stück für Stück arbeitet sie sich vorwärts, schleudert Stöckchen haarscharf an Stämmen vorbei und bellt in dichte Büsche hinein, beißt immer wieder kleine Happen von den Karotten ab und streut sie in regelmäßigen Abständen hinter sich. Nach einer guten halben Stunde sieht sie zum ersten Mal auf die Uhr. In zehn Minuten wird Mamas Wecker klingeln, in zwanzig wird sie aufstehen, in dreißig vor Kerzes leerem Bett stehen. Sie wird sich kurz wundern, wird die Schultern zucken und ins Badezimmer gehen, wird duschen, sich anziehen und unten nachsehen, ob sie in der Küche oder im Wohnzimmer ist. Sie wird an der Haustür ein-, zweimal ihren Namen rufen. Wird die Stirn runzeln, die Zeitung hereinholen und sich einen Kaffee kochen. Sie wird lesend am Küchentisch sitzen und den Kaffee schwarz aus ihrem großen gelben Becher trinken, ab und an aufschauen und einen Blick aus dem Fenster und zur Straße hin werfen. Nach einiger Zeit wird sie sich erheben, ein Stück Toast mit Butter und Himbeermarmelade beschmieren, es in der Mitte des Küchentisches platzieren und ein Glas Orangensaft danebenstellen, wird das Haus verlassen und zur Arbeit gehen. Kerze spürt ein Ziehen im Magen, als sie an das Marmeladenbrot denkt. Sie hätte etwas mitnehmen sollen, einen Apfel oder eine Banane, aber sie hat nicht daran gedacht, nicht mal ein Pausenbrot für die Schule hat sie sich geschmiert. Die Karotten für Power sind aufgebraucht, und die wilden Blaubeersträucher am Waldrand zu weit weg. Sie will nicht umkehren, entscheidet stattdessen, einen Abstecher zum Bach zu machen und sich den Bauch mit kaltem Wasser zu füllen. Als sie dort ankommt, kniet sie sich hin und taucht die Hände hinein, trinkt, bis sie satt ist, und läuft die paar Hundert Meter zur Lichtung, um sich zum Aufwärmen dort ins Gras zu setzen. Sie holt ihr Heft heraus und blättert zum gestrigen Tag. Schon während der Befragung der Hitschke hatte sie die Antworten notiert. Eine Elf steht hinter der Frage nach Powers Alter und dahinter zwei Fragezeichen, zwischen denen sie die Hitschke lang und prüfend angesehen hat. Ob sie sich denn nicht sicher sei, hat sie gefragt, nachdem sie wahrgenommen hatte, dass die Hitschke unruhig von einem Bein aufs andere trat. Doch, doch, sicherlich, er sei elf Jahre alt, sie wüsste es natürlich ganz genau. »Lustig«, hat Kerze gesagt, »dann ist er ja so alt wie ich.« Die Hitschke lächelte und sah an ihr vorbei, und Kerze ging mit dem Gefühl nach Hause, irgendetwas übersehen zu haben. Sie blättert ein paar Seiten zurück, überfliegt das Geschriebene. *Edeka. Geschäftsführer erst verdächtig, dann nicht mehr verdächtig. Hundeleine? Freier Blick am Kantner Brocken. Lara kann seit gestern hellsehen: praktisch. Maderhaus powerfrei wie erwartet.* Und immer wieder: *kein Power! Weit und breit: kein Power.*

Plötzlich wird es dunkler, sie sieht nach oben. Am Himmel plustern Wolken groß wie Wale, die sich nach Norden anthrazit verfärben. Bald wird es regnen. Früher hat sie versucht, den Lauf des Wetters mit Willenskraft zu lenken. Manchmal gelang es ihr, das Dorf blieb verschont, und der Blitz schlug erst im Nachbarort ein. Minutenlang lief sie anschließend auf der Hollerwiese im Kreis, barfuß und im Gras lauernde Bienen ignorierend, zum Dank und um das Gleichgewicht der Kräfte wiederherzustellen. Denn wie eine Riesin kam sie sich vor nach einem Erfolg wie diesem. Sie versucht es auch jetzt, drückt, wie sie es nennt, ihr Gehirn zusammen, presst alle Gedanken heraus außer diesem einen:

es wird nicht regnen

es wird nicht regnen

es   wird   nicht   regnen

Bis ihr die Tränen über die Backen laufen. Sie sieht auf die Uhr und steht auf, geht zurück in den Wald. Bis zur Scherer Linie will sie es heute schaffen, das hat sie sich vorgenommen. Schnell geht sie voran und schleudert die Stöcke mit großer Kraft zwischen den Bäumen hindurch. Sie hört mehrere Spechte bei der Arbeit, das aufgeregte Flattern zweier Tauben in der Balz, meint, an einer Stelle ein Reh durchs Dickicht huschen zu sehen. Mit jedem Schritt, den sie tiefer in den Wald vordringt, hat sie das Gefühl, das Grün der Blätter werde dunkler, die Wipfel würden dichter und es ströme weniger Licht herein. Sie beginnt zu laufen und muss an wild gewordene Keiler denken, an Füchse mit Tollwut, Dinge, die ihr sonst nicht in den Sinn kommen, wenn sie allein im Wald ist. Sie reckt ihre Faust nach oben und ruft dem Keingott zu, er müsse sich schon Besseres einfallen lassen als diese finstere Waldnummer. Entschlossen geht sie weiter, weicht den vielen Steinen aus, die ihr der Keingott als Stolperfallen hingelegt hat, bis sich die Bäume langsam lichten, sich der Wald vor ihr öffnet und den Blick auf das Scherer Tal freigibt.

Außer Atem steht sie am Abhang. Sie starrt hinunter auf die Baumkronen, eine Ansammlung von Buchen, dicht an dicht, hin und wieder durchbrochen von einzelnen spitz herausragenden Fichten. Sie stellt ihre Augen unscharf, trübt das Bild, fragt sich, ob das etwas ändert, ob das die Grenze verschiebt, den Abstand zwischen ihr und den Bäumen verringert, ob sich diese Strecke schrumpfen lässt auf ein nicht tödliches Maß. Sie dehnt den Möglichkeitsraum, kostet ihn aus, solange er hält. Sie glaubt schon sehr lange daran, dass sich die Welt ihrem Willen beugen wird. Es ist nur eine Frage der Zeit.

»Power«, ruft sie und weiß, dass er sie hört. Dass der Keingott ihn dort unten ins Laub drückt. Sie wischt sich den Schweiß von der Stirn und sieht auf die Uhr. Es ist kurz vor sieben. Wenn sie rechtzeitig in der Schule sein will, muss sie jetzt den Rückweg antreten. Sie möchte nicht gehen, spürt die Unzufriedenheit darüber im Kiefer sitzen und lockert ihn. Noch nie hat sie geschwänzt, würde aber, wenn es nötig wäre, wenn ein Auftrag es erforderte, es um Leben und Tod ginge. »Aber darum geht es hier im Moment noch nicht«, sagt sie laut und zu sich selbst. Dass sie geduldig sein muss, denkt sie dann, dass sie die Ruhe nicht verlieren darf. Denn Powers Abwesenheit muss nichts Schlimmes bedeuten. Kann, aber muss es nicht. Noch, denkt sie, ist alles offen. Sie atmet tief durch und saugt das Schererpanorama in sich auf, hinterlegt ein Bild auf ihrer internen Festplatte, das sie später in der Schule so genau wie möglich in ihr Heft zeichnen wird.

ACHT

Der Hundekorb ist ein Faktor. Sie kann ihn am Tag besser ertragen, die Hitschke. Aber am Morgen, wenn der Schlaf noch an ihr nagt, sie das Gefühl hat, nie wieder aufstehen zu können aus dem Bett, ist der erste wache Blick in den leeren Korb fast unerträglich.

Langsam richtet sie sich auf, stellt zuerst den rechten Fuß auf den Boden, dann den linken und schlüpft in ihre Pantoffeln. Wie jeden Morgen zieht sie den Bademantel an, der über dem Stuhl neben dem Kleiderschrank liegt, geht zum Fenster, öffnet es und atmet die frische Luft ein, die noch kühl ist und bald der Hitze weichen wird. Gestern Abend hat der Wetterbericht den heißesten Julitag seit Bestehen des hundertjährigen Kalenders vorausgesagt. Dass sie den Sonnenhut aufsetzen muss, wenn sie nachher mit Power spazieren geht, denkt sie und hat für einen Moment tatsächlich vergessen, dass er, der Hund, verschwunden ist. Verschwunden seit mittlerweile sechs Tagen, sechs langen, ihr endlos erscheinenden Tagen, die in einem anderen Rhythmus liefen als sonst, in denen ihr selbst das Haus fremd vorkam, sie das Gefühl hatte, die Möbel seien um ein paar Zentimeter verrückt worden oder die Tapete wäre über Nacht vergilbt.

Als sie sich gewaschen und angezogen hat, steigt sie hinunter ins Erdgeschoss und löscht in allen Räumen das Licht. Im Flur bleibt sie stehen und schaut zu der Stelle an der Wand, an der Powers Bild hing, bevor sie es Kerze für die Suche mitgegeben hat. Ein kleines, weiß leuchtendes Rechteck gegenüber der dunkel gebeizten Haustür, die ihr sinnlos erscheint, seit Power weg ist, als hätte sie nur einem Zweck gedient: dass sie sie dreimal täglich öffnen konnte, um mit dem Hund hinauszugehen, bei Schnee und Sturm, bei Hagel und großer Hitze, selbst wenn sie krank war, selbst dann.

In der Küche fällt ihr Blick wie jeden Morgen zuerst auf das Joghurtglas, das sie nicht geöffnet oder angerührt hat, seit sie es vor ein paar Tagen aus dem Kühlschrank geholt hat. Ohne das Glas zu verrücken, deckt sie den Frühstückstisch. Ein Teller, eine Scheibe Brot, Butter und Marmelade. Sie geht zur Küchenzeile und schlägt Filterpapier in den Filterträger. Drei Löffel Kaffeepulver auf anderthalb Tassen, sie mag den Kaffee gern stark. Beim Karl hätte sie sich das nicht erlauben können, einen Löffel auf zwei Tassen, höchstens. Furchtbar dünner Kaffee, den sie klaglos jeden Morgen trank, fast vierzig Jahre lang. Nur wochentags, der Karl war noch nicht von der Arbeit zurück, machte sie sich nachmittags immer einen Becher voll pechschwarzen Kaffees, aß ein Stück selbst gebackenen Zopf dazu, das sie ganz hineintunkte, auch das eine Sache, die in Karls Beisein undenkbar gewesen war.

Der Kaffee tröpfelt in die Kanne, die Maschine macht ein saugendes Geräusch. Am Boden steht der leere Napf, und sie geht um ihn herum, beugt sich umständlich darüber, um den Süßstoff aus dem Schrank zu holen. Sie gießt sich eine Tasse ein und will sich gerade setzen, als es klingelt. Eilig läuft sie in den Flur und reißt die Tür auf.

Überrascht macht sie einen Schritt zurück. Es ist die Podoschnik, das Baby auf dem Arm, die Haare frisch blondiert. Noch nie hat sie bei ihr geklingelt.

»Ach hallo … Sie sind's«, sagt die Hitschke.

»Ja, ich bin es. Geht's gut?

»Danke. Und Ihnen?«

»Auch.«

Die Podoschnik versucht, an ihr vorbei in den Flur zu sehen.

»Mit dem Baby alles in Ordnung?«, fragt die Hitschke.

»Alles bestens, robbt jetzt schon.«

»Fein.« Die Hitschke beugt sich vor, will das Kleine am Arm streicheln, aber die Podoschnik dreht sich zur Seite, sodass sie ins Leere greift.

»Gehen sie jetzt gar nicht mehr spazieren?«, fragt die Podoschnik.

»Doch.«

»Weil ich ihren Hund schon länger nicht mehr gehört hab.«

»Ja …« Die Hitschke fühlt sich ertappt. Sie weiß nicht, was sie sagen soll.

»Ist der neuerdings gar nicht da?«

»Nein«, antwortet sie nach einem kurzen Moment.

»Aha, wo ist der denn?«

»Der ist … eben nicht da.«

»Doch nicht verstorben? Der Hund vom alten Höller ist ja kürzlich auf der A71 überfahren worden.«

»Ja, das habe ich gehört.«

Die Podoschnik sieht sie erwartungsvoll an, sagt, als von der Hitschke nichts kommt: »Also wenn es nach mir ginge, dürften ruhig noch ein paar mehr überfahren werden. Ihrer jetzt nicht, den meine ich nicht im Speziellen. Aber diese Hundehaufen überall im Dorf und dieses Gekläffe. Schrecklich. Gerade mit Kind!«

»Ich hab das Mittagessen auf dem Herd«, sagt die Hitschke matt.

»So früh schon?«

»Gulasch.«

»Ja, ich muss auch weiter.«

»Auf Wiedersehen.«

Die Hitschke schließt die Tür und geht zurück in die Küche. Kaum hat sie sich hingesetzt, klingelt es wieder.

Noch mal die Podoschnik? Als sie öffnet, steht Kerze vor ihr. Allein, ohne Power. Immer ist sie allein, nie ist Power dabei, und für einen kurzen Moment spürt die Hitschke Wut in sich aufsteigen, merkt, dass sie einen ganz roten Kopf bekommt, weil Kerze schon wieder ohne Power vor ihr steht.

»Was schaust du denn so?«, fragt die ohne Begrüßung.

Sofort hat die Hitschke ein schlechtes Gewissen.

»Nichts«, sagt sie schnell, »nichts, alles gut.«

»Alles gut?«

»Ja … Ich meine … Nein, natürlich ist nicht alles gut, solange Power weg ist. Hast du ihn ge–?«

Sie beißt sich auf die Lippen. Das soll sie doch nicht mehr fragen. Wenn schon überhaupt soll sie fragen, ob es etwas Neues gibt, so haben sie es das letzte Mal vereinbart, denn sie, die Hitschke, soll »nicht mit Nachfragen zu Offensichtlichem« Kerzes Zeit verschwenden.

»Gibt es etwas Neues?«, fragt sie also schnell, bevor Kerze loslegen kann.

»Zieh dir deine Schuhe an und deine Jacke und komm mit«, sagt Kerze, statt zu antworten.

Sie gehorcht und schließt die Tür hinter sich ab.

Kerze schiebt das Fahrrad vorneweg, und die Hitschke beeilt sich, ihr zu folgen. Spürt Kerzes Ungeduld, die sich mehrmals nach ihr umdreht.

»Ich weiß, dass du diese Fußsache da hast. Aber ich muss gleich zur Schule.«

»Tut mir leid«, schnauft sie.

»Spring auf!«

Kerze deutet auf den Gepäckträger.

»Ich bin zu schwer für dich.«

»Quatsch.«

Vorsichtig steigt die Hitschke auf. Als Kerze in die Pedale treten will, kippt das Rad zur Seite, und sie fallen beinahe hin.

»Du musst beim Fahren aufspringen«, sagt Kerze.

»Das kann ich nicht.«

Die Hitschke schüttelt den Kopf, aber Kerze ist schon losgefahren. Sie läuft hinterher, hebt den Rock und schwingt sich auf den Gepäckträger. Sie schwanken leicht, aber Kerze hält dagegen, und sie düsen davon. Während der Fahrt versucht die Hitschke, die Füße oben zu halten, und klammert sich an Kerze.

Vor dem Edeka machen sie halt und steigen ab. Der Laden ist noch geschlossen. Es ist Viertel vor acht.

»Also«, sagt Kerze und zieht ihr Heft aus dem Ranzen. »Wo genau war Power angeleint?« Sie deutet auf den Fahrradständer. »Hier?«

»An dem Tag, als er verschwunden ist?«

»An welchem sonst?«

Die Hitschke schüttelt schnell den Kopf.

»Nein, hier.«

Sie deutet mit dem Finger auf den schmalen Stamm der Birke gegenüber. Bei großer Hitze leint sie Power lieber dort an, so kann er im Schatten auf sie warten.

Kerze notiert.

»Und die Leine?«

»Die Leine?«

»Ja, war die noch dran am Stamm oder auch weg?«

»Ach so … Die war auch weg«, antwortet sie etwas zu leise.

»Wie bitte?«, ruft Kerze.

»Die war auch weg!«, sagt die Hitschke lauter.

»Verstehe.« Kerze schreibt in ihr Heft. »Und wie genau hat er da gesessen, als du ihn das letzte Mal gesehen hast?«

»Wie meinst du das?«

»Stand er oder saß oder lag er, hat er vielleicht einen Kopfstand gemacht?«

»Er saß da wie immer.«

»Wie immer?«

»Ja.«

»Mach es mir doch mal vor.«

Kerze zeigt ungeduldig auf die Birke.

»Ich soll dir …?«

Heftiges Nicken.

Die Hitschke schaut sich um. Es ist niemand zu sehen. Zögerlich macht sie die paar Schritte hinüber zum Baum, hält sich am Stamm fest und geht langsam zu Boden.

»So also, so saß er da?«

Die Hitschke nickt, kleine Steinchen drücken sich in die empfindliche Haut am Knie. Der Feinstrumpf endet kurz unterhalb.

»Und wenn es ihm zu lang gedauert hat, das Einkaufen, hat er dann gebellt?«

»Ja. Aber selten.«

Die Hitschke will aufstehen, es ist ihr unangenehm, hier auf dem Boden zu knien.

»Kannst du mir das mal vormachen?«

»Was?«

»Wie er gebellt hat.«

»Nein, also … das kann ich nicht.«

Sie versucht, sich am Baum hochzuziehen.

»Bleib sitzen«, fährt Kerze sie an. »Ich glaube schon, dass du das kannst, denn du willst ja deinen Hund wiederhaben oder nicht?«

»Ja, natürlich. Aber du hast ihn doch selbst schon oft bellen gehört.«

»Ich kann mich aber nicht mehr an den genauen Klang erinnern.«

»Ist das denn so wichtig für die Su–?«

Kerzes vernichtender Blick lässt sie den Satz nicht zu Ende sprechen. Sie schaut sich wieder um, merkt, wie ihr Unterkiefer zu zittern anfängt. Dann besinnt sie sich und schließt die Augen. Sie sieht Power vor sich, wie er an jenem Morgen dort gesessen und sie mit flehendem Blick angesehen hat, wie immer, wenn sie ihn draußen anleinte und in den Laden ging. Sie versucht, sich sein Bellen vorzustellen, wenn er im Wald einen Hasen entdeckte und hinter ihm herjagte oder wie er wie ein Verrückter den Huber anblaffte, wenn sie ihm begegneten. Sie öffnet den Mund und hört sich im nächsten Moment einen Ton ausstoßen, der tatsächlich ein bisschen so klingt wie Powers Bellen. Sie wiederholt es noch dreimal, viermal, fünfmal, hat kurz das Gefühl, gar nicht mehr damit aufhören zu können, und öffnet schnell die Augen. Kerze hat ihr Handy auf sie gerichtet und filmt.

»Danke«, sagt sie und sieht aus, als würde sie sie anlächeln.

Jetzt sitzt die Hitschke am Küchentisch. Kerze hat sie mit dem Fahrrad noch schnell nach Hause gefahren. Der Kaffee ist längst kalt geworden. Sie schiebt die Tasse von sich weg, auch den Teller mit der Scheibe Brot darauf und rutscht auf dem Stuhl hin und her. Ihr Po schmerzt. Vor heute hat sie erst einmal in ihrem Leben auf einem Gepäckträger gesessen. Ganz am Anfang, der Karl und sie waren erst ein paar Wochen verheiratet, hat er sie einmal hinter sich aufsitzen lassen. Sie wollten an einem Sonntag mit den Rädern zum See, und ihres hatte einen Platten. Sie weiß noch, wie sie sich zuerst etwas umständlich nur am Sattel festgehalten, bei der abschüssigen Fahrt vom Kantner Brocken aber reflexhaft die Arme um seinen Bauch geschlungen hat. Auch als die Straße längst wieder eben verlief, blieb sie so, bis sie am See ankamen. Noch Jahre später fragte sie sich, was an diesem Tag anders gewesen war als an allen folgenden und ob sie, ohne es zu wissen, etwas richtig gemacht hatte, das sie später nicht zu wiederholen imstande gewesen war.

Sie steht auf und räumt bis auf das Joghurtglas alles ab, kippt den Kaffee in den Ausguss, wirft die Scheibe Brot in den überquellenden Mülleimer und schnürt den Sack oben zu. Sie schleift ihn durch Küche und Hausflur nach draußen, wuchtet ihn in die leere Tonne und schmeißt mit viel zu viel Schwung den Deckel zu. Erschrocken schaut sie über die Eiben, ob nicht das Podoschnikbaby nebenan im Schatten der Platane in seinem Wagen schläft und vom lauten Knall des zufallenden Deckels geweckt worden ist. Aber niemand ist da, das Baby nicht und die Podoschnik selbst, die auch nicht. Sie schleicht zurück ins Haus und schließt die Tür so leise, wie sie nur kann, setzt sich im Wohnzimmer auf das Sofa und macht den Fernseher an, lässt ihn laufen, bis die Nachmittagssonne sie zum Aufstehen zwingt und sie den Rollladen zur Hälfte schließt.

NEUN

Nach der Schule ist Kerze mit dem Fahrrad weite Strecken in die umliegenden Dörfer gefahren, hat Leute auf der Straße angesprochen, aber keiner hat Power gesehen. Jetzt sitzt sie auf der Terrasse, reibt sich die schmerzenden Waden und sieht sich das Video von der bellenden Hitschke an. Sie hat es seit heute früh Dutzende Male abgespielt, es am Nachmittag Lara und Flori gezeigt und die beiden stundenlang angeleitet, sie wieder und wieder korrigiert, bis Lara ärgerlich abgehauen ist und Flori ganz heiser war. Sie legt das Handy zur Seite und prüft alle Einträge im Heft. Noch kann sie keine Zusammenhänge erkennen, weiß aber, ganz zum Schluss wird alles einen Sinn ergeben, jedes kleine Detail zum Auffinden Powers geführt haben. Sie schließt die Augen und stellt sich das Ende der Suche vor, das glückliche Gesicht der Hitschke, auch das unglückliche zur Sicherheit, steht auf, läuft ins Haus und zum Spiegel und sieht sich an auf eine Art, als wäre sie schon die, die Power gefunden hat.

»Was machst du?«, fragt ihre Mutter im Vorbeigehen.

»Ich lerne Vokabeln.«

»Nicht so frech, junge Dame. Komm lieber zum Abendessen.«

Die Kartoffelsuppe steht dampfend auf dem Tisch. Mama schöpft Kerzes Teller voll und gießt ihr ein Glas Sprudel ein.

»Gibt's was Neues?«

»Noch nicht.«

»Worum geht es eigentlich?«

»Power ist weg, verschwunden.«

»Ach! Hildes Hund?«

»Welcher sonst?«

»Wo kann er denn sein?«

Statt einer Antwort bellt Kerze sie an. Mama bellt zurück. »Das kann ich auch«, sagt sie und lacht, aber Kerze sieht sie mit regungsloser Miene an, schiebt den Teller weg und steht auf.

»Was hast du denn?«

Kerze antwortet nicht, steckt sich das Heft hinten in den Hosenbund und geht auf die Knie. Auf allen vieren steigt sie die Treppe hinauf, während Mama ihr nachsieht.

»Willst du keinen Nachtisch? Es gibt Eis!«, ruft sie noch und erhält Kerzes zufallende Zimmertür als Antwort.

Kerze schiebt das Heft unter ihr Kissen, zu Powers Bild, geht zum Schreibtisch und schlägt das Buch aus der Bücherei auf. Sie blättert darin, Yorkshire-Terrier mit Schleifchen im Fell, darunter die Beschreibung *Ein Yorkshire ist ein treuer Gefährte und wunderbarer Gesellschaftshund.* Auf einem Bild ist ein schwarzer Pinscher zu sehen, der Männchen macht. Kerze imitiert die Geste, lässt die Zunge heraushängen und hechelt, blättert dann um. Ein Labrador, der mit typischem Hundeblick, den Kopf auf den Vorderpfoten abgelegt, in die Kamera sieht. Kerze schiebt ihr Kinn auf die Hände und hebt leicht die Augenbrauen. Auf der nächsten Seite ein großer Jagdhund mit geschlitzten Augen. Kerze tut es ihm nach und fängt leise an zu knurren. Sie blättert weiter, bis zur letzten Seite, auf der ein Wolf zu sehen ist. Das Maul weit aufgerissen, die Nase vor Wut gekräuselt und in seinen Augen die pure Raserei. Kerze stellt sich das hilflose Opfer außerhalb des Bildes vor, die Angst in den Augen, den geduckten, unterwürfigen Körper. Sie sperrt den Mund weit auf und streckt die Zunge so weit heraus, dass es sie in der Kehle schmerzt, schaut auf und sieht sich in der Scheibe, ihren stechenden Blick, wie sie die Zähne fletscht, ihre Mundwinkel zucken lässt.

Die Abendrunde vor den Häusern bringt weitere Minuszeichen in ihrem Heft und keine neuen Erkenntnisse. Trotzig verweigert sie dem Keingott auch in dieser Nacht den Gruß, der es ihr mit Albträumen vergilt. Stundenlang verfolgt sie einen kahl rasierten Power durch ein trockenes Flussbett, hört hinter sich das unaufhörlich lauter werdende Rauschen des einschießenden Wassers.

Am nächsten Morgen ist sie gerädert und kommt nur schwer aus dem Bett. Als ihre Mutter an der Tür klopft, zieht sie die Decke über den Kopf. Sie knurrt, als sie hereinkommt, bellt, als sie sagt, sie müsse jetzt aufstehen.

»Letzter Schultag, hopp.«

Drei Kinder weinen bei der Zeugnisvergabe. Anne, die eine Reihe vor ihr sitzt, liest laut und ungefragt ihre Einsen in allen Fächern vor. Kerze verstaut ihr Zeugnis im Ranzen, ohne hineingeschaut zu haben, und tippt Anne auf die Schulter.

»Anne?«

»Ja?« Sie sieht sie abweisend an.

»Du wirst sterben.«

»Spinnst du?«

»Wieso? Es stimmt.«

»Frau Haller, sie hat gesagt, ich werde sterben«, ruft Anne und zeigt auf Kerze.

Frau Haller, die Kerze mag, antwortet: »Das stimmt ja auch, Anne. Wir alle werden sterben. Irgendwann. Aber zum Glück noch nicht jetzt. Bei diesem schönen Wetter da draußen habt ihr doch bestimmt was Schöneres vor.« Dann wendet sie sich Kerze zu. »Kommst du bitte noch kurz zu mir ans Pult?«

Kerze bellt erst Frau Haller an und dann Anne, schultert ihren Ranzen und verlässt den Klassenraum.

Auf dem Schulhof hat sie das Gefühl, dass einige Kinder ihr nachsehen, und dreht sich mehrmals zu ihnen um. Ein paar der Siebtklässler lächeln sie an, Ella aus der Achten winkt ihr sogar zu. Irritiert steigt sie aufs Rad und braust nach Hause. »Ich hab Hilde beim Edeka getroffen«, sagt Mama, als sie das Essen auf den Tisch stellt. »Sie sieht schlecht aus.«

»Ich weiß.«

»Die Arme.«

»Vergiss Mitleid.« Kerze hält ihr den Teller hin.

»Ja, aber dass ihr das jetzt noch mal –«

Kerze bellt, und den Rest des Essens bleiben sie still. Als sie fertig ist, steht Kerze auf.

»Wie war denn dein Zeugnis?«

Kerze zuckt mit den Schultern und macht eine Kopfbewegung zum Ranzen hin, der neben der Tür steht.

»Schau halt nach«, sagt sie und verlässt das Haus.

Sie sieht sie schon von Weitem. Untergehakt stehen sie vor Floris und Laras Haus, Becca, Livy und Marri. Die Hände in den Hosentaschen, geht Kerze langsam auf sie zu.

»Wir würden auch gerne mitmachen«, sagt Becca.

Sie mustert die Mädchen, sonst sprechen sie nicht mit ihr, sehen durch sie hindurch wie Luft.

»Wobei?«, fragt Kerze ruhig.

Die drei tauschen einen Blick.

»Na, bei deiner Suche nach diesem Hund, nach diesem … Wie heißt der noch mal?« Becca schaut zu Marri, die wiederum zu Kerze sieht.

»Power«, antwortet Marri fast lautlos.

»Power, genau«, wiederholt Becca. »Da würden wir gerne mitsuchen.«

»Jeder darf suchen«, sagt Kerze und stellt sich vor sie hin wie ein Baum. Marri, die die Kleinste der drei ist, lässt Becca los und greift stattdessen Kerzes Hand.

»Flori! Lara!«, ruft Kerze und windet ihre Hand aus Marris.

Die beiden erscheinen in der Tür. Kerze bellt ihnen zu, und sie bellen zurück. Die Mädchen kichern, aber Kerze sieht sie streng an, worauf sie verstummen und die Blicke senken.

Kerze geht vorneweg, hinter ihr Flori, Lara, Becca, Livy und zuletzt Marri. Die versucht immer wieder, an den anderen vorbeizukommen und sich vorn neben Kerze zu setzen, aber sie weist sie jedes Mal mit einer energischen Handbewegung ans Ende der Schlange.

»Hey«, ruft Livy. »Darf der auch mit?«

Kerze dreht sich um. Mit angewidertem Blick zeigt Becca auf Henne, der breitbeinig, die Arme vor der Brust verschränkt, an der Ampel steht und Kerze trotzig anguckt.

»Du?«, fragt Kerze und geht auf ihn zu.

»Heil!«, ruft Henne und schlägt die Hacken zusammen.

Kerze bellt ihn an. Verblüfft geht er einen Schritt zurück, fängt sich und ruft noch mal »Heil«. Kerze bellt, Henne macht den Hitlergruß. Heil, Wuff, Heil, Wuff, fünf Minuten geht das so, bis Henne, das Gesicht schweißnass und mit heiserer Stimme, aufgibt.

Stöckchengeschwader im Wald. Henne, der am lautesten bellt, das Gesicht ins Laub gräbt, auf allen vieren durch die Büsche kriecht. Becca, die stets hinter Kerzes gebieterischem Arm zurückbleibt, deren Stimme beim Gebell leiser ist als die der anderen. Und Marri, die hechelt, bis ihr die Tränen kommen. Der erste Tag als Rudel, schnell geht er vorbei.

ZEHN

Der Hubersohn hängt wie jeden Nachmittag mit Freiwild im Vario. Weil heute der letzte Tag vor den großen Ferien ist, hat er sein zweites Bier schon auf und legt das Feuerzeug gerade beim dritten an. Der erste Schluck ist immer der beste, das kalte Prickeln im Rachen. Mit jedem weiteren Schluck trinkt er gegen den Temperaturanstieg an, er trinkt deshalb schnell. Jetzt schaut er auf die Uhr, heute lassen sie sich Zeit, die Kinder, stören den Ablauf, bringen die Ordnung durcheinander. Als auch nach fünfzehn Minuten keiner kommt, bringt er Freiwild mit einem Fingertip auf den Touchscreen zum Schweigen. Er öffnet die Tür, springt aus dem Vario. Draußen ist weit und breit keiner zu sehen. Das Bier noch in der Hand, hält er Ausschau. Am Ende der Straße tritt die Witwe vom alten Lunger an den Zaun und ruft nach ihrer Ziege. Ihre Stimme ist ihm unerträglich, krächzend und schon halb verreckt, lange dauert es auch beim Rest der Lunger nicht mehr, ist sich der Hubersohn sicher.

Er sieht nach oben. Die Sonne puckert gegen die Wolken, drückt Hitze hindurch. Als er selbst noch in der Schule war, ließ er sich lange Zeit anstecken von der ausgelassenen Stimmung seiner Mitschüler am letzten Schultag. Aufbruch und Hoffnung lagen in der Luft, die Verheißung eines langen, brütenden Sommers mit unendlich viel freier Zeit und ohne Hausaufgaben. Er erinnert sich, wie er dann mit dem Zeugnis in der Hand übermütig nach Hause stürmte, dort abrupt gestoppt wurde vom enttäuschten Blick des Vaters, vom abwesenden der Mutter. Denkt an die darauffolgenden, sich endlos dehnenden sechs Wochen auf dem Hof ohne Freibadbesuche und Spanienurlaube, von denen seine Mitschüler im Herbst begeistert erzählten.

Mit drei Zügen trinkt er das Bier leer. Von den Kindern weiterhin keine Spur. Er kratzt sich am Kopf, dreht sich um und zuckt zusammen. Der Vater steht dicht vor ihm, grimmig schaut er ihn an. Mit einer schnellen Bewegung schlägt er ihm das Bier aus der Hand. Laut klirrend zerspringt die Flasche am Boden.

»Komm«, zischt er ihn an und geht zum Wohnhaus.

Der Hubersohn bückt sich, will die Scherben aufsammeln.

»Komm«, ruft der Vater, die Eingangstür mit dem gesunden Arm in einen pechschwarzen Flur hinein aufhaltend.

Auch drinnen in der Stube ist es düster. Die kleinen Fenster des Bauernhauses lassen selbst bei strahlendem Sonnenschein kaum Licht herein. Der lange Eichentisch steht mitten im Raum, fünf Hubergenerationen ist er alt. Der Ururgroßvater hatte ihn selbst aus dem Stamm des Baumes gezimmert, der bei einem schweren Sturm zwei seiner sechs Kinder erschlagen hatte. In diesem Haus sollte keiner vergessen.

Der Vater steht an der Stirnseite des Tisches, den einen Arm hinterm Rücken, wo er sich früher mit dem zweiten verschränkte. Auf eine Kopfbewegung des Vaters hin setzt sich der Hubersohn und legt die Hände flach vor sich auf die Tischplatte. Als Kind musste er sich sehr dafür verrenken, weil es keinen Kinderstuhl gab und er lange Zeit zu klein für den Tisch war. Bei längerem Sitzen fingen die Arme furchtbar an zu schmerzen; er hat sich trotzdem nie bewegt. Nur morgens, wenn der Vater schon längst auf dem Feld war, durfte er manchmal in der Küche essen. Saß mit seiner Schüssel am Kachelofen, löffelte den heißen Brei und sah der Mutter zu, wie sie versuchte, das Mittagessen vorzubereiten.

»Bier am helllichten Tag? Auf der Straße?«

Der Vater stützt den einen Arm auf dem Tisch ab.

»Ich wollte nur kurz … Die Kinder …«

Der Hubersohn verstummt.

»Was ist mit den Kindern?«

»Nichts.«

»Was mit den Kindern ist, will ich wissen.«

»Die Kinder … Sie kommen doch immer hier vorbei«, stottert der Hubersohn. »Wegen dem … dem 1000 Vario.«

Der Vater starrt ihn an; seine funktionierende Gesichtshälfte kneift ein Auge zusammen. Sein Leben lang hat er Angst gehabt vor diesem Blick, der Hubersohn. Jetzt aber hängen das rechte Augenlid, der rechte Mundwinkel schwer herunter.

»Die Kinder? Was hast du mit den Kindern zu schaffen?«

»Nichts.«

»Das will ich hoffen«, sagt der Vater und versucht ein halbes höhnisches Grinsen. »Was soll einer wie du denen auch zeigen?«

Der Hubersohn nickt. »Nichts«, sagt er und streicht mit der Hand über den Totentisch.

Der Vater zieht den Speichel, der aus dem rechten Mundwinkel gelaufen ist, geräuschvoll zurück.

»Jetzt geh zur Unterkunft, und schau nach, was der Neue in den Schränken hat.«

Der Hubersohn steht auf und verlässt die Stube, ohne den Vater noch mal anzusehen. Er spürt seinen Blick im Rücken, auch noch, als er das Haus verlässt, den Hof überquert und die Tür der Unterkunft grob aufstößt. Im Zimmer, das der Neue sich mit anderen Helfern teilt, steht der Dunst einer durchschwitzten Nacht. Die Jalousie ist unten, die Decke liegt auf dem Boden neben dem Stockbett. Der

Hubersohn öffnet den Schrank. Beißender Geruch schlägt ihm entgegen, eine Mischung aus Schweiß und starkem Aftershave. Die unordentlich hineingeworfenen Pullis, T-Shirts und Jeans türmen sich am Schrankboden, die Kleiderbügel an der Stange darüber sind alle leer. Er schiebt die obere Schublade auf, in der nur zwei Paar Socken liegen, in der nächsten ist nichts drin, und in der letzten findet er ein Handyladekabel, einen USB-Stick und ein Klappmesser. Er lässt die Klinge herausspringen und sticht damit in die Luft, stellt sich Vaters asymmetrisches Gesicht dabei vor, einen blutigen Speichelfaden, der an der Messerspitze hängt. Er will den Schrank gerade schließen, als er ein zusammengefaltetes Stück Papier zwischen Regalwand und Einlegeboden stecken sieht. Draußen sind Schritte zu hören, schnell zieht er es heraus und schiebt es in seine Hosentasche, dann fliegt auch schon die Tür auf, und der Neue steht vor ihm. Das Messer zwischen sich, starren sie einander an. Dem Hubersohn fällt auf, dass er ein schiefes Gesicht hat wie der Vater, aber eigentlich mehr wie Rocky, und lässt das Messer sinken.

»Konfisziert«, sagt er und knallt die Schranktür zu.

»Ist nur für Zähne«, sagt der Neue.

»Wie?«

»Nach Essen, wenn hängt etwas.« Der Neue grinst und zeigt auf seinen Mund. »Wie Zahnstocher.«

Das Messer noch in der Hand geht der Hubersohn auf ihn zu und sagt: »Du, pass bloß auf. Verarsch mich nicht, ja?«

Der Neue hebt die Arme in die Luft. »Alles gut«, sagt er und macht einen Schritt zur Seite, damit der Hubersohn an ihm vorbeikann.

»Pass bloß auf«, sagt der noch mal und klappt die Klinge ein.

ELF

Am ersten Sommerferientag atmet Kerze durch. Sie mag die Schule nicht. Sie findet, sie lernt dort nur die falschen Sachen. Trotzdem ist sie heute wie jeden Morgen früh aufgestanden. Ist an Mamas Zimmer vorbeigeschlichen, die noch schlief. Will hinaus auf die Straße.

Als sie aus der Haustür kommt, ist Henne schon da. Er winkt ihr zu und öffnet das Gartentor mit einer kleinen Verbeugung. Kerze geht hindurch und schaut auf die Uhr.

»Seit wann stehst du denn schon hier?«

»Schon seit fünf Uhr«, sagt er stolz. »Ich wusste ja nicht, wann du losgehst.«

Kerze setzt sich in Bewegung, und Henne trabt hinterher. Auf dem Kirchplatz hängt wieder die Lungerziege mit dem Kopf im Brunnen.

»Moment!« Sie läuft zu ihr hin. »Komm schon«, sagt sie und zerrt die Ziege am Halsband hinter sich her.

Die Lungeroma steht mit einer falsch geknöpften Kittelschürze im Türrahmen und winkt Kerze und Henne dankbar zu, als sie die Ziege am Zwetschgenbaum festbinden.

»Nehmt euch ein paar«, sagt sie mit krächzender Stimme und deutet auf die wenigen Früchte, die von Würmern durchlöchert an den knorrigen Ästen vor sich hin gammeln.

Kerze drückt Henne eine weiche Zwetschge in die Hand, die er ohne Zögern in den Mund steckt und samt Stein herunterschluckt, dann schiebt sie ihn Richtung Gartentor.

»Bis übermorgen oder so«, ruft sie der Lungeroma zu.

Als sie bei Lara und Flori ankommen, haben sie auch Marri im Schlepptau. Die beiden strecken die Köpfe aus dem Fenster, sie haben Zahnbürsten im Mund.

»Wir kommen gleich«, ruft Flori.

Becca rennt mit den Schuhen in der Hand über den Rasen, als die Gruppe an ihrem Haus vorbeiläuft. »Wartet«, ruft sie und versucht, sich im Gehen die Schnürsenkel zuzubinden.

Livy, die zwei Häuser weiter auf dem Bordstein sitzt, springt auf und erzählt, dass Pauli auch gern dabei wäre. Weil Kerze einwilligt, biegen sie in den Schnitzerweg ein, und Livy läuft voraus, um ihn aus seinem Haus zu klingeln.

Auf dem Feld unternehmen sie erste Versuche auf allen vieren, und Pauli, der bei den letzten Schulmeisterschaften den zweiten Platz über tausend Meter gemacht hat, treibt das Rudel voran. Beim Karottenacker fordert Kerze sie auf, sich die Taschen zu füllen, dann fegen sie weiter bis zur Schlucht hinterm Weiher. Das Echo vervielfacht Kerzes Bellen, und die Kinder schließen sich ihr an. Die Stimmen und ihr Widerhall füllen die Luft mit Spannung, und Kerze, berauscht von allem, stellt sich an den äußersten Rand der Schlucht und ruft Powers Namen.

Im Wald wälzen sie sich im Laub und stürmen weiter Richtung Bach, halten die offenen Münder ins Wasser, und Henne, der sich ganz hineinwirft, schüttelt sich so wild, dass auch die anderen nass werden. Danach führt Kerze die Gruppe zur Lichtung. Sie weist die Kinder an, sich zum Trocknen in die Sonne zu legen, und holt ihr Heft heraus. Marri kommt angekrochen und will sich an sie schmiegen, aber Kerze schiebt sie zur Seite.

»Was ist das?«, fragt Marri vorsichtig.

»Alles, was ich schon weiß«, antwortet Kerze, ohne sie anzusehen, und leckt über die Kulimine. Sie notiert, was sie erlebt haben, und merkt, wie gut es tut, die Namen der anderen Kinder in ihr Heft zu schreiben. Sie zählt nach: Zu acht sind sie jetzt.

Und es werden noch mehr werden in den nächsten Tagen, es werden sich weitere Kinder der Suche nach Power anschließen, am Ende wird keines übrig bleiben, kein Kind. Und die Häuser der Familien werden leer gefischt, die Kinderzimmer ausgetrocknet sein, auch wenn Kerze in diesem Moment noch nichts davon weiß.

Später im Dorf kommt ihr Jaro entgegen, der Sohn von Mazur. Er ist eine Klasse über ihr, gut in der Schule und meist allein unterwegs, wie sie. Eine unangezündete Zigarette in der Hand, grüßt er Kerze mit einem Kopfnicken.

»Hallo«, sagt sie und will weitergehen, aber er tritt ihr in den Weg. Holt ein Feuerzeug aus seiner Shorts und zündet sich ungelenk die Zigarette an. Dass er noch nicht oft geraucht hat, erkennt Kerze an der Art, wie er sie hält.

»Ich bin morgen auch dabei«, sagt er und sieht sie forschend an. Kerze, die sich nicht erinnern kann, je auch nur einen Satz mit Jaro gesprochen zu haben, der über eine schulische Interaktion hinausging, zuckt die Schultern und nickt gleichzeitig, wofür sie sich im nächsten Moment ein wenig schämt, weil es sehr unentschlossen und komisch aussehen muss. »Ja, klar«, schiebt sie mit rauer Stimme hinterher und merkt, dass ihr Arm unaufgefordert eine ihr fremde Schlenkerbewegung nach vorne macht. Jaro geht ohne ein weiteres Wort an ihr vorbei und verschwindet in der nächsten Querstraße.

»Wo warst du den ganzen Tag? Es ist zehn Uhr!«, sagt ihre Mutter, als Kerze zur Tür hereinkommt.

»Im Wald.«

Kerze will die Treppe hinauf, aber Mama hält sie am Arm fest.

»Warst du mit Becca unterwegs? Ihre Mutter hat hier angerufen. Auch Marris Vater und die Kellers.«

»Sind alle jetzt wieder daheim«, murmelt Kerze und windet sich heraus.

»Bitte sag mir Bescheid das nächste Mal. Sonst mache ich mir Sorgen.«

»Du?« Kerze lacht.

»Ja, natürlich. Und jetzt komm zum Essen. Du musst doch sicher Hunger haben.«

Kerzes Magen knurrt wie auf Kommando, und so folgt sie ihr in die Küche. Im Türrahmen stehend, beobachtet Kerze sie, wie sie die Ofentür öffnet, den dampfenden Hackbraten herausholt und mit einem Pfannenschieber eine große Portion auf den Teller hebt.

»Hiervon?«, fragt Mama und zeigt auf eine Schüssel mit eingefallenem grünem Salat.

»Nur Fleisch«, sagt Kerze und nimmt ihr den Teller aus der Hand, hockt sich hin und stellt ihn vor sich auf den Boden.

»Was machst du da?«

Kerze beugt sich über den Teller und beißt ein Stück vom Braten ab. Sie schaut hoch zu Mama, die sie entgeistert ansieht.

»Jetzt hör aber auf«, sagt sie und will den Teller hochnehmen, doch Kerze knurrt sie böse an.

»Fräulein, es reicht. Du setzt dich bitte wie ein normaler Mensch an den Tisch und isst.«

Wieder versucht Mama, den Teller zu greifen, doch Kerze schnappt nach ihrer Hand, die sie schnell wegzieht.

»Sag mal, spinnst du?«, fragt sie halb lachend.

Kerze, leise knurrend, kriecht auf sie zu, drängt sie zurück, und Mama stolpert rückwärts um den Tisch herum, bis sie krachend auf ihrem Stuhl landet. Ungläubig schüttelt sie den Kopf. Kerze wendet sich wieder dem Braten zu und schlingt ihn gierig ins sich hinein.

»Nachschlag?«, fragt Mama sie, unsicher lächelnd, aber Kerze stemmt sich hoch. Sie hält den offenen Mund unter den Wasserhahn und trinkt. Als sie fertig ist, wischt sie sich mit dem Pulliärmel ab, beugt sich runter zu Mama, die sie noch immer irritiert ansieht, und leckt ihr einmal quer über das Gesicht.

ZWÖLF

Die, die schon welche haben, vergraben ihre Handys unter einer Weide am Weiher. Henne ist stolz, dass er mit bloßen Händen ein so tiefes Loch graben kann. Er darf zur Belohnung sein Telefon als Erster hineinlegen, die anderen schmeißen ihre hinterher. Kerze wählt die Schillerzwillinge aus, die sich nacheinander zum Pinkeln über das Loch hocken dürfen, dann schaufelt Henne das Loch wieder zu.

Die nächsten Tage verbringen sie hauptsächlich damit, das Gehen auf allen vieren zu trainieren. Das Training beginnt früh um acht Uhr auf der Lichtung im Wald, dort ist das Gras weich und saftig und färbt Hände, Knie und Füße dunkelgrün. Im Anschluss nehmen sie sich den Waldboden vor, der neben Laub und Moos auch Eicheln, Wurzeln und Steine bereithält. Kleine Wunden werden mit Pflastern versorgt, dann geht es weiter. An den ersten beiden Tagen gibt es viele, die abbrechen wollen. Manche heulen, bis ihnen der Rotz aus der Nase läuft. Auch Kerzes Hände sind am vierten Tag bis aufs Fleisch aufgerissen, trotzdem gibt sie die ganze Zeit über nicht einen Laut von sich. Stumm, die Zähne aufeinandergepresst, treibt sie die Gruppe vorwärts und führt sie tiefer und tiefer in den Wald hinein. Denn sie weiß, es wird besser werden. Sie werden sich an die Schmerzen gewöhnen, bis sie auf ein erträgliches Maß schrumpfen und schließlich ganz vergehen. Nichts bleibt so schlimm, wie es am Anfang scheint, das weiß sie, das hat sie erlebt. Es gibt keinen unbesiegbaren Gegner. Die Grenzen sind durchlässig, immer.

»Zerschlagt die Moleküle«, ruft Kerze am sechsten Tag, als alle nur noch wimmern.

»Ich kann nicht mehr«, jammert Flori.

»Doch, du kannst!«

Kerze haut ihm mit der flachen Hand auf den Rücken, schiebt ihn voran. Auch Marri und Becca kauern regungslos im Dreck, die Gesichter schwarz von der Erde, mit Tränenbahnen von den Augen bis zum Kinn. Kerze geht zu denen, die aufgeben wollen, flüstert ihnen ins Ohr, redet eindringlich auf sie ein, bis sie sich einer nach dem anderen langsam aufrichten und weiterkriechen. Als ihr auffällt, dass Jaro fehlt, lässt sie die Gruppe anhalten. Sie geht ein Stück zurück, läuft, als die anderen außer Sichtweite sind, auf zwei Beinen weiter und ruft seinen Namen. Sie will gerade umkehren, als sie ihn neben einem umgeknickten Baum im Laub sitzen sieht. Jaro hat ihr den Rücken zugedreht. Sie hört ihn leise sprechen, seine schmalen Hände zeichnen etwas in die Luft.

»Jaro«, ruft sie, und der lässt die Arme sinken und dreht sich zu ihr um, sieht sie an mit einem Blick, als wüsste er nicht, wer sie ist, als müsste er sich erst wieder an sie erinnern.

»Komm«, sagt Kerze, und Jaro folgt ihr wortlos zurück zu den anderen.

Eine Stunde später stehen alle mit den Füßen im Bach, waschen sich gegenseitig ihre Wunden aus.

»Livy«, sagt Kerze. »Trink was, und ruh dich kurz aus. Lauf dann mit Flori zurück ins Dorf. Besorgt Desinfektionsspray und Verband.«

Jaros freier Oberkörper glänzt nass in der Sonne. Er ist dünn wie ein Streichholz. Wringt sein Hemd aus, geht zurück zum Ufer und legt es auf einem großen Stein zum Trocknen aus, setzt sich daneben. Kerze watet auf ihn zu.

»Was war das vorhin?«

»Was meinst du?«

Kerze streicht sich einmal durchs Gesicht. Sie hebt die Arme, ahmt Jaros Bewegungen nach. Er zieht die Beine an und zuckt mit den Schultern.

Kerze spricht es nicht aus, sie weiß, dass sie recht hat, erkennt Geistermenschen meist schon am Blick, an den schweren Schultern, der Art, wie sie Dinge berühren.

»Keine Angst«, sagt sie. »Die können dir nichts, ich hab auch welche.«

Durch nasse Strähnen sieht Jaro sie erstaunt an. Schnell wendet sie ich um und bellt den anderen dreimal zu. Nur schleppend setzt sich die Gruppe in Bewegung. »Ausnahmsweise auf zwei Beinen«, wie ihnen Kerze milde zuruft.

Am Nachmittag sind Livy und Flori zurück. Sie haben den Koala dabei. Livy hat ihn einfach mitgenommen, als ihre Mutter im Waschkeller war. Sie zieht ihn an der Hand hinter sich her bis zum Waldrand und setzt ihn auf den Baumstumpf der Hundertjährigen.

Henne, der gerade in den Weizen pinkelt, ruft: »Was will der denn hier?«

»Der macht jetzt auch mit.« Livy verschränkt die Arme vor der Brust.

Henne ist fertig. Er zippt den Reißverschluss nach oben, als er auf Livy zuläuft.

»Der Mongoloide macht hier auf keinen Fall mit.«

Er schaut zu Kerze, die im Gras sitzt und, ohne aufzusehen, Zecken von ihrer Hose schnipst. Livy dreht sich um und schnappt sich den Kleinen, der sich sofort koalahaft mit Armen und Beinen an sie klammert.

»Der Koala bleibt«, sagt Livy und geht einen Schritt auf Henne zu.

»Kerze«, ruft der, aber die macht keinen Mucks, das sollen die beiden unter sich regeln, denkt sie sich.

Livy hält Henne ihr Trotzgesicht entgegen.

»Der kann doch gar nicht so wie wir«, sagt Henne.

»Wohl kann der so wie wir.«

»Der ist doch behindert.«

»Na und? Du bist ja auch behindert.«

»Was bin ich?«

»Der kann alles, der kann Sachen sogar besser als wir.«

»Wenn der mitmacht, bin ich raus.«

Das ging an Kerze.

»Es steht jedem frei zu gehen«, sagt die nur.

»Der bringt doch nur Probleme«, schreit Henne und stapft wütend zurück in den Wald.

Langsam steht Kerze auf. »Henne muss erst mal runterkochen. Der ist aus der Balance, weil er grad den Nazi rausschwitzt.«

Sie geht auf Livy zu und mustert den Koala. Der schaut ihr ohne Angst in die Augen, und Kerze nickt.

»Hier«, sagt sie und öffnet ihre Hand. Eine makellose Blaubeere glänzt matt in der Sonne. »Willst du die?«

Der Koala antwortet nicht, er beugt sich vornüber und schnappt sie mit dem Mund, schleckt ihr danach die Finger ab.

»Sehr schön«, sagt Kerze und lächelt zufrieden. »Der Koala ist dabei!«

Sie dreht sich zum Wald, und der Wind fährt durch die Blätter, schiebt die unteren Zweige der Bäume zur Seite wie einen Vorhang.

Am nächsten Morgen beginnen sie eine Stunde früher mit dem Training. Der Koala macht sich gut. Das Bellen, das Hecheln klappen auf Anhieb. Auf allen vieren läuft er flink an die Spitze der Gruppe, heftet sich an Kerze und will immer überholen, die aber hält ihn sanft mit dem Arm zurück. Nachmittags liegt er zwischen den Mädchen im Gras, sie füttern ihn mit Brombeeren, bis er von Kopf bis Fuß vollgeschmiert ist mit dem dunkelroten Saft. Sie bringen ihn zum Bach und baden ihn, spülen seine Haare aus und tragen ihn gemeinsam zum Trocknen auf die Lichtung in die Sonne, sehen dort den glitzernden Wasserperlen auf seiner Haut beim Verschwinden zu.

»Koala«, ruft Kerze, die im Schatten sitzt, ein Stöckchen in der Hand. Der Koala springt auf, hechelt aufgeregt und zusammen schießen sie dem Stöckchen hinterher, das der Koala schließlich als Erster mit den Zähnen schnappt.

»Jetzt du«, sagt Kerze und bringt sich in Stellung.

Eine halbe Stunde jagen sie so über die Lichtung, bis sich Kerze erschöpft im Gras zusammenrollt, und der Koala um sie herumhüpft, nicht müde geworden zu sein scheint.

Henne, der etwas abseits steht, sagt: »Mit mir machst du nie was alleine.«

Aber Kerze antwortet nicht.

Später liegen Jaro und Marri im Laub. Sie haben sich ineinander verkeilt, bewegen sich nicht. Riechen aneinander, trainieren ihre Nasen. Kerze steht daneben und überwacht den Vorgang.

»Marri, doller. Die Nase in den Po.«

»Ich will nicht.«

»Doch, du musst.«

Marri windet sich. Probiert es noch mal, aber Kerze ist nicht zufrieden.

»Schau, wie ich das mache.«

Sie schiebt Marri zur Seite und packt Jaro von hinten an den Oberschenkeln, presst ihr Gesicht in seinen Hintern. Sie saugt den Geruch durch die Nase ein, überwindet den Ekel, bemerkt, wie er sich in etwas anderes verwandelt, ein Ziehen, etwas, das sich anfühlt wie Eingesogenwerden. Sie stößt sich ab und steht auf, der Kopf ein einziger Kreisel.

»Jetzt du«, sagt sie zu Marri und geht ein Stück weg von der Gruppe, um sich zu fangen.

Danach sitzt Marri am Boden, und Jaro steht mit gesenktem Kopf daneben.

»Was ist los?« Kerzes erbarmungsloser Blick. »Das gehört dazu«, sagt sie und winkt Henne und eins der Schillermädchen heran.

»Ich möchte lieber mit dir«, sagt Henne und deutet auf Kerze. Sie schüttelt energisch den Kopf, und Henne lässt geknickt die Arme hängen. Den meisten anderen macht es Spaß, Kerze muss kaum eingreifen. Danach gibt es Blaubeeren für alle.

DREIZEHN

Eine Woche trainieren sie von früh bis spät. Völlig erschöpft schleppen sie sich abends zurück nach Hause, ignorieren die Fragen der Eltern und fallen in ihre Betten, ohne sich gewaschen oder die Zähne geputzt zu haben.

»Was, wenn er tot ist?«, fragt Henne an einem Morgen, und auch die anderen Kinder sehen Kerze aus müden Augen erwartungsvoll an.

Sie sitzt auf dem Felsvorsprung oberhalb des Bachs, arbeitet an ihrem Schwanz. Am Tag zuvor sind zwei der Mädchen ohnmächtig geworden vor Entkräftung, und Kerze hat einen Ruhetag angeordnet. Als in der Frühe alle noch schliefen, ist Kerze losgegangen, um Weidenzweige zu sammeln, die sie jetzt in Bündeln zusammenflechten.

Kerze sieht auf. »Wer?«

»Na, Power. Was, wenn das hier alles umsonst ist?«

Kerze wendet sich wieder ihrem Schwanz zu. Sie bindet zwei dünne Zweige um die Enden der dickeren und zurrt sie fest zusammen.

»Was, wenn ihn ein Wolf gerissen hat? Im Fernsehen haben sie gesagt, es gibt jetzt wieder Wölfe in Deutschland.« Hennes Unterkiefer knirscht vor Anspannung.

»Aber nicht bei uns«, sagt Kerze, ohne ihre Arbeit zu unterbrechen. »Schon möglich, dass er tot ist. Das ändert aber nichts daran, dass wir ihn finden müssen.«

Sie befestigt einen weiteren Zweig an dem Bündel und steht auf, schlingt ihn sich um die Hüften und knotet ihn fest.

»Woher weißt du das mit den Wölfen?«, mischt Becca sich ein. Sie hat tiefe Augenringe, schiebt ihren fertigen Schwanz von sich weg und steht auf. »Die können doch einfach immer weiterziehen, von Wald zu Wald, über Felder, über alle Grenzen. Jetzt, genau in diesem Moment. Wer soll die denn aufhalten? Vielleicht sind sie längst hier angekommen, und keiner hat was mitgekriegt.«

Zustimmendes Gemurmel der anderen. Becca, davon ermutigt, baut sich vor Kerze auf: »Du kannst nicht alles wissen, Kerze. Ich weiß, du denkst, du kennst dich mit allem aus, mit allem besser aus als wir, aber das stimmt nicht, das ist Quatsch, du bist genauso alt wie ich, du bist einfach nur –«

Sie stockt.

Kerze hebt die Augenbrauen. »Ja?«, fragt sie.

»Jedenfalls finden wir ihn nicht. Noch nicht mal ein Fitzelchen Fell haben wir gefunden von Power, nichts, gar nichts. Das kann doch nicht sein!« Becca hat einen ganz roten Kopf bekommen.

»Wenn er noch lebt«, sagt Lara, »müsste der doch auch schon längst wieder aufgetaucht –«

»Ja, eben!«, ruft Becca. »Der hat doch Hunger. Was soll der denn fressen hier im Wald? Bisschen Baumrinde, oder was? Der hat, seit er klein war, immer nur Dosenfutter vorgesetzt bekommen. Der ist so ein Leben hier draußen gar nicht gewöhnt.«

»Das ist doch komplett sinnlos«, sagt Lara und schmeißt ihr Weidenbündel in die Büsche. »Soll die Hitschke den doch selber suchen.«

»Vor der laufen doch eh alle –«

»Schluss jetzt!«, unterbricht Kerze Becca scharf und schlägt ihren Schwanz ins Laub, dass es nur so durch die Luft wirbelt. »Ich hab der Hitschke versprochen, ihren Hund zurückzubringen, und genau das werde ich auch tun. Wenn jemandem die Sache zu viel wird, kann er gerne heimgehen.«

Kerze sieht in die Runde.

»Also? Wer möchte?

Becca öffnet den Mund, schließt ihn aber gleich wieder. Henne und Lara schauen zur Seite, auch von den anderen reagiert keiner.

»Na dann. Können wir ja weitermachen.«

Kerze tritt nahe an Becca heran und deutet vor sich auf den Boden. »Auf alle viere«, sagt sie ruhig.

Becca zögert, sie kämpft mit sich, ihr Gesicht ist vor Aufregung ganz fleckig.

»Auf. Alle. Viere.«, wiederholt Kerze, und Becca gibt auf, fällt widerstandslos auf die Knie.

Die anderen tun es ihr nach. Sie hecheln wie die Verrückten, heulen wilder als sonst die Baumkronen an, bellen inbrünstig, und trotzdem geht Kerze voller Anspannung nach Hause, weiß, dass es so nicht weitergehen kann, dass bald etwas passieren muss.

Daheim steht die Hitschke leicht gebückt neben dem Gartentor.

»Was willst du?«

»Fragen, ob es etwas Neues gibt.«

»Komme ich nicht jeden Abend und liefere meinen Bericht ab?«, fragt Kerze gereizt.

»Ja.«

Schuldbewusst schaut die Hitschke auf ihre Füße.

»Und was willst du dann hier?«

Die Hitschke schluckt.

»Ich halte es nicht aus ohne ihn. Das Haus ist so still und leer. Ich höre immer nur mich, meine Schritte auf den knarzenden Dielen und mein Schnaufen, wenn ich die Treppe hochsteige. Kein Winseln, kein Hecheln, kein Bellen. Ich halte das nicht aus.«

Sie schlingt die Arme um den Bauch und beginnt zu weinen, beugt sich vornüber und schluchzt hemmungslos.

»Bitte«, sagt Kerze und macht ihre Stopphand. Aber es nützt nichts, die Hitschke gerät völlig außer sich.

»Ich halte das nicht mehr aus, mit mir allein halte ich's nicht länger aus.«

»Hör auf.« Kerze reibt sich über die Stirn und hat das Gefühl, es drücke etwas Spitzes von innen dagegen. Sie hält sich die Ohren zu, aber die Hitschke heult so laut, dass sie sie schließlich am Arm greift, das Gartentor aufstößt und sie hinter sich her zum Haus zerrt. Drinnen liegt Mama auf dem Sofa und schaut fern. Kerze nimmt ihr die Fernbedienung aus der Hand und schaltet aus.

»Damit ist jetzt Schluss.«

Sie schiebt die Hitschke vor sich her in die Küche und herrscht sie an, sie solle sich an den Esstisch setzen. Kerze holt das Heft aus ihrer Jacke und knallt es vor die Hitschke hin.

»Lies«, sagt sie laut.

Die Hitschke schnieft, sie hat die Schultern hochgezogen, sieht aus, als erwarte sie Schläge. Vorsichtig nimmt sie das Heft. Sie liest sich alles durch, den ganzen Bericht, legt es zurück auf den Tisch und schaut voller Reue zu Kerze auf.

»Bist du fertig?«

Sie senkt den Kopf und nickt.

»Dann kannst du ja wieder gehen.«

Die Hitschke bleibt sitzen, unruhig fahren ihre Hände über die Oberschenkel. Sie setzt an, etwas zu sagen, bleibt am Ende stumm.

»Ist noch was?«

Flehend, mit verquollenen Augen sieht die Hitschke sie an.

»Jetzt reiß dich zusammen«, fährt Kerze sie an und wendet sich von ihr ab. Die Hitschke steht auf, entschuldigt sich und verlässt ohne ein weiteres Wort das Haus.

Dass sie das hart fand, wird ihr Mama gleich sagen, die vom Wohnzimmer aus alles mitangesehen hat. Dass sie sich raushalten soll, wird Kerze antworten und in ihr Zimmer gehen, das Fenster aufreißen und die kichernden Geister schreiend hinausscheuchen.

VIERZEHN

Am nächsten Morgen steht Henne nicht wie sonst vor ihrer Tür, um sie abzuholen. Kerze schaut sich um, aber er ist nirgends zu sehen. Langsam setzt sie sich in Bewegung und macht sich auf den Weg zu Laras und Floris Haus. Keins der anderen Kinder kommt ihr unterwegs entgegen, Becca nicht, Pauli, Livy und Marri auch nicht.

Sie klingelt am Gartentor. Es dauert eine Weile, bis Flori die Tür öffnet. Im Schlafanzug steht er da.

»Hey«, ruft Kerze.

»Hey«, antwortet Flori.

»Verschlafen?«

Flori schaut nach rechts in den Flur hinein. Er flüstert jemandem etwas zu.

»Ist das Lara?«, fragt Kerze.

Flori zischt wieder etwas in die gleiche Richtung. Lara tritt neben ihn. Ihr Nachthemd hat zu kurze Ärmel, sie ist schon eine ganze Weile aus ihm herausgewachsen.

Kerze hebt den Arm und Lara winkt zurück.

»Alles ok?«

»Wir kommen heute nicht mit«, sagt Lara mit fester Stimme. Flori steht betreten daneben.

»Warum nicht?«, fragt Kerze ruhig.

»Weil das nichts bringt.« Lara hat die Arme vor der Brust verschränkt.

»Weil was nichts bringt?«

»Die ganze Suche. Power ist einfach weg. Wir haben keine Lust mehr. Oder, Flori?«

Sie stößt ihren Bruder an, der jetzt mit den Schultern zuckt.

»Alles klar, schade.«

Kerze steckt die Hände in die Hosentaschen. Eine Weile sagt keiner etwas.

»Was machst du jetzt?«, fragt Flori mit belegter Stimme.

»Wie bitte?«

»Was du jetzt machst?«, räuspert er sich.

»Weitersuchen. Was sonst?«

Lara stemmt genervt die Arme in die Seiten. »Das bringt doch nichts. Der ist längst über alle Berge oder tot oder was weiß ich.«

»Wenn du meinst«, sagt Kerze. »Ich gebe jedenfalls nicht so schnell auf.«

»Schnell? Wir suchen seit Wochen nach ihm!«

»Das stimmt. Ruht euch endlich mal aus, macht was wirklich Sinnvolles. Schaut ein bisschen fern oder spielt am Computer.«

Ohne tschüss zu sagen, geht sie die Straße runter, aus dem Dorf hinaus Richtung Wald.

FÜNFZEHN

Mamas nackte Beine baumeln aus der Hängematte. Sie schläft seit zwei Stunden, ein angefangenes Buch auf der Brust und das Schattennetz der Birke auf ihrem Gesicht. Kerze, die ein Stück abseits auf einem ausgeleierten Plastikgartenstuhl sitzt, scharrt mit den Füßen im Sand; hier neben der alten Tanne ist es zu dunkel für Rasen. Sie grübelt schwer, sieht immer wieder zu Mama, deren Herumliegen sie reizt, deren sorgloser Schlaf sie immer wütender macht. Sie hat in den letzten fünf Tagen jeden Winkel des Waldes bis zur Scherer Linie allein abgesucht, weiter, das kann sie sich nicht vorstellen, wird Power nicht gelaufen sein, weiter entfernt sich ein Hund nicht von seinem Zuhause. Oder doch? Der Zweifel nagt an ihr. Was, wenn sie falschliegt, ihn und die Situation nicht richtig einschätzt? Wie gut kennst du Power, fragt sie sich, wie gut kennst du dieses Tier? Sie war noch klein, als er zur Hitschke und ihrem Mann kam. Erinnert sich trotzdem an den Moment, in dem sie ihm das erste Mal das Köpfchen streichelte, an die Weichheit seiner Ohren, die feuchte, schwarz glänzende Schnauze. Was, wenn sie nicht aufmerksam genug war, den entscheidenden Hinweis übersehen hat? Einen Pfotenabdruck im weichen Erdboden, ein Büschel seines Fells im Haselstrauch?

Mit einem Ruck steht sie auf. Sie muss es noch einmal machen, muss zurück in den Wald. Sie schnappt sich ihre Turnschuhe und schlägt sie im Vorbeigehen gegen die Hängematte, sodass Mama aufwacht und ihr nachruft.

»Wo gehst du hin?«

Ohne zu antworten, klemmt Kerze ihre Schuhe unter den Gepäckträger und tritt barfuß in die Pedale. Hinter Hubers Schober heften sich ihr die Geister an die Fersen, und sie strampelt schneller, um sie abzuhängen. Hört sie kichern, das heftige Flattern ihrer Tücher im Wind und weiß ja selbst: sinnlos. Am Waldrand schmeißt sie das Rad in den Graben und vergisst die Schuhe. Mit nackten Füßen läuft sie los. Aber mit jedem Schritt, den sie vorwärts macht, wächst die Sorge, Power könne nun genau jenen Teil des Waldes entern, den sie gerade abgesucht hat. Immer wieder bleibt sie stehen, schaut sich um, horcht, geht dann unsicher weiter, stoppt und läuft ein Stück zurück, um sich zu versichern, dass Power dort, wo sie zuletzt nachgesehen hat, nicht ist. Zögerlich geht sie voran, versucht, sich auf das zu konzentrieren, was vor ihr liegt, aber das Gefühl, Power gerade verpasst zu haben, wird von Minute zu Minute quälender, und irgendwann scheint ihr, der Wald dehne sich nach allen Seiten unendlich aus. Sie schaut sich um, weiß nicht, wo sie ist, ein Baum wie der andere, ein Meer aus Laub, lauerndes Moos. Sie sieht nach oben, sucht nach einem Fetzen Himmel, um den Blick zu beruhigen, sich wiederzufinden und legt sich hin. Die Augen starr nach oben gerichtet, bis das Bild zu flackern beginnt.

»Kerze!«

Der Ruf lässt sie zusammenschrecken. Sie springt auf, sieht Flori, gefolgt von Lara, Marri und Henne, die aus den Büschen kommen. Instinktiv weicht sie einen Schritt zurück.

»Wir suchen dich überall.«

Flori bleibt in einigen Metern Entfernung stehen. Auch den anderen bedeutet er mit einer Handbewegung, nicht weiterzugehen.

Kerze mustert die vier, fremd kommen sie ihr vor, als hätte sie

sie lange, sehr lange nicht gesehen. Flori scheint ihr älter als sonst, seine Haare dunkler, auch Marri wirkt, als wäre sie gewachsen, nur Henne sieht aus wie immer. Er winkt ihr zu, ziemlich wild winkt er ihr zu, und sie winkt zurück, hört ihn etwas rufen.

»Da«, ruft er und noch mal: »Da!«

Er zeigt in ihre Richtung, und auch die anderen schauen jetzt dorthin und an ihr vorbei. Kerze fährt herum, und da sieht sie ihn, weit hinten, das schwarz-weiße Fell, das kleine Hundegesicht.

»Power?«, sagt Kerze, und die Stimme, heiser vom stundenlangen Rufen, bricht auf halber Strecke. Einen kurzen Moment starren sie sich gegenseitig an, dann rast Power davon.

Später trennen sie sich auf dem Kirchplatz und strömen in ihre Häuser. Lange sind sie Power hinterhergejagt, der immer wieder auftauchte und verschwand, Haken schlug, wie ein Hase, als wäre alles nur Spiel. Irgendwann war er weg, nirgends mehr zu sehen, und die fünf kehrten um, erschöpft, aber euphorisiert davon, dass etwas geschehen, endlich etwas passiert und Power noch am Leben war. Hand in Hand gingen sie den ganzen langen Weg zurück durch den Wald, schrien und jubelten vor Begeisterung und fassten einen Entschluss.

Am nächsten Morgen sind die Kinder verschwunden. Alle Kinder sind verschwunden, außer den Babys. Aber die, die laufen können, die sind alle weg.

Die Leute rennen durch den Ort, sie rufen die Namen ihrer Kinder, stolpern übereinander. *Hast du Livy gesehen, hast du Pauli, hast du Lara, habt ihr Becca, Jaro, Tom, Marri, Flori gesehen? Nein,* schreien sie sich gegenseitig an, *ich habe dein Kind nicht gesehen, aber hast du mein Kind, habt ihr vielleicht meine Kinder gesehen? Nein,* brüllen sie sich entgegen, *ich habe deine Kinder nicht gesehen!* Die Betten waren leer, die Matratzen noch dampfig von den schlafenden Kinderkörpern, als sie in die Zimmer kamen. *Schau, meine Hand,* schreit ein Vater eine Mutter an, *mit dieser Hand habe ich das Spannbetttuch berührt, ich habe sie auf die Matratze gelegt, wie ich es beim Pauli früher gemacht habe, wenn ich nachsehen wollte, ob er noch atmet. Ich auch,* brüllt die Mutter zurück, *ich habe dasselbe getan,* und sie hält ihre Hand in die Luft, *schau, siehst du, ich habe es genauso gemacht wie du. Ich auch,* kreischt eine dritte, *ich auch,* eine vierte, *und ich, und ich, und ich, und wir, wir auch,* schreien sechs andere und halten wie zum Beweis ihre Hände nach oben, die leer sind und ganz kalt werden vom kühlen Wind, der in diesem Moment durch den Ort weht, sich seinen Weg durch die Straßen bahnt, in die geöffneten Haus- und Wohnungstüren strömt und hinein in die leeren Kinderzimmer. Die Mütter und Väter, sie stehen sich gegenüber und schnaufen sich ratlos an. Dann gehen sie zurück in ihre Häuser. Sie setzen sich auf die Sofas und warten, die offen stehenden Kinderzimmertüren im Blick. Sie warten, bis es dunkel wird, bis keins der Kinder nach Hause gekommen ist, und gehen ins Bett. Sie schlafen und keiner hält Wache.

Im Wald hat die Nacht die Kinder zum großen Erdloch in der Nähe des Bachs getrieben. Es ist ein Bombentrichter aus dem Zweiten Weltkrieg, groß genug, um ein Feuer darin anzuzünden und dass alle einen Platz finden.

»Einer muss Wache halten, damit die anderen in Ruhe schlafen können.« Kerze sieht in die Runde. »Wer meldet sich freiwillig?«

»Ich«, sagen drei, und Kerze wählt Pauli aus, der am furchtlosesten schaut.

»Dort stellst du dich auf«, sagt Kerze und zeigt auf eine Fichte am Rand des Lochs.

»In Ordnung.« Pauli marschiert los.

»He!«, ruft Kerze, und Pauli kapiert, fällt auf die Knie und kriecht zu seinem Posten.

Ein paar der Mädchen sind noch damit beschäftigt, das Loch mit Laub auszulegen. Sie haben die letzten Stunden damit verbracht, es zu sammeln, haben es erst zu vielen kleinen, dann zu immer größeren Haufen zusammengeschoben und in den aufgehaltenen Kleidern hierher transportiert. Als sie fertig sind, dämmert es schon, und die Kinder rotten sich im Loch zusammen. Die Kleineren kommen in die Mitte, die anderen legen sich sternförmig um sie herum, ganz außen die großen und starken Jungen und Kerze. Gemeinsam erwarten sie die Dunkelheit, trotzen dem Rascheln und Zischeln, dicht aneinandergedrängt wärmen sie einander und schlafen einer nach dem anderen ein. Nur Kerze bleibt wach und horcht in die Nacht.

»Keingott?«, flüstert sie.

Keingott schweigt.

»Keingott«, sagt Kerze, »ich weiß, dass du Power versteckt hältst. Dass du Millionen Verstecke hast auf dieser Welt. Ich weiß, dass du dunkle Höhlen, Gruben und Scheunen, tiefe Flüsse und Schluchten, dass du all die Wälder und Ozeane hast. Ich weiß von den Gletschern und zugefrorenen Seen, ich weiß auch von den Vulkanen und vom ewigen Eis. Aber, und jetzt hör mir gut zu, ich werde Power überall suchen, ich werde all deine Verstecke aufspüren und ihn finden. Verlass dich drauf, verlass dich auf mich.«

Keingotts Schweigen dröhnt zwischen den Fichten, die das Loch umstehen.

»Wie du willst«, sagt Kerze und bohrt eine Faust in die feuchte Erde. Keine Sekunde später schläft sie ein.

Der furchtlose Pauli hat alles mit angehört. Auf seinem Wächterstock abgestützt, lehnt er am Baum und hechelt mit heraushängender Zunge in die Dunkelheit.

SECHZEHN

Sie haben es ihr gesagt. Haben geklingelt, da war es noch dunkel und sie sofort hellwach gewesen. »Ja?«, hat sie an der Tür gefragt, »wer ist denn da?«, und den Bademantel am Hals enger zusammengenommen. »Wir sind's«, hat sie Kerzes Stimme gehört und sofort die Tür aufgerissen, weil sie dachte, dieses Wir meine auch Power. Aber es waren die Kinder, alle Kinder des Dorfes, um genau zu sein, die sich vor ihrem Haus versammelt hatten und sie ernst ansahen. Sie merkte, wie ihr Mund trocken wurde und dass sie dachte, jetzt, jetzt ist es vorbei, der Hund ist tot, und weg für immer. Stattdessen sagte Kerze, sie gingen nun in den Wald, sie wollten es auf diese Weise versuchen; sie seien sicher, Power nur so finden zu können, ein paar von ihnen hätten ihn dort gesehen am Tag zuvor. »Ihr habt ihn gesehen?«, hat sie schnell gefragt. »Ja, gestern.« Sie, Kerze, sei selbst dabei gewesen und Marri und noch drei andere. »Und jetzt geht ihr in den Wald?« »Ja, in den Wald, Hitschke. Wir wollten dir nur Bescheid geben, ich wollte dir Bescheid geben, dass ich jetzt nicht mehr jeden Abend komme, dass ich erst wieder komme, wenn wir Power gefunden haben.«

»Und was wollt ihr essen?«, war das Einzige, das der Hitschke als Entgegnung einfiel.

»Was wir finden«, antwortete Kerze.

»Ich bringe euch etwas, ganz früh morgens. Zum Waldrand. Da, wo der Sturm letztes Jahr die hundertjährige Eiche umgerissen hat.«

Kerze sah sie gleichgültig an. »Wie du willst«, sagte sie und reichte ihr die Hand, und alle, Kerze und die übrigen Kinder, bellten einmal kurz und wie aus einem Munde. Dann ging Kerze zum Gartentor hinaus, und die Kinder folgten ihr, und sie selbst, die Hitschke, blieb in der Tür stehen und sah ihnen nach, sah diesem Schlangengebilde hinterher, wie es sich langsam entfernte und in der Dunkelheit verschwand.

In den zwei Wochen davor hat sie sie oft auf der Straße gesehen. Am Anfang sind es nur Kerze und die Keller-Geschwister gewesen, Lara und ihr kleiner Bruder, aber dann kamen täglich mehr Kinder dazu. Sie zogen meist Richtung Felder, zum Wald hin. Einmal hat sie sie auf dem Spielplatz gesehen, wie sie auf allen vieren, mit den Nasen voraus, durch den Sand krochen. An jenem Abend, als Kerze kam, um ihren Tagesbericht abzuliefern, hat sie sie gefragt, was sie denn dort gemacht hätten, und Kerze ist wütend geworden, weil sie, wie sie sagte, nicht verstand, nie etwas verstand und schon selbst ihren Kopf anstrengen müsse. In den Tagen darauf hörte sie immer wieder lautes Gebell aus Häusern, in denen keine Hunde wohnten. Beim Edeka belauschte sie schließlich ein Gespräch zweier Mütter, die erzählten, dass ihre Kinder fast ganz aufgehört hatten zu sprechen, stattdessen bellten und sich weigerten, am normalen Tagesablauf teilzunehmen. Dass sie nicht mehr baden, sich die Haare nicht mehr kämmen, nicht mehr am Tisch, sondern am Boden aus einer Schale essen wollten. Wieder verstand sie nicht, was vor sich ging, wusste aber, dass es mit Power, mit Kerzes Suche nach Power zu tun hatte, und verließ schnell den Laden.

Sie steht in der Küche, hat Kartoffeln gemacht. Das Gulasch hat sie gestern Abend schon gekocht, jetzt schneidet sie die Kartoffeln in groben Stücken hinein. Die Kinder haben ja kein Besteck. Den großen Topf bis zum Waldrand schleppen ist ihr zu weit, also schleicht sie hinüber zu den Podoschniks und leiht sich den Kinderwagen aus. Sie ist schon um vier aufgestanden deswegen, der Plan mit dem Kinderwagen ist ihr kurz vor dem Einschlafen gekommen, als sie über den Transport gegrübelt hatte. Seit sechs Jahren hat sie keinen Wecker mehr gestellt und sich gewundert, dass die Funktion an ihrem Bettradio überhaupt noch funktionierte. Das Podoschnikbaby geht erst spät ins Bett. Oft hört sie es um elf noch schreien, dafür schläft es morgens lang. Sie kann leise sein wie eine Maus, schon immer konnte sie das, und schiebt den Kinderwagen aus der offen stehenden Podoschnikgarage. Keiner bekommt etwas mit.

Sie nimmt den Weg hinter den Häusern an Hubers Acker entlang, man kann nie wissen, wer um diese Uhrzeit doch schon wach ist. Der Kinderwagen hat dicke Reifen und lässt sich gut über den unebenen Boden schieben. Als der Wald in Sicht kommt, setzt sie ihre Brille auf und wirft einen Blick zurück Richtung Dorf. Der Kirchturm liegt im Dunkeln, aber die große Uhr wird Tag und Nacht angestrahlt, das hat der letzte Bürgermeister damals noch durchgesetzt. Fünf ist es, genau fünf Uhr, perfekt. In einer halben Stunde geht die Sonne auf, da wird sie schon wieder auf dem Heimweg sein. Der Wald liegt finster vor ihr. Ihr wird ein wenig bang bei dem Gedanken, dass die Kinder dort ganz alleine sind, dass sie nachts in dieser Dunkelheit alleine sind. Sie sehnt sich in ihr Haus zurück, in ihr Tag und Nacht hell erleuchtetes Haus, nicht mal mehr im Schlafzimmer löscht sie das Licht, wenn sie zu Bett geht. Und sofort bekommt sie ein schlechtes Gewissen, denn die Kinder sind ja ihretwegen dort im Wald, wegen ihr und Power, der nun schon seit drei Wochen verschwunden ist. Entschlossen geht sie weiter. Die letzten Meter über den Acker wird es holprig. Sie schiebt langsam, und trotzdem hüpft der Deckel des Topfes auf und ab und macht laute, scheppernde Geräusche. Sie bleibt stehen und horcht. Der Wald ihr gegenüber liegt ruhig da, die Hitschke weiß, in seinem Innern wuselt es von Tieren, wachsen in diesem Moment der Farn und die jungen Fichten, brütet das Moos im Feuchten. Sie atmet die frische Luft tief ein und fast wird ihr, das erste Mal seit Power verschwunden ist, ein wenig leicht ums Herz.

Am Waldrand stellt sie den Topf auf dem Baumstumpf der toten Eiche ab und horcht in die Stille. Die Stille ist eine andere Stille als die daheim, denn dort sind ihre möglichen Unterbrechungen bekannt. Das Knarren vom Schrank, in dem der Holzwurm arbeitet, der leise Gong der Standuhr zur vollen Stunde, der tropfende Wasserhahn im Bad, Wind und Regen vor dem Fenster. Hier enthält die Stille die Möglichkeit vieler unvermittelt einsetzender Geräusche, die sie nicht kennt. Die sie sich nur vorstellen kann und die ihr einen Schauer über den Rücken treiben. Sie räuspert sich, um mit der Stille zu brechen, um ihr zu zeigen, dass sie kein leichtes Opfer ist.

Wieder daheim sitzt sie auf der Terrasse, eine dampfende Tasse Kaffee in der Hand. Den Kinderwagen hat sie zurückgebracht, niemand hat etwas bemerkt. Sie ist sogar einen Moment in der Auffahrt der Podoschniks stehen geblieben und hat zum Fenster in die Küche hineingesehen, in der schon Licht brannte. Das Baby saß in einer Wippe auf dem Tisch und kaute an einem Kanten Brot herum. Sie weiß nicht, was in sie gefahren ist, aber sie ging etwas näher an das Fenster heran und winkte dem Kleinen. Weil es sie nicht gleich wahrnahm, klopfte sie gegen die Scheibe. Das Gesicht des Babys leuchtete auf, als es sie sah. Es zog den Brotkanten aus dem Mund, wedelte freudig damit herum und lachte, während ihm der Speichel in langen Fäden aus dem Mund lief. Dann kam die Podoschnik zur Tür herein, und die Hitschke duckte sich schnell, schlich hinüber zu ihrem Haus und setzte den Kaffee auf.

Sie leert die Tasse mit drei kräftigen Schlucken und geht in die Speisekammer. Mit einem Zettel in der Hand studiert sie die Regale und notiert, was aufgefüllt werden muss. Bis unter die Decke stapeln sich die Vorräte, aber sie war nachlässig in den letzten zwei Wochen. Mehr als ein Drittel fehlt. Sie weiß nicht mehr, wann sie damit begonnen hat. Wann es ihr wichtig wurde, immer alles im Haus zu haben, für jeden möglichen Wunsch von Karl gerüstet zu sein. Es war ihr eine große Genugtuung gewesen, nahezu jedes seiner kulinarischen Bedürfnisse stillen zu können. Einen Pudding? Kein Problem. Schokolade, Vanille oder doch lieber Karamell? Es gab Konserven und Selbsteingelegtes, unzählige Sorten Marmelade, Wild-, Natur- und Basmatireis genauso wie Nudeln in allen Varianten und Formen. In der großen Gefriertruhe lagert bis heute neben Kartoffelpuffern, Kroketten, Pommes frites, Pizza und Eis jedes nur vorstellbare Tiefkühlgemüse. Ein ganzes Regal ist ausschließlich für Backzutaten reserviert, dort häufen sich Mehl, Zucker, Mandelblättchen, Vanilleschoten, gehackte Haselnüsse und Schokostreusel. Denn obwohl Karl nicht mehr da ist, beruhigt sie das Wissen um die vollständig gefüllte Speisekammer, auch wenn das bedeutet, dass sie nun alle paar Monate Abgelaufenes aussortieren und wegschmeißen muss.

Ohne gefrühstückt zu haben, bricht sie zum Edeka auf. Außer dem Einkaufstrolley nimmt sie noch die große Sporttasche vom Karl mit, in die viel mehr hineinpasst als in den Beutel. Sie ist da, bevor der Laden öffnet, auf der kleinen Bank gegenüber dem Eingang lässt sie sich nieder. Sie atmet die frische Luft und entdeckt einen braunen Fleck auf ihrem Rock. Vom Gulasch muss der sein, denkt sie sich und versucht nicht, ihn mit ein bisschen Spucke wegzureiben, sondern streicht lächelnd darüber. Sie sieht sich um. Die Straßen scheinen leer gefegt. Vorne auf dem Kirchplatz steht die Ziege von der Else und trinkt aus dem Brunnen. Sonst aber ist weit und breit niemand zu sehen. In diesem Moment geht das Licht im Edeka an, und sie steht auf. Die Erika nickt ihr am Eingang zu.

»Früh dran«, sagt sie sehr laut, aber die Hitschke geht schnell an ihr vorbei zu den Einkaufswagen. Sie lädt den Wagen voll mit zehn Kilogramm Kartoffeln, sieben Stangen Lauch, sechs Handvoll Karotten und dreimal Suppengrün, steckt drei Bund Petersilie in einen kleinen Plastiksack, streckt sich, um an die Spirelli-Nudeln oben im Regal heranzukommen, und legt mehrere Packungen zu den anderen Sachen. Zum Schluss bestellt sie drei Rinderknochen und eine ganze Leberwurst an der Fleischtheke, steckt vier Laibe Weißbrot in Papiertüten und geht zur Kasse. Die Erika zieht die Augenbrauen hoch.

»Großeinkauf?«, fragt sie misstrauisch.

»Ich mach jetzt immer größere Mengen zum Einfrieren. Das Kochen macht mir nicht mehr so Spaß«, antwortet die Hitschke, ohne zu zögern. Sie ist selbst überrascht davon. Der Karl hat immer gesagt, sie sei eine schlechte Lügnerin.

Die Erika beäugt sie misstrauisch und zieht die Sachen über den Scanner. »Hast du das mit den Kindern gehört?«, sagt sie unvermittelt.

Die Hitschke merkt, wie ihr das Blut in den Kopf steigt. Eilig packt sie die Lebensmittel in den Trolley und die Sporttasche.

»Es heißt, sie suchen deinen Hund. Stimmt das?«

Statt zu antworten, zückt sie ihr Portemonnaie. Die Erika seufzt und schaut auf ihr Kassendisplay.

»49,39«, sagt sie und fügt leise hinzu: »Glaub ja nicht, dass du damit hier im Dorf durchkommst.«

Die Hitschke legt einen Fünfzigeuroschein aufs Förderband und nimmt das Wechselgeld entgegen.

»Auf Wiedersehen«, sagt sie.

Sie wuchtet die Sporttasche über die Schulter, schwankt kurz unter dem Gewicht, greift nach dem Trolley und verlässt den Laden. Der Trageriemen schneidet ihr tief ins Fleisch, als sie den kurzen Weg nach Hause geht. Auf dem Kirchplatz hält sie an und lässt die Tasche auf den Brunnenrand fallen. Sie braucht eine Verschnaufpause und setzt sich hin. Die Sonne blendet sie. Sie hält die Hand vor die Augen und versucht, im Gegenlicht das Zifferblatt der Kirchturmuhr zu erkennen. Ungewöhnlich heiß für halb neun, findet sie. Mit einem von Karls alten Stofftaschentüchern wischt sie sich die Stirn trocken. Die Ziege kommt angetrottet und sieht sie aus trüben Augen an. Sie ist dürr bis auf die Knochen, die Rippen zeichnen sich deutlich unter dem stumpfen, schmutzig weißen Fell ab. Die Hitschke zieht eine Karotte aus der Sporttasche und hält sie der Ziege hin. Sie muss an Power denken und wie er mit dem Schwanz gewedelt hat, wann immer sie ihm eine Karotte gab. Dass ein Hund Gemüse mag, war ihr gar nicht klar gewesen, bevor Power zu ihnen kam. Sie dachte, Hunde seien reine Fleischfresser. Erst mit der Zeit hatte sie gemerkt, dass sie dem Hund auch mal ein Stück Gurke geben konnte, dass ihm die sogar schmeckte und er sich darüber freute.

Die Hitschke tätschelt die Ziege, die mühevoll auf der Rübe herumbeißt, sie hat kaum mehr Zähne.

»Morgen bringe ich dir wieder was«, sagt sie leise und beugt sich zu ihr hinunter, berührt mit der Nasenspitze ihre Schnauze, wie sie es immer bei Power gemacht hat, aber die Ziege reißt den Kopf ruckartig zurück und dreht sich weg. Sie steht auf, atmet tief durch und hievt sich die Tasche wieder über die Schulter, die ihr jetzt noch schwerer vorkommt als vorhin. Sich langsam vorwärts kämpfend, überquert sie den Platz. Als sie in die Korngasse einbiegen will, schneidet ihr jemand den Weg ab.

»Das ist doch alles wegen dir!«

Es ist die Berner. Zwei Kinder hat sie, eins davon behindert, und einen Mann, der in der Stadt arbeitet und selten da ist.

»Wo sind die Kinder?«, zischt sie sie an.

Die Hitschke schaut zu Boden. Sie kann sich nicht erinnern, dass die Berner je das Wort an sie gerichtet hat. Wie die meisten hier im Dorf meidet sie die Hitschke sonst.

»Was stachelst du sie an, deinen Hund zu suchen? Such ihn doch selber. Ich will meine Kinder zurück, hörst du mich?«

Die Hitschke weicht ihrem Blick aus und macht einen Schritt rückwärts.

»He, du! Ich rede mit dir«, fährt die Berner sie an und greift grob nach ihrem Arm.

Die Hitschke, die meint, jeden Moment unter dem Gewicht der Tasche zusammenzubrechen, reißt sich los. Die keifende Berner hinter sich, läuft sie strauchelnd die Korngasse hinunter und dann in die Heilandstraße hinein, dreht sich immer wieder um dabei, schaut, ob sie ihr folgt, und kommt schließlich völlig außer Atem zu Hause an. Sie stößt das Gartentor auf, sucht schweißüberströmt nach dem Schlüssel in der Jackentasche und schließt mit zitternden Händen auf. Sie schmeißt die Tasche in den dunklen Flur und zerrt den schwer beladenen Trolley über die Schwelle, wirft die Tür hinter sich zu, schließt doppelt ab und geht eilig in die Küche. Bis auf einen Spalt, durch den sie hinaus auf die Straße späht, zieht sie die Vorhänge zu. Aber keine Berner und auch sonst niemand. Sie atmet durch. Wie im Wahn räumt sie die Lebensmittel aus. Mit jeder Lücke, die sich in den Regalen schließt, wird sie ruhiger, und als alles an seinem Platz ist und Tasche und Trolley leer sind, ist sie fast wieder die Alte. Sie wird sich nicht unterkriegen, nicht einschüchtern lassen von denen, sagt sie sich. Wenn die Kinder das für sie und Power auf sich nehmen, wird auch sie das schaffen. Entschlossen setzt sie sich und haut mit der Faust so stark auf den Küchentisch, dass das Joghurtglas laut scheppert. Bedenke, worum es hier geht, hat Kerze gesagt, und sie hatte wie immer recht. Dass der Hund zurückkommt, dass sie alles wiedergutmachen kann, darum geht es. Der Rest ist Aushalten. Sie schließt die Augen und versucht, ihn sich vorzustellen, seine kühlnasse Schnauze, die weichen Pfoten, die sanften dunkelbraunen Augen. Aber das Bild will sich nicht herstellen, franst an den Rändern aus, bleibt ganz unscharf, und sosehr sie sich auch ermahnt, sich zu erinnern, wie genau die Maserung von Powers Fell ausgesehen, wie er hinter den Ohren gerochen, wie sich sein wohliges Schnarchen nachts angehört hat, sie bekommt ihn nicht zu fassen, hat das Gefühl, Power treibe allmählich, aber stetig von ihr weg.

Sie macht sich ans Schälen der Kartoffeln, schneidet sie in mundgerechte Stücke und den Lauch in dicke Scheiben. Legt alles in den großen gusseisernen Topf und füllt ihn mit sechs Litern Wasser, raspelt zum Schluss einen Stoß Karotten hinein und schließt den Deckel. Kartoffelschnitz und Spatzen, eins von Karls Leibgerichten, obwohl simpel. Schon ihre Großmutter, die aus dem Schwäbischen kam und viele Mäuler stopfen musste, hat diese Sparvariante des Gaisburger Marschs gekocht. Statt selbst geschabten Spätzle kommen am Ende Nudeln in die Suppe, zusammen mit ein paar Löffeln Leberwurst, die alles schön sämig macht. Sie leckt sich einmal über die Lippen beim Gedanken, wie sie sich nachher einen Teller davon gönnen wird.

Zufrieden schaut sie in den Topf, spürt das alte Hochgefühl, das sie beim Kochen früher oft überkam: etwas im Griff zu haben, Bescheid zu wissen, mit sicherem Gespür für Mengen und Würze. Dass ihr nichts passieren könne, solange nur das Essen gelang, dachte sie oft.

Nachdem die Suppe zu köcheln begonnen hat, geht sie in den Garten. Sie wischt sich den Schweiß von der Stirn, schaut erst aufs Thermometer und dann in den blauen Himmel. Die Hitze ist nicht normal, sie kann sich an keinen Sommer erinnern wie diesen. Sie spürt einen Stich beim Gedanken daran, ob Power genug zu trinken hat. Denkt an jenen heißen Augusttag vor sechs Jahren, als sie vom Einkaufen nach Hause gekommen war und den Hund nirgends gefunden hatte. Sie hatte nach ihm gepfiffen, ihn gerufen. Als sie auf die Straße trat, sah sie ihren silbernen Opel kurz vor der Kurve stehen. Sie hielt sich eine Hand über die Augen, über dem Wagen flimmerte die Hitze. Sie wunderte sich und drehte den Kopf zur Garage, in dem der Opel sonst stand. Oder war es gar nicht ihrer? Mit schneller werdenden Schritten ging sie die Straße hinunter. Der Karl, den Kopf an die Scheibe gelehnt, saß vorne und schlief. Auf dem Rücksitz lag Power. Mit heraushängender Zunge und trüben Augen hob er leicht den Kopf, als er sie wahrnahm. Sie riss die Tür auf. Brütende Hitze schlug ihr entgegen. Eilig zog sie den Hund heraus und riss auch die Fahrertür auf. Karl kippte heraus, und sie fing ihn auf. Benommen sah er sie an.

»Was machst du denn da?«, rief sie.

Der Karl schob sie weg und erhob sich schwankend.

»Hast du getrunken?«

Er antwortete nicht. Ging an ihr vorbei und torkelte Richtung Haus. Die Hitschke lud sich den auf dem Boden zusammengesunkenen Hund auf die Arme, überholte den Karl und trat mit dem Fuß das Gartentor auf. Sie legte ihn im Schatten der Tanne ab, griff sich einen Eimer und hielt den Gartenschlauch hinein. Als der Hund getrunken und sich im kühlen Wohnzimmer vors Sofa gelegt hatte, füllte sie einen Bierkrug mit Wasser und klopfte an die Tür des Arbeitszimmers, in dem Karl verschwunden war. Weil er nicht öffnete, drückte sie die Klinke hinunter, aber die Tür war verschlossen. Sie stellte den Krug auf der Schwelle ab und ging zurück zu Power, streichelte seinen nass geschwitzten Kopf, bis er einschlief.

Über die Eiben hinweg sieht sie die Podoschnik zur Mülltonne wandern.

»Guten Tag«, ruft die Hitschke, hebt den Arm und winkt.

Die Podoschnik schaut zu ihr, sagt aber nichts. Mit Schwung wirft sie den Müllsack in die Tonne und geht zurück ins Haus, ohne noch einmal rüberzusehen.

Die Hitschke lässt den Arm sinken. Wahrscheinlich hat sie sie nicht gehört. Oder war in Gedanken. Oder müde vom Baby. Sie geht hinein, schließt die Terrassentür hinter sich, um das letzte Bisschen Kühle im Haus zu halten. Noch einmal wirft sie einen Blick hinüber zum Haus der Podoschniks. Besonders gut ist das Verhältnis zu ihnen nie gewesen. Sie war eigentlich froh, als sie vor vier Jahren einzogen. Das Haus hatte lange leer gestanden, nachdem die Meyers vor zehn Jahren gestorben waren. Keiner hatte es damals gemerkt, sie waren alt, gingen kaum noch vor die Tür. Der Hitschke aber war aufgefallen, dass die Rollläden über mehrere Tage hinweg immer oben waren, und sie hatte die Polizei gerufen. Sie fanden sie im Ehebett, bei beiden wurde eine natürliche Todesursache festgestellt. Dass man sich selbst im Sterben einig werden kann, wenn man so lange eng zusammen gelebt hat, hatte die Hitschke noch lange Zeit danach mit quälendem Neid erfüllt. Da es keine Angehörigen gab, ging das Haus an die Gemeinde, die es über Jahre versuchte zu verkaufen. Aber die Bausubstanz war schlecht, und dass die Leichen dort eine ganze Weile unbemerkt herumgelegen hatten, schreckte potenzielle Käufer ab. Als die Podoschniks, ein schickes Paar aus der Stadt, es schließlich erwarben, war der Kaufpreis auf eine lachhaft niedrige Summe gesunken. Sie rissen das Haus ab und zogen innerhalb weniger Monate einen dreistöckigen Neubau hoch, der alle anderen Häuser im Dorf überragte. Sie rodeten die luftigen Haselsträucher, die ihr Grundstück von dem der Hitschke abgrenzten, zogen einen Zaun ringsum und pflanzten dicht wachsende Eiben. Den gedeckten Apfelkuchen, den die Hitschke der Podoschnik zum Einzug hinüberreichte, nahm diese mit einem knappen

Dank entgegen. Als sie an jenem Abend kurz vor dem Zubettgehen noch einen Blick aus dem Schlafzimmerfenster warf, sah sie, wie die Podoschnik ihn unangetastet in die Mülltonne entsorgte. Die Hitschke schob es auf eine Nahrungsmittelunverträglichkeit, nahm an, sie habe aus Höflichkeit nichts gesagt, und achtete in Zukunft darauf, dass sie das Gebäck, das sie ihnen zu Geburtstagen brachte, ohne Äpfel zubereitete und zur Sicherheit auch ohne Milch. Trotzdem blieben die neuen Nachbarn zurückhaltend, was sie letztlich der Sache mit Karl zuschrieb und auch verstand. Sie würden im Laufe der Jahre kleine Schritte aufeinander zumachen, dachte sie sich. Sie würde ihnen Stück für Stück das Unbehagen nehmen, mit einer Zurückgelassenen zu verkehren, sie waren ja nicht die Einzigen im Dorf, die damit zu kämpfen hatten. Ihre Stärke war die Geduld, sagte sie sich immer wieder. Keine konnte so ausgiebig und hartnäckig warten wie sie.

Sie schaut auf die Uhr. Müde ist sie. Seit sie um diese frühe Zeit aufsteht, schläft sie mittags noch eine Runde. Sie steigt die Treppe hinauf und legt sich ins Bett. Im Traum dreht sie mit Kerze auf dem Fahrrad ein paar Runden um den See. Füttert mit ihr Enten. Lässt einen Luftballon steigen. Kerze ist bei all dem erwachsen, eine junge, kräftige Frau. Aber wenn sie spricht, spricht sie mit einer hellen Kinderstimme, die ihr Anweisungen gibt, tu dies, tu das, nicht zu viel Brot, die Enten könnten sich verschlucken. Plötzlich ist sie am Meer, das Wellen an den Strand spült, über ihre Füße schwemmt, ohne dass sie etwas davon spürt. Ob das Wasser kalt ist oder warm, sie weiß es nicht, also geht sie ein paar Schritte tiefer hinein, aber immer noch nichts, sie hat kein Gefühl. Sie geht weiter, die Kleidung wird nass, das kann sie sehen, aber nicht fühlen, sie steht bis zum Bauch im Meer, bis zur Brust, zum Hals und schaut nach oben, wo der Himmel gelbe Wolken durchs Bild schiebt, und sie macht noch einen Schritt und noch einen, bis das Wasser über ihr zusammenschlägt, aber wieder kein Gefühl, weshalb sie weitergeht, Schritt für Schritt tiefer ins Meer hinein, die gelb verzerrten Wolken fest im Blick, bis ein Klingeln sie weckt.

»Ja, bitte?«

Die Frau starrt sie wütend an. Die Hitschke hat sie noch nie gesehen. Eine neue Nachbarin könnte sie sein, eine Zugezogene aus der Stadt vielleicht. So sieht sie jedenfalls aus in ihren engen, verwaschenen Jeans. Vielleicht kommen jetzt doch wieder welche, denkt sie, wegen der günstigen Grundstückspreise. Die Podoschniks sind ja auch gekommen.

»Sie sagen mir jetzt, wo dieses Mädchen ist und was sie mit meinem Kind gemacht hat.«

Es ist nicht das erste Mal in den letzten Tagen, dass jemand klingelt und sie das fragt. Sie schaut zu Boden, auf die strahlend weißen Turnschuhe der Frau.

»Sind Sie neu im Ort?«, fragt die Hitschke sie.

»Wieso? Was hat das damit zu tun?«

Sie meidet den Blick der Frau, die verzweifelt aussieht oder wie ein Tier, das sie gleich anspringen wird.

»Ich weiß leider nichts. Ich kann ihnen nichts sagen.«

Sie schließt die Tür, und die Frau tritt schreiend dagegen.

Die Hitschke geht die Treppe hinauf und legt sich wieder ins Bett, wartet mit dem Einschlafen, bis die Schreie der Frau verstummen, die Tritte gegen die Tür aufhören.

Als sie aufwacht, ist es stockfinster. Sie kommt hoch, die Haare kleben ihr an der Stirn. Der Nachtschweiß verfolgt sie seit Jahren, an manchen Tagen im Sommer ist die Bettwäsche zum Auswringen nass. Sie trocknet sich mit dem Handtuch ab, das immer auf dem Boden neben ihrem Bett liegt, und geht ans Fenster. Der Vollmond ihr gegenüber wirkt auf sie wie eine Person, die sie beobachtet. Groß und mächtig steht er am Himmel und lässt sie instinktiv einen Schritt zurückweichen. Sie späht auf die Straße und erschrickt. Die Frau von heute Mittag liegt in ihrem Garten, sie schläft. Die Hitschke geht noch einen Schritt zurück und setzt sich aufs Bett, kalter Schweiß drückt sich aus allen Poren ihres Körpers.

Sie weiß, dass es ihre Schuld ist. Ihre ganz allein.

ZWEITER TEIL

EINS

Sie kommen meist am Abend. Sie kommen allein oder in Gruppen. Sie stehen am Rand des Waldes und rufen die Namen ihrer Kinder hinein. Manche lauter, andere leiser. Nie setzt einer auch nur einen Fuß in den Wald. Sie stehen dort, mit den verdreckten Schuhen im Acker, als stünden sie vor einer Wand. Der Wald ist ihnen ein undurchdringliches Gegenüber, bläst ihnen seinen harzigen Atem entgegen, lässt seine Bäume bedrohlich ein paar Äste knacken. Bis sie umkehren, mit hängenden Schultern ins Dorf zurückschleichen oder dabei, wie manche, wütend Erdklumpen vor sich her treten. Aber am nächsten Abend kommen sie wieder, rufen, manche weinen, kehren schließlich um. Wochenlang geht das so, und es werden immer mehr; auch die, die keine Kinder haben, kommen, die Unfruchtbaren, die Einsamen und Alten kommen, stehen dort und starren in den Wald. In der dritten Woche dann brüllt Livys Vater los, brüllt und wirft Steine und Dreck gegen die Stämme, brüllt, bis ihm die Stimme versagt, bis er vor Erschöpfung zusammenbricht und ihn zwei andere stützend ins Dorf zurückbegleiten müssen.

Nur die Hitschke ist nie dabei, denn die Hitschke ist jetzt geächtet. Sie und ihr verdammter Hund sind ja schuld an allem. Und deshalb hat auch in einer Nacht- und Nebelaktion der Hubersohn ein *Hitschke raus* an ihre Hauswand gesprüht, was dazu geführt hat, dass sich seit einer Woche eine täglich wachsende Zahl von Leuten, vorneweg die Podoschniks, vor ihrem Zaun versammelt und mit erhobenen Fäusten »Hitschke raus« skandiert. Die hat seitdem tagsüber das Haus nicht mehr verlassen, hat die Vorhänge zugezogen und sich im Wohnzimmer verschanzt, die alte Flinte vom Karl in den Händen, obwohl sie nie gelernt hat, damit zu schießen. Einen von denen wird sie schon treffen, denkt sie sich.

Und sie selbst ist sich manchmal auch nicht mehr sicher, ob sie noch will, dass die Kinder da draußen sind, ob es das alles wert ist. Das Ganze geht nun schon so lange, sie kann sich gar nicht mehr vorstellen, wie ihr Leben vorher war. Aber jedes Mal, wenn sie in die Küche tritt und den leeren Fressnapf sieht, fällt es ihr wieder ein. Dann geht sie in ihre Speisekammer und sucht Konserven für ein Essen zusammen, das sie den Kindern kochen und am nächsten Morgen bringen wird. Viel hat sie nicht mehr, und sie traut sich ja nicht zum Einkaufen, aber was sie hat, das teilt sie mit ihnen. Seit die Podoschnik das mit dem Kinderwagen spitzgekriegt hat, muss sie den Topf selbst tragen. Sie braucht lange dafür, manchmal fast eine Stunde bis zum Waldrand, ihr kaputter Fuß hilft da auch nicht. Auch heute muss sie den Topf immer wieder auf dem Acker abstellen, die steifen, schmerzenden Finger reiben. Dazu die Dunkelheit, die ihr Angst macht. Sie ist, als Power noch jung war, oft mit ihm in den frühen Morgenstunden aus dem Haus gegangen; er war in seinen ersten Jahren ein lebhafter Hund, der sich viel bewegen wollte. Sie hat sich sicher gefühlt mit ihm an ihrer Seite. Jetzt aber ist sie allein.

Eine kleine Taschenlampe hat sie sich in das alte Sportstirnband vom Karl eingenäht, ihr Licht flackert unruhig über das Feld. Immer wieder sieht sie sich um, ob ihr auch niemand folgt, setzt einen Fuß vor den anderen, kämpft an gegen den Wunsch, aufzugeben und umzukehren. Sie richtet den Blick in den Himmel, der sternenklar ist, und sucht den Großen Bären. Als sie sich kennenlernten, der Karl und sie, hat er sie einmal nachts auf die Wiese hinterm Haus ihrer Eltern gezogen. Sie weiß noch, dass sie dachte, das sei jetzt der Moment, dass es jetzt passieren würde, ein Kuss, die erste richtige Berührung. Denn stumm bedeutete er ihr, sich ins feuchte Gras zu legen, was sie ohne Zögern tat. Er legte sich neben sie und schwieg, und wieder dachte sie, dass er jetzt ihre Hand nehmen, dass er seinen Kopf zu ihrem drehen und alles zwischen ihnen beginnen würde. »Schau«, sagte der Karl in diesem Moment, »das ist das Himmels-W, die Kassiopeia, Hilde. Und das der Große Bär. Und dort, da ist der Kleine Wagen. Und da oben, dieser helle Stern, das ist Beteigeuze, zu dem will ich immer hin.« Dann schwieg er wieder, und sie verstand nicht, sagte aber: »Das ist schön, dass du mir das alles zeigst, Karl«, woraufhin er seltsam lachte und sie, weil sie nicht wusste, was sie sonst tun sollte, mit einstimmte in sein Lachen. Auch später, in all den Jahren und Jahrzehnten, die auf diese Nacht folgen sollten, war das Einstimmen in seine Regungen, in sein Lachen, sein Traurig- und Verzweifeltsein das Beste an ihrer Ehe.

Sie stellt den Topf auf dem Baumstumpf ab. Im leeren von gestern findet sie eine Botschaft: *Warte hier* ist in ein Buchenblatt geritzt. Sie setzt sich neben den Topf auf den Stumpf, bewegt ihre Finger, die immer noch taub sind, zieht das Stirnband vom Kopf und leuchtet in den Wald hinein. Die Taschenlampe ist zu klein, ihr Schein verliert sich schon nach wenigen Metern. Sie knipst sie aus und horcht in die Stille. Kerze hat ihr vor zwei Jahren einen Vortrag darüber gehalten, wie man die Angst bekämpft. Mit rotem Gesicht hat sie im Wohnzimmer der Hitschke gestanden und eine halbe Stunde ununterbrochen geredet, am Ende hat sie gellend nur noch ein Wort geschrien: HINGABE! HINGABE! HINGABE! Das ist auch alles, woran sich die Hitschke noch erinnern kann, und es war wohl sowieso der Kern ihrer Botschaft. Jetzt merkt sie, dass Kerze recht hatte. Nie hätte sie sich träumen lassen, dass sie einmal mitten in der Nacht allein am Waldrand sitzen würde. Und sie fühlt sich auch nicht allein, nicht so allein wie in den letzten Jahren, seit der Karl nicht mehr da ist. Und auch nicht so allein wie in den Jahren davor, als er noch da war. Sie fühlt sich verbunden mit den Kindern, spürt in der Suche nach Power die Nähe zu ihnen und fragt sich, ob das das Glück ist, von dem die anderen immer erzählen.

Es knackt hinter ihr, und mit einem Ruck dreht sie sich um.

Im Pulk sind sie aus dem Wald getreten.

»Nehmt sie mit«, hört sie Kerze sagen.

ZWEI

Seit die Leute vor ihrem Haus wieder abgezogen sind, steht die Hitschke am Fenster und schaut hinaus. Der Fernseher läuft im Hintergrund, erst die »Tagesschau«, dann der »Tatort«, manchmal wirft sie einen Blick auf den Bildschirm, aber sie bekommt eigentlich gar nichts mit. Dass Lara Power gesehen habe im Traum und dass er weggelaufen, vor ihr, der Hitschke, weggelaufen sei, hat Kerze gesagt. Ob sie darüber etwas wisse, hat sie gefragt, und auch die anderen Kinder haben sie erwartungsvoll angesehen. Dass sie nichts darüber wisse, antwortete sie, und was sie denn damit meine. Nichts meine sie damit, hat Kerze gesagt, aber sie habe doch nachfragen müssen, weil auf Laras Hellseherei bisher Verlass gewesen sei, das sei alles. Dann brachten sie sie zurück zum Waldrand und schickten sie fort.

Im Nachbargarten geht das Licht an, und sie tritt einen Schritt zurück. Die Podoschnik taucht auf, wirft etwas über die Eiben und verschwindet wieder im Haus. Die Hitschke läuft in die Küche, um ihre Brille zu holen, beeilt sich, um zurück am Fenster zu sein, bevor das Licht ausgeht. Es ist das Wolljäckchen, das sie dem Podoschnikbaby damals zur Geburt geschenkt hat. Sie hatte es selbst gestrickt, das Baby aber nie darin gesehen.

Es wird dunkel, trotzdem bleibt sie stehen. Die Beete im Garten sind leer, der Rasen ist an vielen Stellen löchrig. Da, wo früher die Himbeeren standen, wuchert Efeu über die trockene Erde. Im Garten wächst nur noch, was von selbst überlebt. Zu Karls Zeiten war das anders. Sobald er von der Arbeit nach Hause kam, verschwand er in den Hecken. Manchmal fand sie ihn bei den Rosen kniend, im Anzug noch, die lederne Aktentasche achtlos neben sich im Dreck. Er knipste die toten Triebe ab oder betrachtete eindringlich die Blüten, roch intensiv daran. Drehte sich zu ihr um wie zu einer Fremden, wenn sie ihn schließlich ansprach.

Ganz am Anfang, im ersten Jahr ihrer Ehe, hatte sie es schön gefunden, dass er diese, wie sie es nannte, Ader hatte. Die Liebe zu den Pflanzen und Blumen schien ihr wie ein Versprechen, das sich auch in ihre Richtung über kurz oder lang einlösen würde. Heimlich beobachtete sie ihn, stand am Fenster, hinter den Spitzengardinen verborgen, und saugte auf, mit welcher Hingabe und Genauigkeit er das Unkraut jätete, wie er fast zärtlich über die dicken Blätter des Rhododendron strich, und stellte sich vor, dass all das eigentlich ihr galt, weil er insgeheim wusste, dass sie ihm zusah, stunden-, tage-, wochenlang. Sie weiß noch, wie offen und frei sie ihn anschaute, wenn er endlich ins Haus kam, ermutigt von dem, was er im Garten mit den Pflanzen gemacht hatte. Wie irritiert sie jedes Mal war, wenn sein Blick dem nicht entsprach, kühl und teilnahmslos war, schließlich an ihr abglitt und ins Leere ging. Lange Zeit wies sie diesen Blick seiner Scham zu, seiner Angst davor, sich hinzugeben, beides kannte sie auch von sich, schien der Blick ihr sogar der einzig logische Schritt zu sein, der auf das folgen konnte, was im Garten vor sich ging. Und so lebte sie in seinen Gesten, studierte sie genau und maß ihnen Bedeutung bei, übersetzte sie in eine für sie verständliche Sprache, zog Schlüsse und war sich sicher, ihren Mann, der nahezu nie mit ihr redete, ganz und gar zu verstehen.

Mit dem Nagel des rechten Zeigefingers sucht sie nach Anfassern rund um den Daumen. Hat sie einen gefunden, zieht sie die schmalen Hautstreifen ab, bis sie reißen. Manchmal schneiden sie tiefer ein, dann bluten sie ein wenig. Es entstehen Furchen, Kraterlandschaften um ihren Nagel, die sie an besonders schlimmen Tagen mit einem Pflaster verschließen muss. Unruhig fährt der Zeigefinger in diesen Momenten über den stumpfen, hautfarbenen Stoff des Pflasters, sucht und findet nicht, nur langsam wird die Hitschke dann ruhiger.

Als die Abspannmusik des »Tatort« ertönt, gibt sie ihren Posten auf. Sie macht den Fernseher aus, räumt ein nicht angerührtes, inzwischen abgestandenes Bier und eine volle Schale Erdnüsse in die Küche. Sie spült das Bier im Ausguss mit Wasser weg, mag es nicht, wenn am nächsten Morgen der Geruch in der Küche hängt, und es riecht wie vormittags im Bären. Sie steigt die Treppe in den ersten Stock hinauf, wäscht sich das Gesicht mit Seife, trocknet sich ab und fährt mit dem Finger in die große Niveadose. Im Spiegel betrachtet sie ihre eingefallenen Wangen, die schmalen Lippen, die blasse, ihr grau erscheinende Haut. Als junge Frau gab es eine kurze Phase, in der sie sich schön fand. Auch andere sahen sie gerne an, das merkte sie. Der Peter und der Heinz drehten die Köpfe nach ihr, wenn sie ihr auf der Straße begegneten, einmal sogar rief ihr ein Fremder etwas auf Italienisch hinterher. Siebzehn war sie da und hatte das Gefühl, ihr stehe die Welt offen. Sie könne das Dorf verlassen, einen Beruf erlernen, der ihr Spaß macht, eine Reise in ein fernes Land unternehmen, einen Mann treffen und sich Hals über Kopf verlieben. Aber dann nahm der Karl sie, und alles wurde, wie es war.

Sie hält ihren Daumen ins Licht der Badezimmerlampe. An zwei Stellen klaffen die kleinen Wunden bis ins Fleisch. Sie zieht eine Schublade auf und die Pflasterrolle heraus, klebt den Daumen bis über das erste Gelenk zu. Im Flur sieht sie ein letztes Mal aus dem Fenster. Die Heilandstraße liegt weiter vorn im Dunkeln, die Laternen sind vor sechs Monaten ausgefallen, niemand hat sie seither repariert. Der Boden ist voller Schlaglöcher, die Steine der Bord-steige sind an vielen Stellen schräg abgewalzt. Dass sich keiner mehr für ihr Dorf interessiert, hat ihr lange Zeit ein gutes Gefühl gege-ben. So war sie nicht die Einzige, der das passiert.

Im Bett friert sie trotz der sommerlichen Temperaturen und zieht die Decke hoch bis unters Kinn. Sie weiß, sie muss es Kerze sagen. Gleich morgen wird sie in den Wald zu den Kindern gehen und ih-nen alles beichten. Dass es tatsächlich ihre, ganz allein ihre Schuld ist, dass Power weg ist. Es dauert lange, bis sie in den Schlaf findet, bis sie es aufgibt, nach den richtigen Worten zu suchen. Im Traum begegnet ihr Power. Er ist winzig klein, kleiner noch als eine Amei-se. Beim Versuch, ihn aufzunehmen, zerquetscht sie ihn zwischen zwei Fingern und wacht auf.

Sie schaut auf die Uhr. Es ist kurz nach Mitternacht. Sie trinkt einen Schluck Wasser aus dem Glas, das auf ihrem Nachttisch steht. Es schmeckt schal, sie spuckt es wieder zurück. Erinnert sich nicht mehr, wann sie das Glas dort hingestellt hat. Es war eine Gewohn-heit, eine Geste gewesen, dem Karl und sich jeden Abend frisches Wasser ans Bett zu stellen. Seit er fort ist, macht sie es nur noch sel-ten.

Sie geht zum Fenster. Wie oft sie dort stand. Wenn sie nachts auf-wachte, und der Karl war nicht da, nirgends im Haus und auch nicht im Schuppen. Wie sie einmal eine Woche lang jede Nacht wach blieb und wartete, bis er leise aus dem Bett schlüpfte, sich aus dem Haus schlich. Wie sie ihm nachsah, als er im Schlafanzug, die Flin-te in der Hand aufs Feld hinauslief, dem Wald entgegen, bis die Dunkelheit ihn ganz verschluckte und sie allein zurückblieb, sich wieder hinlegte und bang wartete. Viele Jahre kam er zurück, erst in den frühen Morgenstunden zwar, stellte die Flinte wieder in den Kasten und kroch ohne ein Geräusch unters Deckbett, als sei nichts gewesen. Nur einmal, vor sechs Jahren ist er dann nicht mehr zurückgekommen. Aber einmal reicht ja, um für immer zu verschwinden. Die Flinte haben sie in einer Senke gefunden, aufrecht war sie mit dem Lauf in den Boden gerammt worden. Vom Karl keine Spur. Außer Erleichterung hat sie damals nichts gespürt. Erleichterung darüber, dass sie nun nicht mehr jede Nacht Angst davor haben musste, dass er nicht zurückkommt. Die ersten zwei Wochen danach hat sie fast ausschließlich geschlafen, und heute kommt es ihr vor, als hätte sie all die Stunden des Wartens jener Nächte aufgeholt. Wach wurde sie nur, wenn die Polizei an der Tür klingelte, ihr Fragen stellte oder mitteilte, dass sie ihn noch nicht gefunden hätten, oder wenn Power seine feuchte Schnauze gegen ihre Wange drückte und sie mit hungrigen Augen ansah. Dann ging sie in die Küche, füllte den Fressnapf mit drei großen Dosen Futter, machte den Waschzuber bis oben hin voll mit Wasser und stellte ihn neben den Napf. Trank selbst ein großes Glas und aß eine trockene Scheibe Toastbrot oder einen Apfel, bevor sie sich wieder ins Bett legte und innerhalb weniger Sekunden einschlief. Im Traum erschien ihr der Karl als junger Mann, mit noch vollem Haar, das Hemd bis zum Bauchnabel aufgeknöpft, die helle Haut blass schimmernd in der Sonne, aber immer, wenn sie ihn ansprach, schloss er sofort die Augen. Als sie nach sechzehn Tagen endlich aufstand, war es ein sonniger Morgen. Sie öffnete jedes einzelne Fenster im Haus und ging in die Küche, um sich einen starken Kaffee zu kochen. Mit der Tasse in der Hand schaute sie vom Wohnzimmer aus in den Garten. Die Blumen waren unter der schweren Augustsonne verbrannt. Die Rosen, die Hortensien, die Margeriten, sie waren nur noch braunes Gestrüpp. Sie ging hinaus, riss sie mit bloßen Händen aus der Erde und häufte alles in der Mitte des gelb gewordenen Rasens auf. Aus dem Schuppen holte sie die Harke und pflügte das Beet leer bis auf die letzte Wurzel, lief mit schnellen Schritten ins Haus zurück, um die Streichhölzer zu holen. Das Gestrüpp stand nur kurze

Zeit in Flammen, verglühte rasch und dampfte schnell aus. Trotzdem dachte sie damals, sie hätte sich befreit. In den Tagen darauf hielt dieses Gefühl nicht an. Sie durchsuchte das ganze Haus nach Anzeichen, die Aufschluss über Karls Verschwinden hätten geben können. Sein Reisepass war noch da, auch sein Handy, seine Geldbörse und all seine Kleidung. Er hatte in dieser Nacht nichts mitgenommen außer der Flinte und dem, was er am Leib trug. Trotzdem fanden ihn die Suchtrupps nicht. Es gab nicht die kleinste Spur, die wenigen Hinweise aus der Bevölkerung liefen ins Leere. Es war, als hätte er sich in Luft aufgelöst. Und die Hitschke beschlich eine Ahnung, dass genau das seine Absicht gewesen, dass ihm der Ausstieg aus diesem, ihrem gemeinsamen Leben endlich gelungen war.

Nach weiteren vier erfolglosen Wochen wurde die offizielle Suche eingestellt und der Fall zu einem *cold case*, wie die Polizisten es nannten. Und auch die Hitschke hörte auf, die Schränke und Kisten zu durchwühlen, packte Karls Sachen wieder an ihren Platz und versuchte, in den Alltag zurückzufinden. Aber in ihrem Kopf klopften die unbeantworteten Fragen weiter gegen die Schädeldecke und führten zu ständigen Kopfschmerzen, die nie ganz verschwanden, sie durch die Tage, Monate und Jahre begleiteten, wie ein übler Geruch, der allem, was sie tat, sah und fühlte, anhaftete.

Sie geht zurück ins Bett, schiebt eine Hand unter ihr Nachthemd und berührt die Haut um ihren Bauchnabel, die ihr im Liegen immer noch weich und wenig faltig vorkommt. Vergewissert sich, dass sie noch da, noch nicht verschwunden ist, wie Karl und Power, schläft über diesen Gedanken ein und durch bis zum nächsten Morgen, der sich bleischwer auf ihren Körper legt, als wäre er eine fremde, übergewichtige Person.

DREI

Vögel kreisen seit Tagen am Himmel. Fremde, unbekannte Vögel mit bläulich schwarzem Gefieder, langen gebogenen Schnäbeln. Wie erstarrt liegt das Dorf darunter in seiner Talsenke, die Ziegel der Dächer lasten schwer auf den Häusern. Ängstlich richten die Bewohner den Blick nach oben, sobald sie auf die Straße treten. Sie beeilen sich, von einem Ort zum nächsten zu kommen, während die Vögel in immer gleichen Bögen über sie hinwegziehen.

Sie gehen zur Arbeit, erledigen die Einkäufe, einige schieben die leeren Buggys durch die Straßen. Der Spielplatz in der Dorfmitte ist zu jeder Tageszeit verwaist. Der Hubersohn gibt schließlich den Anstoß. »Um neun Uhr im Bären«, ruft er jedem zu, der ihm im Laufe des Tages begegnet, und die Leute nicken kraftlos, sind froh, dass es einer in die Hand nimmt, auch wenn er es ist, der Hubersohn, von dem sie denken, dass er eigentlich nie etwas hinkriegt. Es muss eine Lösung her, sagt der sich, so kann es nicht weitergehen, die Kinder müssen zurück ins Dorf, wenn nicht freiwillig, dann eben mit Gewalt. Er betrachtet seine Hände, die nicht groß und grob genug aussehen von der Arbeit auf dem Hof, die nicht voller Risse sind und in denen der Dreck nicht so tief sitzt, dass er sich nie ganz abwaschen ließe. Schnell schiebt er sie in die Hosentaschen.

Er läuft ein Stück hinaus aufs Feld und prüft mit den Füßen die Erde. Sieht nach oben in den Himmel, an dem nicht eine Wolke hängt, der den Regen als Möglichkeit rigoros ausschließt. Er grübelt. Wenn es weiter trocken bleibt, wird es eng. Drei, vier Tage noch, dann muss sich ein Tief bequemen. Es ist immer dasselbe. Die Sorge, dass es zu lange kalt oder trocken bleibt, dass es immerzu regnet, dass der Maiszünsler kommt. Der Maiszünsler. Fast eine komplette Ernte hat er ihnen vor vier Jahren zerstört. Der Vater hat vor Wut den Schuppen hinter der Hollerwiese angesteckt. Das ganze Dorf musste mithelfen, den Brand zu löschen. Natürlich hat sich keiner getraut, ihn anzuzeigen. Niemand stellt sich ihm entgegen, dem Vater, so war es, so wird es bleiben. Auch er, der Hubersohn, auch er nicht. Selbst der Schlag ändert daran nichts. Die eine Hälfte Huber, die der Vater noch ist, reicht den Leuten zur Furcht.

Er schaut auf die Uhr. Ein kleines Fenster im Zifferblatt zeigt das Datum an. Er rechnet nach, fast drei Wochen sind die Kinder jetzt im Wald, seit vier hat es nicht mehr geregnet. Es kann ein Zufall sein; er weiß, natürlich weiß er, dass keine andere Erklärung dafür in Frage kommt, aber ein seltsames Gefühl steigt in ihm hoch, eine Ahnung, dass alles mit allem zusammenhängt, und plötzlich ist ihm, als lache jemand hinter ihm. Er nimmt das oben aufgeknöpfte Hemd reflexhaft vor der Brust zusammen, wie er es immer macht, schon immer gemacht hat in diesen Momenten, und dreht sich um. Aber da ist keiner, war noch nie einer, und mit schnellen Schritten geht er los übers Feld, zurück Richtung Dorf.

Dass er verrückt sei, hat er sich manchmal denken hören, dass mit ihm etwas nicht stimme, so wie der Vater es ihm sagt, seit er sich erinnern kann. Ihm und auch den anderen Leuten. Dem Briefträger, dem Elektriker, den Zulieferern und Erntehelfern. »Mit dem stimmt was nicht«, sagt der Vater dann und zeigt auf ihn, das Gesicht voller Spott. Hat es in der Grundschule seinen Mitschülern gesagt, bis keiner mehr kommen wollte, und später der Nathalie, die in der Mittelstufe eine Reihe vor ihm saß und um die er in der Zehnten wochenlang herumgeschlichen war, bis er sich endlich traute, sie zu fragen, ob sie mit ihm zum Abschlussball gehen wolle.

»Der?«, hat der Vater Nathalie am Tag des Balls gefragt. »Bist du sicher, dass du mit dem gehen willst?«

»Warum?«, antwortete Natalie und schaute verunsichert zum Hubersohn. Der Vater beugte sich zu ihr hinunter und flüsterte. »Der ist nicht ganz normal, noch nicht gemerkt?«

Er lachte, und auch die Nathalie lachte, weil sie es für einen Scherz hielt, aber der Hubersohn brachte den Rest des Abends kein Wort mehr heraus, forderte sie zu keinem einzigen Tanz auf und stolperte schließlich über die Schleppe einer Mitschülerin, als er Nathalie gerade eine Traubenschorle reichen wollte, die ihr hellrosa Ballkleid von der Brust bis zu den Knien dunkelrot färbte. Als sie mit ihren Freundinnen wütend im Klo verschwand, holte er sich ein Bier und ging nach draußen, um eine Zigarette zu rauchen. Er hatte erst in der vorangegangenen Woche damit angefangen und die Schachtel am Morgen mit dem Moped aus der Stadt geholt. Der Rachen tat ihm bei den ersten Zügen noch weh, und der bittere Geschmack ließ ihn das Gesicht verziehen. In großen Schlucken trank er das Bier aus und rauchte eine nach der anderen, bis die Schachtel leer war. Als er zurück in die Aula kam, der Ball war so gut wie zu Ende, sah er Nathalie eng umschlungen mit einem Jungen aus der Gymnasialstufe tanzen und ging nach Hause, ohne sich zu verabschieden. Der Vater stand schon in der Tür. »Ein voller Erfolg, was?«, sagte er und haute seinem Sohn auf die Schulter, als der an ihm vorbei- und ins Bad stürzte, wo er den Rest der Nacht über dem Klo hing.

Der Hubersohn schaut auf die Uhr, es ist erst acht. Also geht er noch mal daheim vorbei. Stapft über die Wiese zur Unterkunft und stellt sich in den Schatten der Eiche. Rollo kommt angeflitzt, aber er schickt ihn mit einem Tritt fort. Das Küchenfenster der Unterkunft steht offen. Ein paar der Helfer kochen mit freiem Oberkörper und unterhalten sich auf Polnisch. Dem Hubersohn strömt der Duft von gebratenen Zwiebeln in die Nase, von stark gewürztem Fleisch. Ihm läuft das Wasser im Mund zusammen, und er zündet sich eine Zigarette an. In diesem Moment schwingt die blecherne Tür auf, und der Neue tritt heraus. Er trägt ein weißes Unterhemd und seine löchrige Jeans. In der einen Hand hält er eine Bierflasche, in der anderen eine Schachtel Lucky Strikes. Er sieht den Hubersohn und bleibt stehen, fixiert ihn mit dem Blick, holt eine Zigarette heraus und steckt sie sich in den Mund. Breitbeinig steht er da und spielt, den Hubersohn nicht aus den Augen lassend, mit seinem Feuerzeug. Es klickt beim Anmachen, die Flamme ist maximal eingestellt, sie flackert auf, verschwindet, flackert, verschwindet. Der Hubersohn will gerade einen Schritt auf den Neuen zumachen, als der das Feuerzeug in die Luft wirft, es auffängt und am Flaschenhals anlegt. Mit einem lauten Plopp fliegt der Kronkorken durch die Luft. Der Neue hebt die Flasche, prostet dem Hubersohn mit einem Grinsen zu.

Es ist kurz nach halb neun, als er im Bären eintrifft. Die Ersten sind schon da und gerade dabei, die Tische zur Seite zu schieben und die Stühle in Reihen aufzustellen. Er bestellt sich ein Bier am Tresen und setzt sich auf einen Barhocker. Kohler, der Wirt, stellt ihm wortlos einen Schnaps hin, den er in einem Zug leert. Er dreht sich um, die Wirtschaft füllt sich. Ein paar Frauen stehen zusammen und sprechen leise miteinander. Der Schiller hat sich in die erste, die Kellers haben sich in die letzte Reihe gesetzt. Es sind alle gekommen, nur der Vater nicht. Und Kerzes Mutter nicht und die Hitschke, die natürlich auch nicht. Wäre ja noch schöner.

Mazur kommt herein und steuert auf den Hubersohn zu. Hebt kurz den Finger und bekommt das nächste Bier noch vor allen anderen, die am Tresen warten.

»Wie geht's dem Vater?«, fragt er.

»Muss ja.«

Mazur nickt. Er nimmt einen großen Schluck, wischt sich mit dem Ärmel den Schaum von der Oberlippe. Mazur ist als Erntehelfer hergekommen, knapp zwanzig Jahre ist das her. Er war einer der ersten. Einer der besten, den sie je hatten, sagt der Vater, solche wie ihn gebe es nicht mehr. Heute müssten sie ja froh sein, wenn überhaupt noch welche kämen. Es stimmt, manche sagen nicht mal ab, und das Gemüse vergammelt auf dem Feld. Sie bleiben daheim in Polen, weil sie dort jetzt besser Arbeit finden, oder sie gehen gleich nach Österreich oder Holland, weil der Mindestlohn da höher ist, die Sozialleistungen bessere sind. Wenn Deutschland, dann, um auf dem Bau zu arbeiten oder in einer Reinigungsfirma, wo auch besser bezahlt wird. Dass es so schnell wie möglich Abkommen mit Drittstaaten geben müsse, sagt der Vater, sonst wäre bald Schluss.

Mazur hat der Sabine damals ein Kind gemacht und ist geblieben. Er war immer nett zum Hubersohn. Als die Mutter verschwand, nahm er ihn oft nach der Schule auf dem Traktor mit aufs Feld, ließ ihn neben sich auf dem Bock sitzen und zog jede volle Stunde eine Lakritzschnecke aus seiner Hosentasche. Seit sieben Jahren schon ist er nicht mehr auf dem Hof, und der Vater trauert ihm trotzdem noch nach. Seit dem Schlag besonders. Ob er nicht zurückkommen will, versucht er ihn in regelmäßigen Abständen zu überreden. Aber der Mazur hat jetzt eine kleine Werkstatt, baut dort Möbel für Leute aus der Stadt, in Polen war er Tischler. Er ist groß und stark wie ein Bär, sein Jüngster, Jaroslaw, dagegen zart wie ein Mädchen. Im Vorbeigehen schütteln ein paar Männer Mazur die Hand. Man achtet ihn im Dorf. Obwohl er ein Ausländer ist. Weil er sich gut eingegliedert hat und doch auf Distanz blieb.

Als alle da sind, ergreift der Hubersohn das Wort. Er räuspert sich, ist es nicht gewöhnt, vor Leuten zu sprechen.

»Schön, dass ihr alle gekommen seid. Dann fangen wir an.«

Die anderen beachten ihn nicht, sind noch in Gespräche vertieft.

»He!, ruft Mazur und stellt sich neben ihn. »Seid mal still.«

»Ich schreibe mit, wenn es keinen stört.« Der Hubersohn hält einen kleinen Block hoch, den er sich extra für heute zugelegt hat. »Wie viele Kinder fehlen denn genau?« Er zückt seinen Bleistift.

»Wie bitte?«, ruft eine aus der letzten Reihe. »Bitte lauter!«

Wieder räuspert er sich. »Wie viele Kinder weg sind, hab ich gefragt. Hat mal einer gezählt?«

Kopfschütteln. Einer sagt: »Etwa zwanzig?«

»Wir müssen es schon genau wissen. Wessen Kind ist verschwunden? Bitte melden.«

Arme schnellen in die Luft. Der Hubersohn zählt.

»Vierundzwanzig«, sagt er.

»Fünfundzwanzig!«, ruft der Schiller, der Zwillinge hat.

»Fünfundzwanzig«, murmelt der Hubersohn und notiert es in seinem Block.

»Was?«, fragt die von ganz hinten. »Ich hab wieder nichts verstanden.«

»Jetzt mal der Reihe nach«, sagt der Hubersohn mit lauter Stimme. »Kann einer erzählen, wie das Ganze losging?« Er sieht in die Runde. »Wer meldet sich?«

Verstohlene Blicke untereinander, niemand sagt etwas.

Der Hubersohn hebt die Augenbrauen. Er schaut zu Mazur. »Kommt, Leute«, sagt der und klatscht einmal in die Hände.

»Dann sollte ich wohl.« Die Keller steht auf und schiebt die Hand ihres Exmannes energisch weg, der versucht, sie wieder auf ihren Platz zu ziehen. »Ich weiß ja, dass ihr sowieso alle denkt, dass Lara und Florian, dass die es mit angestiftet haben.«

Der Schiller verschränkt die Arme vor der Brust und schnaubt nickend aus. Die Keller spricht ungerührt weiter.

»Erst war es nur Florian allein, der mitgegangen ist. Also ich meine, mit dem Faller-Mädchen. Dass sie den Hund von der Hilde suchen, hat er mir erzählt, die wäre sehr traurig, dass er weg ist. Das war ja erstmal nichts Ungewöhnliches, das Faller-Mädchen und Flori waren nicht das erste Mal zusammen unterwegs. Irgendwann ist auch Lara mitgegangen, und ich dachte mir nichts dabei, hab angenommen, sie spielen, haben einfach Spaß an diesem Abenteuer. Das ging eine Weile so, aber dann sind sie jeden Tag länger weggeblieben und wollten nicht sagen, wo sie gewesen waren und was sie gemacht hatten. Ich habe immer wieder nachgefragt und sie ermahnt, draußen vorsichtig zu sein. Aber sie schwiegen einfach und schauten sich vielsagend an. Das Nächste war dann, dass sich die beiden nicht mehr waschen wollten. Also ich meine nicht, wie sonst keine Lust zu baden hatten, das ist ja dauerhaft Streitthema bei uns. Sie haben sich komplett verweigert und um sich geschlagen, wenn ich versucht habe, sie in die Wanne zu stecken. Schon wenn ich nur die Shampoo-Flasche in die Hand genommen habe, ging's los mit Knurren und Bellen.«

»War bei euch nicht sowieso das Bellen zuerst?«, fragt der Schiller.

»Doch, stimmt.«

»Bei uns fing es nämlich damit an.«

»Ja, wie bei uns«, sagt die Berner. »Ich dachte am Anfang, das ist ein Spiel, und habe zurückgebellt, aber das hat Livy nur noch wütender gemacht. Sie fing sogar an, nach mir zu schnappen und mich richtig anzugreifen.«

»Ihr habt recht.« Die Keller nickt. »Das Bellen war zuerst. Am Anfang war es nur ab und zu, aber dann sprachen sie immer weniger, auch untereinander nicht, bellten sich an stattdessen, und irgendwann hatte ich genug und habe gesagt, jetzt hört auf, der Spaß ist vorbei. Das sei kein Spaß, hat Lara darauf todernst geantwortet, und das war auch der letzte richtige Satz, den ich aus ihrem Mund gehört habe. Sie bellten mich an, Flori und sie, und jaulten auf, und ich habe mir die Ohren zugehalten und den Raum verlassen. Aber sie haben immer weitergemacht, mich vor sich her durchs Haus getrieben, bis ich nach draußen gerannt bin, aus der Tür raus und zur anderen Straßenseite. Von dort habe ich sie noch eine ganze Stunde lang bellen gehört, im Haus meine ich.« Sie macht eine Pause und streicht sich eine Strähne aus dem Gesicht. »Ist schon komisch«, sagt sie, und es sieht aus, als müsste sie gleich loslachen. »Aber ich habe Hunde nie gemocht, hätte mir niemals einen angeschafft oder den Kindern einen erlaubt. Es war wirklich seltsam, sein eigenes Haus vor sich zu sehen, erfüllt von lautem Hundegebell.« Etwas leiser fügt sie hinzu. »Für einen kurzen Moment sah es sogar gar nicht mehr aus wie unser Haus. Jedenfalls, irgendwann haben sie aufgehört. Das war ... ich glaube, das war der Moment, als ich ...«, sie zeigt auf Keller, »... ihn angerufen habe. Wir sind dann zusammen rein. Die Kinder lagen zusammengerollt auf dem Boden neben ihren Betten und schliefen. Am nächsten Tag sind sie so lange im Wald geblieben wie noch nie, und als sie am Abend nach Hause kamen, krochen sie auf allen vieren die Treppe hinauf und in ihr Zimmer. Am Morgen waren sie weg.«

Ihr Exmann sitzt regungslos da, sieht aus, als wäre er in den letzten Minuten immer schmaler geworden. Erschöpft, wie nach einem langen Marsch, lässt die Keller sich neben ihn auf den Stuhl fallen.

»Marri wollte sich auch irgendwann nicht mehr waschen«, sagt mit leiser Stimme plötzlich die Wendt, die keinen Platz mehr bekommen hat und hinten am Eingang an der Wand lehnt. »Sie hat sich geweigert zu baden, sich die Zähne zu putzen. Sie kam abends –«

»Bitte etwas lauter sprechen!«, ruft der Schiller mit noch immer verschränkten Armen aus der ersten Reihe.

Die Wendt räuspert sich.

»Entschuldigung«, sagt sie und hebt die Stimme. »Marri kam abends oft völlig verdreckt heim, aber ließ sich nicht einmal dazu bringen, sich frische Kleider anzuziehen. Sie hat sich, wie sie war, ins Bett gelegt. Einmal habe ich uns im Badezimmer eingeschlossen und versucht, sie mitsamt der schmutzigen Sachen unter die Dusche zu zerren, aber sie hat geschrien und nach mir getreten, bis ich schließlich aufgegeben habe. Dass sie so eine Kraft entwickeln kann, meine kleine Marri, das hab ich nicht gewusst.«

»Bei uns war alles genauso«, sagt die Beilmann, die allein gekommen ist. »Am Abend vor seinem Verschwinden hat sich Pauli in Jens' Wade verbissen, es war furchtbar. Ich musste Jens zu Hilfe kommen, der sich nicht allein befreien konnte und vor Schmerz schrie, eine richtige Fleischwunde hatte er.«

»Was ist dann passiert?«, fragt der Hubersohn und nimmt einen kräftigen Schluck aus seinem Bierkrug.

»Wir haben Pauli in sein Zimmer gesperrt, während ich die Wunde im Bad versorgt habe. Zwei Stunden hat er getobt, und wir standen vor seiner Tür, haben hineingerufen, dass er aufhören soll, bis es plötzlich ruhig wurde. Jens hat dann aufgeschlossen, und wir sind, ich dicht hinter ihm, rein ins Zimmer.« Sie räuspert sich und holt ein Taschentuch aus ihrer Handtasche. »Ich werde diesen Anblick nicht vergessen«, sagt sie und bricht in Tränen aus. Die Keller beugt sich vor und legt eine Hand auf die Schulter der Beilmann. Die schnäuzt in ihr Taschentuch. Mit kraftloser Stimme fährt sie fort. »Pauli kniete auf dem Bett. Er war schweißnass, die Haare klebten ihm auf der Stirn, und er machte ein leises, pfeifendes Geräusch, von dem ich erst dachte, es käme gar nicht von ihm. Ich habe mich sogar kurz zum gekippten Fenster umgedreht, ob es von da kommt. Aber es war Pauli, der dieses fürchterliche Geräusch gemacht und uns dabei aus fremden, blutunterlaufenen Augen angeschaut hat. Ich weiß nicht genau, was es war. Aber sein Blick, verbunden mit diesem Pfeifen, hat uns rückwärts aus dem Zimmer getrieben, und Jens hat schnell die Tür verriegelt. Er hat gerufen, schlaf jetzt, Paul, er hat wirklich Paul gesagt, seit Paulis Geburt hat er ihn nicht ein einziges Mal Paul genannt, niemand von uns. Und dann ging er, ohne mich anzusehen, an mir vorbei und die Treppe runter, und ich hab gehört, wie er im Wohnzimmer den Fernseher angeschaltet hat. Ich bin stehen geblieben, hab nicht gewusst, was ich machen soll. Nie haben wir Pauli bestraft für irgendwas, ihn in sein Zimmer geschickt oder solche Sachen. Ich habe mein Ohr gegen die Tür gehalten, diesem Pfeifen gelauscht, das, in diesem Moment war mir das irgendwie völlig klar, das Letzte war, was mich mit meinem Sohn verband. Er war weg, verschwunden. Und ich hatte keine Ahnung, warum.«

Sie schüttelt sich und greift nach der Hand der Keller.

Wäre Kerze jetzt da, sie würde sagen: Fragt nicht, warum. Wer so viel fragt wie ihr, bleibt dumm.

»Danke. Ich glaube, das reicht.« Der Hubersohn stellt den leeren Bierkrug neben sich auf den Tresen.

»Wir brauchen ein paar Freiwillige!«

Mazur hebt als Erster die Hand, sechs weitere Arme schnellen daraufhin in die Höhe.

»Gut, das reicht. Mit mir sind wir dann genug.«

»Nein«, sagt Mazur.

»Noch mehr Leute?«

»Nein. Aber du kommst nicht mit.«

»Warum nicht?«

»Hast keine Kinder.«

Am nächsten Tag macht sich eine Expedition von sieben Vätern auf in Richtung Wald. Sie haben Rucksäcke dabei, die beladen sind mit Kuscheltieren, Schmusetüchern und Lieblingsbüchern.

Keiner sagt ein Wort, als sie den Weg entlang der Felder hintereinander hergehen. Am Waldrand halten sie an, setzen die Rucksäcke ab und holen die Brotdosen und Wasserflaschen heraus. Sie essen Leberwurstbrote und Gurkenscheiben im Stehen, trinken und schauen zum Dorf.

»Kommt«, sagt Mazur, der seine Flasche und die Dose schon wieder verstaut hat und den Rucksack schultert. Die anderen folgen ihm hinein in den Wald. Außer Mazur kennen ihn alle seit ihrer Kindheit. Haben Höhlen aus Ästen darin gebaut, mit Stöckchen in Ameisenhaufen gestochert und Rehe an der Futterstelle beobachtet. Aber jetzt erscheint er ihnen fremd, und sie haben das Gefühl, in ein unbekanntes Haus einzudringen. Trotzdem gehen sie weiter, passieren die Lichtung, kommen schließlich zum Bach. Sie sehen sich um, nichts hier deutet auf die Anwesenheit der Kinder hin. Beilmann traut sich zu rufen, Pauli, ein anderer den Namen der Tochter, bis alle einstimmen und die Rufe nach den Mädchen und Jungen sich überlappen. Mazur hebt den Arm, und die Männer verstummen. Sie horchen, drehen die Körper im Kreis. Der Wald antwortet mit knisternder, raschelnder Stille, sonst ist nichts zu hören. Sie dringen tiefer in ihn vor, drängen Büsche zur Seite, pflügen mit den Schuhen grob durchs Laub und haben mit jedem Schritt das Gefühl, den Wald zu stören, sich ihm aufzudrängen, und es dauert nicht lang, bis einer zurückfällt und, ohne ein Wort zu sagen, umkehrt. Die anderen schauen ihm nach, richten dann den Blick auf Mazur. Er überlegt, nimmt den Rucksack ab und geht in die Knie. Vorsichtig zieht er die Stofftiere heraus und setzt sie auf einen umgekippten Baumstamm. Die Tücher knotet er an Zweige, die Bücher stapelt er auf einem flachen Stein. Die anderen tun es ihm nach; als sie fertig sind, betrachten sie ihr Werk. Teddybären und Löwen, Giraffen und Eisbären, Zebras und Papageien sitzen in einer Reihe auf dem Stamm. Die mit bunten Mäusen, Autos und Blumen bedruckten Tücher spannen sich wie ein Zelt zwischen den Ästen auf, und die Bücherstapel sehen aus wie riesige, kantige Pilze, die aus dem Boden wachsen. Sie nicken einander zu und treten den Heimweg an. Im Dorf fragen die Frauen, wie es war, ob sie die Kinder gefunden hätten, und die Männer halten wie zum Beweis die leeren Rucksäcke in die Runde.

Am Abend treffen sie sich wieder im Bären, sie feiern, stoßen miteinander an. Weil es sich gut anfühlt, etwas getan zu haben, weil sie sich sicher sind, die Kinder werden beim Anblick der geliebten Dinge an die Eltern erinnert und ins Dorf zurückkehren.

Die Frauen klatschen, als Mazur die Geschichte noch einmal erzählt. Wie sie in den Wald vorgedrungen sind, wie sie mit den Stöcken gegen die Bäume geschlagen, wie sie Blätter von den Büschen gefegt und am Bach die Namen ihrer Kinder gerufen haben. In welcher Reihenfolge die Tiere auf den Stamm gesetzt wurden, wollen die Frauen wissen, wie viele Tücher es genau waren, die im Wind flatterten. »Kein Wind im Wald«, wiederholen die Frauen den Satz, den Mazur ihnen lachend hingeworfen hat, und fordern, dass die Bücherpilze mit Bierdeckeln auf den Gasthaustischen nachgebaut werden. Kohler dreht das Radio lauter, sie schieben die Tische an die Wand, wie sonst nur beim Dorffest, und tanzen. Alle durcheinander, jeder mit jedem, die Frauen mit ihren Männern, mit anderen Männern, mit Frauen. Manche, auch welche, die nicht zusammengehören, fangen an, sich zu küssen, Beilmann und Schiller ziehen ihre Hemden aus, steigen auf die Tische und tanzen mit schwabbelnden Bäuchen. Draußen vor dem Fenster steht der, der abgehauen ist aus dem Wald, und lugt hinein. Sieht seine Frau im Arm von Mazur, die wirkt, als hätte sie ihn, den Getürmten, ganz und gar vergessen.

Am nächsten Morgen ist der Himmel ungetrübt, die Ersten sind schon auf den Beinen. Sie öffnen die Fenster, schauen hinauf, und tatsächlich, die Vögel sind verschwunden. Beschwingt räumen sie in den Kinderzimmern auf, beziehen die Betten neu, stellen Blumen auf die Schreibtische. Auf den Herdplatten kochen die Bolognese-Saucen ein, in den Öfen gehen die Marmorkuchen und in den Speisekammern erkaltet der Pudding in kleinen Schälchen. Alles ist vorbereitet, und im Dorf herrscht der kollektive Glaube an die Rückkehr der Kinder, heute im besten, morgen im schlechtesten Fall. Und auch als einer der Erntehelfer laut rufend über den Kirchplatz gelaufen kommt, hält der Glaube, halten sie an ihm fest, wie an einem dicken Tau, an dessen anderem Ende eine unbekannte, aber nicht unbezwingbare Kraft steht. Doch der Helfer fuchtelt mit den Armen, er spricht kein Deutsch, nicht mal Ja und Nein kann er sagen, nur mit dem Kopf schütteln oder nicken oder ihn ganz zur Seite neigen, wenn er sich bei einer Antwort nicht sicher ist. Er zeigt hinter sich und raus auf die Felder, und die Frauen bekommen es mit der Angst, eine hält sich die Hand vor den Mund und geht in die Knie, und zwei andere setzen zum Laufen an.

Dass sie dableiben sollen, herrschen die Männer die Frauen an und halten sie schroff zurück. Rennen dann los, hinter dem Helfer her, denselben Weg, den sie gestern genommen haben, Richtung Wald.

»Tam z tyłu!«

Sein gespannter Arm zeigt auf eine Stelle im Feld. Als sie näherkommen, sehen sie die verdreckten Kuscheltiere, zerfetzten Tücher und Bücher zu einem wilden Haufen getürmt im Acker liegen.

Sie starren darauf, versuchen zu verstehen, was das bedeutet. Mazur dreht sich zu den anderen um, hilflos sehen sie ihn an.

»Es reicht«, sagt er. »Jetzt ist Schluss.«

Brüllend laufen sie in den Wald hinein, preschen über den weichen Boden, reißen ihn mit den Schuhen auf. Brechen Äste ab und dreschen damit gegen Bäume und in Büsche. Mazur erreicht als Erster den Felsvorsprung oberhalb des Bachs, abrupt bleibt er stehen. Die anderen schließen auf, alle starren sie hinunter zum Wasser. Dort stehen die Kinder, verdreckt von Kopf bis Fuß, lange Weidenzweige um die Hüften geschlungen, und Kerze gibt das Signal.

Sie haben die Männer zurückgedrängt, Schritt für Schritt, waren Meute. Zähnefletschend, jaulend, kläffend. Alles, wofür sie täglich trainieren, hat sich ausgezahlt. Sie nahmen Reißaus, rannten wie Feldhasen zurück ins Dorf.

Kerze sitzt am Rand der Lichtung, beobachtet die anderen, die wie Welpen über die Wiese tollen, sich im Gras wälzen, aufeinanderspringen, sich zart in Arme und Beine beißen. Von den Sträuchern am Rand der Schonung hat sie Brombeeren geholt. Ihre Finger sind dunkellila verfärbt. Sie ruft die Namen der Einzelnen, winkt sie heran und schiebt ihnen je zwei Beeren in den geöffneten Mund. Danach robbt auch sie über die Wiese, dreht sich auf den Rücken und hält den Bauch in die Sonne. Leicht gekrümmt, die Arme und Beine in der Luft, wie sie es viele Male bei Power gesehen hat an warmen Tagen im Garten vor dem Hitschkehaus.

VIER

Nachts wird Kerze wach. Sie hat Durst und schiebt Livy von sich runter, die halb auf ihr gelegen hat. Einen Topf, den die Hitschke gebracht hat, haben sie behalten, um daraus zu trinken. Es ist Jaros Aufgabe, ihn vor dem Schlafengehen noch mal im Bach zu füllen. Jetzt fasst sie ihn an beiden Henkeln und trinkt gierig ein paar Schlucke. Sie legt Zweige in die letzte Glut, bläst hinein und setzt sich, als das Feuer wieder brennt, dicht davor. Ihr Heft ist mittlerweile bis zur Hälfte gefüllt. Vor ein paar Tagen hat sie angefangen, kleiner zu schreiben, weil sie fürchtet, dass der Platz nicht reicht. Sie liest die letzten Einträge noch mal. Was sie gestern, vorgestern, vorvorgestern gemacht haben, was vor einer Woche. Beschreibungen der verschiedenen Trainingseinheiten mischen sich mit Notizen zu den Fortschritten der anderen Kinder und allgemeinen Beobachtungen über Tiere. Sie reibt die rechte Hand an ihrer Hose. Gestern Abend hat sie sie aus Übermut in einen großen Ameisenhaufen gesteckt. Sie alle sind ausgelassen gewesen nach dem Erfolg mit den Männern aus dem Dorf, sind durch den Wald getobt und auf den Ameisenhaufen gestoßen, der sicher einen Meter hoch war. Pauli hat sich sogar ganz auf den Haufen gesetzt. Die Ameisen sind überall auf ihm herumgekrabbelt, bis hinauf zum Kopf, und er hat die Augen geschlossen, hielt aus, bis sein Gesicht ganz schwarz war und es aussah, als wäre er ein seltsam geformter Teil des Haufens.

Fasziniert standen sie davor, auch Kerze, die ihre eigene Hand längst wieder herausgezogen hatte. Irgendwann sprang Pauli auf und versuchte, die Ameisen abzuschütteln, einen wilden Tanz führte er auf, über den die anderen lachten, und Kerze ließ sie gewähren, gönnte ihnen den Moment nach erschöpfenden Tagen im Wald ohne nennenswerte Erfolge auf der Suche nach Power. Sie kehrten zum Loch zurück und bereiteten sich auf die Nacht vor. Drängten sich dicht um den Topf der Hitschke, ein köstliches Risotto, das Pauli morgens vom Waldrand abgeholt hatte und das sie mit den Händen in kürzester Zeit verschlangen.

Sie alle haben sich an die wenige Nahrung, die sie täglich zu sich nehmen, längst gewöhnt. Es gibt das Essen der Hitschke am Abend und tagsüber ein paar Beeren, Haselnüsse oder Kräuter. Wenn der Hunger trotzdem überhandnimmt, schickt Kerze Henne und ein paar andere nachts aus dem Wald und zu einem der Huberfelder, um Karotten oder Kartoffeln zu holen, die sie im Feuer rösten.

»Kannst du nicht schlafen?«, hört sie Jaros Stimme hinter sich und fährt herum.

Er setzt sich neben sie.

»Entschuldige. Ich wollte dich nicht erschrecken.«

»Hast du nicht«, antwortet Kerze schroff und reibt mit dem Handrücken wieder über den rauen Jeansstoff ihrer Shorts.

»Tut's doch weh?«

»Quatsch. Gar nicht.«

Sie schiebt die Hand unter ihren Oberschenkel.

»Für ihn muss es schlimm sein«, sagt Jaro und zeigt auf Pauli, der am Wächterbaum sitzend eingeschlafen ist und dessen fleckig rotes Gesicht vom flackernden Schein des Feuers beleuchtet wird. Unruhig kratzt er sich immer wieder im Schlaf.

Eine Weile sagen sie nichts, dann macht Jaro eine Kopfbewegung zum aufgeschlagenen Heft in Kerzes Schoß.

»Steht da die Lösung drin?«

Sie zuckt die Schultern. »Irgendwann schon.«

»Hast du Power gesehen? Im Traum, meine ich.«

»Jede Nacht, ja.«

»Und?«

»Was und?«

»Verrät er nicht, wo er ist?«

»Schön wär's.«

Kerze schließt das Heft und streckt die Beine. Ihre Knie sind schwarz vom Dreck, die Schienbeine voller Schrammen.

»Meine sehen genauso aus.«

Jaro schiebt die Hose nach oben. Dünn sind seine Beine, die Haut von kleinen Wunden übersät. Er ist im Wald noch schmaler geworden, denkt Kerze.

»Wir sind schon lange hier«, sagt er und streicht wie zum Beweis über sein verkrustetes Knie, kratzt ein bisschen Schorf ab und schnipst es ins Feuer.

»Noch nicht lange genug.«

Er nickt.

»Hast du Heimweh?«

Jaro lacht auf und legt seine Hand von seinem auf ihr Knie. »Großmutter sagt, dass ich Sachen heile machen kann, mit den Händen. Bei anderen, nicht bei mir. Sich selbst kann man nicht heilen, sagt sie.«

Kerze hält die Luft an. Noch nie hat Jaro sie berührt. Unter Jaros Hand wird es ganz heiß.

»Merkst du schon was?«, fragt er und sieht zu ihr. Kerze blinzelt unter seinem Blick. Sie schüttelt den Kopf.

»Echt nicht?« Jaro runzelt die Stirn.

Schnell schüttelt sie seine Hand ab, zieht die Beine an und steht auf, bückt sich aber noch mal, um ihr Heft zu nehmen.

»Du darfst morgen Abend eine Minute vor uns anderen anfangen zu essen«, sagt sie und zeigt auf Jaros dünne Beine. »Und jetzt geh schlafen. Wir haben morgen viel vor.«

Den ganzen nächsten Vormittag hält Kerze auf dem Jägersitz Ausschau nach Power, während die anderen in kleinen Gruppen unterwegs sind, um den Wald abzusuchen.

Auf einmal hört sie Henne rufen. »Hier ist ein Mann, den keiner kennt!«

Zu dritt zerren sie den Mann über die Wiese.

»Ich kenne dich nicht«, sagt Kerze und schaut auf ihn herunter.

»Wir ihn auch nicht«, keucht Henne, der ihn festhält. »Er kam uns an der Schonung entgegen und hat gesagt, er will zu uns, zu dir.«

»Was willst du?«, fragt Kerze den Mann.

»Zu dir hinauf.«

Kerze mustert ihn. Er ist schmächtig, aber groß. Die dunkelblonden Haare stehen in wilden Locken von seinem Kopf ab. Um die dunklen Augen ein trauriger Zug.

»Es ist wichtig«, setzt er nach.

»In Ordnung«, sagt sie und zu Henne: »Lass ihn los.«

Der Mann klettert die Leiter hoch, und Kerze, das Fernglas vor den Augen, rutscht ein Stück zur Seite, ohne ihn anzusehen.

Er nimmt Platz. Um seinen Hals hängt ein buntes Band mit seiner Brille daran. Er setzt sie auf und schaut wie Kerze übers Feld.

»Ist das schön hier«, sagt er und atmet tief ein.

Kerze schweigt und sieht weiter durch ihr Fernglas.

»Das letzte Mal war ich als Kind auf einem Hochsitz, in der Schule, muss vierte Klasse gewesen sein. Vierte oder fünfte. Wie alt ist man, wenn man zum ersten Mal auf Klassenfahrt fährt?«

Er lacht ein verlegenes Lachen in Kerzes Schweigen hinein.

»Ist ja auch egal«, sagt er etwas leiser. »Du fragst dich sicher, was ich hier will?«

Da Kerze nicht reagiert, spricht er weiter. »Ich frage mich das auch. Mir hat jemand von euch erzählt und da –«

»Wer?«, unterbricht ihn Kerze.

»Eine Bekannte. Sie ist befreundet mit einer Frau aus eurem Dorf. Ihre Tochter ist hier mit dabei.«

»Wer?«

»Ich weiß den Namen nicht mehr genau … Becky?«

»Becca.« Kerze verzieht den Mund. »War ja klar.«

»Jedenfalls hat sie mir von euch erzählt. Vor einer Woche war das. Seitdem kann ich an nichts anderes mehr denken. Heute Morgen bin ich statt zur Arbeit hierhergefahren.« Er lacht und sieht auf die Uhr. »Die wundern sich sicher alle, wo ich bleibe. Aber ist mir egal.«

»Bist du aus der Stadt?«

»Ja, genau.«

Kerze schnaubt verächtlich.

»Ist das ein Problem?«

»Für dich schon.«

Der Mann senkt den Kopf. »Ja, das glaube ich auch.«

»Warum?«

»Auf dem Land ist vieles besser, nehme ich an. Ursprünglicher?«

Kerze prustet los.

Unten stehen die anderen und sehen hinauf. Hennes Kiefer mahlt, angespannt beobachtet er die beiden.

»Zu was bin ich überhaupt in der Lage?«, sagt der Mann, der ein junger Mann ist, obwohl er Kerze unendlich alt erscheint. »Als ich auf dem Weg hierher die Bauernhöfe sah, die schweren Geräte, die blühenden Felder, und mir vorstellte, dass dort ein Bauer wohnt, der es hinkriegt, dass dort etwas wächst, der Kühe versorgt oder Schafe, der daraus Käse herstellt und Joghurt, wurde ich auf einmal furchtbar müde, weil ich nicht weiß, wie all das geht und wo man die Kraft dafür hernimmt.« Er dreht den Kopf zu Kerze. »Ich würde gerne bei euch mitmachen. Geht das?«

Kerze schüttelt den Kopf. »Nein, das geht nicht. Du bist schon zu groß.«

»Ich bin gar nicht so alt, wie ich aussehe.«

»Doch, das bist du. Du kannst nicht mitmachen. Du musst zurück zu deinen Leuten.«

»Aber ich habe keine Leute.«

»Das ist nicht mein Problem.«

»Ich weiß. Was macht ihr hier eigentlich genau?«

Kerze schweigt.

»Egal. Ihr macht was. Darum geht es, oder?«

Kerze schweigt.

Er seufzt und schlägt die Hände vors Gesicht. Ein tiefes Schluchzen bricht aus ihm heraus.

»Stopp!«, sagt Kerze und macht ihre Stopphand. »Damit bist du hier falsch.«

Der Mann beruhigt sich wie auf Knopfdruck. Er steht auf.

»Ja, wahrscheinlich hast du recht«, sagt er und dreht sich noch mal zu ihr um. »Viel Glück euch.«

»Danke.«

Er steigt die Stufen hinunter. Henne fasst ihn am Arm und führt ihn aus dem Wald.

Es kommen mehr Leute. Aus der Stadt, aus den umliegenden Dörfern. Kerze schickt sie alle weg.

»Warum?«, fragt Flori sie einmal, als sie nebeneinander im Gras liegen.

»Sie suchen was, was wir nicht haben.«

»Was denn?«

»Eine Lösung, was weiß ich.«

»Ist das schlimm?«

»Nein. Es nützt nur nichts.«

»Was nützt denn was?«

»Woher soll ich das wissen?«

»Ich dachte, du bist die von uns, die Bescheid weiß.«

Kerze streichelt Flori über den Kopf, krault ihn hinter den Ohren.

»Ich weiß nur, dass es ums Bescheidwissen nicht geht, Flori.«

»Und deshalb machen wir weiter?«

»Wir machen weiter, bis wir Power gefunden haben.«

»Und wenn wir ihn nicht finden?«

»Wir finden ihn aber.«

»Woher weißt du das?«

»Weil ich es versprochen habe.«

Kerze rollt sich zur Seite und dreht das Gesicht in die Sonne. Sie streckt die Arme in die Luft, hechelt ein bisschen, und Flori macht dasselbe. Sie jaulen, bis Livy kommt und ihnen Blaubeeren in die offenen Münder wirft.

Mitten in der Nacht wird Kerze von einem Geräusch geweckt. Sie weiß im ersten Moment nicht, wo sie ist. Der Wald ist noch nicht lange genug ihr Zuhause, um es mit den Jahren daheim in ihrem Bett, in ihrem Zimmer schon aufnehmen zu können. Wieder hört sie etwas und orientiert sich im Dunkeln in diese Richtung. Auf der anderen Seite flüstern zwei miteinander, es sind Marri und Jaro. Leise stehen sie auf und klettern aus dem Loch. Kerze schluckt, spürt ihr Herz schneller schlagen und ermahnt sich zur Ruhe. Sie wartet eine kurze Weile, dann folgt sie ihnen. Sie laufen auf zwei Beinen, Jaro vorn, Marri dicht hinter ihm. Auch Kerze geht nicht auf alle viere, heftet sich an ihre Fersen. Als Marri stolpert, nimmt Jaro sie an die Hand. Kerze bleibt mit dem nackten Fuß an einem Ast hängen, der im Weg liegt, und es knackt laut. Schnell duckt sie sich. Als sie sich traut, wieder hochzukommen, sind die beiden verschwunden. Sie macht hastig ein paar Schritte geradeaus, hält an und horcht. Das übliche Knarzen, das kaum wahrnehmbare Rascheln der Blätter in dieser beinahe windstillen Nacht. Sie kennt das, denn oft liegt sie wach, wenn die anderen schlafen und grübelt über das, was war, was jetzt gerade ist und noch sein wird. Versucht, das zusammenzubringen und daraus eine Lösung abzuleiten, als wäre alles, was sie wissen muss, um Power zu finden, längst schon da. Aber nie gelingt es ihr, und wenn sie dann, erschöpft vom vielen Denken, ihren Kopf aus dem verschlungenen Rudelknäuel hebt und nach Luft schnappt, hört sie den Wald, er fängt sie auf und spricht ihr zu, dass sich morgen, spätestens übermorgen alles klären wird. Der Schlaf kommt dann ohne Umwege, fast grob streckt er sie nieder mit einem gezielten Schlag.

Auf der Lichtung müssen sie sein. Kerze prescht durch den Wald, ohne darauf zu achten, dass die Äste unter ihr krachen. In sicherer Entfernung verschanzt sie sich hinter einer Eiche, sieht die beiden einander gegenüber im Gras stehen. Sie ziehen sich aus, gehen auf alle viere und absolvieren die Übung ohne Scheu und ganz anders als am Tag. Mal ist Marri hinten, mal Jaro, sie wechseln sich ab mit dem Schnüffeln und finden in einen Rhythmus, mühelos, ohne Widerstand, als würden sie tanzen. Ewig geht das so, und Kerze, die Finger in den Eichenstamm gekrallt, hält den Atem an, weiß nicht, was hier vor sich geht, und fühlt eine Hitze in sich aufsteigen, die sich rasend schnell in alle Körperregionen ausbreitet, wie bei Fieber, wie damals, als sie ihren glühenden Körper hierher auf die Lichtung, die Fieberlichtung, geschleppt hat. Dass deshalb jetzt gleich ein Krampf kommen muss, denkt Kerze noch, bevor sie sich abstößt und wegläuft, zwischen Bäumen hindurchtaumelt und zurück zum

Erdloch läuft, in dem kein Feuer brennt, und Henne, eingerollt wie ein Baby, abseits des Knäuels liegt. Sie gleitet hinein in die Lücke, zieht Henne dicht an sich heran und schließt die Augen. Nur langsam beruhigt sie sich, immer wieder flackert das Bild von Marri und Jaro im hohen Gras vor ihr auf, das in ihrer Brust einen Schmerz erzeugt, den sie nicht richtig lokalisieren kann. Es wird noch lange dauern, bis die beiden zurückkommen, sich geräuschlos zwischen die Schlafenden schieben, erst dann dämmert Kerze endlich weg.

Als sie morgens aufwacht, sind alle schon auf den Beinen und schleichen um sie herum. Kerzes suchender Blick geht zu Marri, die, die Arme um die aufgestellten Beine geschlungen und den Kopf auf den Knien abgelegt, am Feuer sitzt und döst. Jaro steht oben am Loch und hantiert mit dem Wassertopf. Als er sich in Bewegung setzt, springt Kerze auf.

»Wo gehst du hin?«, fragt Henne sie, als sie den Hang hinaufsteigt, aber Kerze antwortet nicht. Nur wenige Schritte hinter Jaro geht sie den kurzen Weg zum Bach hinunter, ohne dass der sie bemerkt. Erst als er den Topf ins Wasser schwenkt und sie mit hochgekrempelten Hosenbeinen an ihm vorbeiwatet, zuckt er vor Schreck zusammen.

»Warum schleichst du dich denn so an?«

Statt zu antworten, bellt Kerze einmal kurz. Sie schiebt die Ärmel ihres Shirts hoch und beugt sich nach vorn, um sich die Hände zu waschen.

»Schlecht geschlafen?«, fragt Jaro, der sich den vollen Topf vorsichtig auf den Kopf hebt.

Wieder bellt Kerze und wirft sich spritzend Wasser ins Gesicht.

Jaro runzelt die Stirn. »Na gut«, sagt er. »Wir sehen uns ja gleich oben.«

Langsam, einen Fuß vorsichtig vor den anderen setzend, balanciert er den schwankenden Topf auf seinem Kopf den Pfad hinauf. Als er nicht mehr zu sehen ist, zieht Kerze sich aus, wirft die Kleider ans Ufer und legt sich ganz in das niedrige Wasser. Sie taucht den Kopf unter, öffnet den Mund und trinkt. Als sie hochkommt, hört sie Henne aufgeregt rufen.

»Kerze, komm schnell!«

»Was ist das?«

Henne starrt mit aufgerissenen Augen auf das Tier.

»Ein Hirsch«, sagen vier Kinder im Chor.

»Ein toter Hirsch«, fügt Livy hinzu.

Die Schillerzwillinge haben ihn gefunden, als sie auf dem Weg zum Weiher waren, um sich ihre blutigen Unterhosen auszuwaschen. Laut schreiend sind sie zurück zu den anderen gerannt.

»Wie lange ist der schon tot?«

Kerze, deren Kleider auf der nassen Haut kleben, stößt den Hirsch mit einem Stock leicht an. »Noch nicht so lang«, sagt sie.

Henne starrt in das ausgenagte Loch im Hirschbauch.

»Was machen wir denn jetzt mit dem?«

»Wie? Was meinst du damit?«

»Können wir den vielleicht essen?«, druckst Henne herum und reibt sich über seinen dünnen Bauch. »Also, ich meine Teile davon, schön durchgegrillt?«

»Henne!«, sagt Kerze und sieht ihn fassungslos an.

»War ja nur 'ne Idee.«

Schweigend stehen die Kinder um das Tier herum. Auf dem Auge des Hirschs klumpen metallisch grün schillernde Schmeißfliegen.

»Vielleicht ist Power ja da drin«, ruft Henne plötzlich.

»Wie bitte?«

»Kann doch sein. Vielleicht finden wir ihn deshalb nicht, weil ihn ein Tier aufgefressen hat.« Er schlägt sich gegen die Stirn. »Da hätten wir ja auch schon früher drauf kommen können. Den hat einer gefressen. Vielleicht ja sogar der hier.«

Er zeigt auf den Hirsch. Flori will etwas sagen, aber Kerze hält ihn zurück.

»Denkst du?«, fragt sie Henne.

»Kann doch sein.«

»Dann schau halt nach.«

»Wie denn?«

Kerze deutet auf das Loch.

»Was? Ich?«

»Wenn du das glaubst, ja.«

Er schüttelt den Kopf und tritt einen Schritt zurück.

»Das kann ich nicht.«

»Warum nicht?«

»Ich kann in keinem toten Tier rumwühlen. Das ist doch gefährlich.«

»Hast du Angst?«

Henne schaut zu Boden.

»Henne, hast du Angst?«, wiederholt Kerze ihre Frage.

»Ich hab keine Angst.«

»Gut. Dann fass jetzt in diesen Hirsch da rein und such nach Power.«

Henne steht ganz starr. Er macht ein entsetztes Gesicht.

»Was ist denn?«, fragt Kerze und sieht wieder Marri und Jaro vor sich, wie sie, den Kopf im Hintern des jeweils anderen vergraben, sich im Kreis durch das Gras bewegten. Sie schüttelt den Kopf und das Bild weg. »Jetzt mach schon! Was für'n Nazi wolltest du denn bitte sein, wenn du nicht mal das schaffst?«

»Ich kann das einfach nicht«, sagt Henne leise.

Die anderen halten die Luft an und schauen zu Kerze. Sie weiß, wenn sie jetzt nicht durchgreift, werden sie anfangen, an ihr zu zweifeln. Also keilt sie Henne in die Kniekehlen. Der Reflex lässt ihn zu Boden gehen. Kerze bückt sich, um einen Tannenzapfen aufzuheben.

»Gib mir deine Hand«, sagt sie und wartet nicht ab, bis Henne sie ihr reicht. Mit einer schnellen Bewegung, schnappt sie nach seinem Handgelenk, drückt zu, wie sie sich immer vorgestellt hat, einen Hals zuzudrücken, drückt fester und fester, bis Hennes Hand sich öffnet und sie den Tannenzapfen hineinlegen kann.

»Iss den auf«, sagt sie sehr langsam und schaut dabei nicht ihn an, sondern die anderen, schaut jedem Einzelnen direkt ins Gesicht und zwingt sie, oben zu bleiben mit dem Kopf. Seht hin, sagt ihr Blick, seht genau hin, und sie gehorchen.

Henne beißt kleine Stücke ab. »Gut kauen«, fordert Kerze, »sonst bekommst du Verstopfung.« Und er tut, was sie verlangt, schreddert das trockene Zapfengewebe mit seinen Zähnen, bis sich die träge Masse zäh seinen Rachen hinabquält. Hennes Lippen kleben vom Harz, kleine Hautfetzen reißen ab, er schmeckt Blut, dann ist alles unten, und Kerze klopft ihm zufrieden auf die Schulter. Sie beginnt sogar zu klatschen und fordert die anderen auf, ihm auch zu applaudieren, und Henne, der, obwohl es selten vorkommt, schnell verlegen wird, wenn er für etwas gelobt wird, macht aus Versehen eine kleine Verbeugung.

»Henne«, sagt Kerze und legt einen Arm um ihn. »Hirsche sind Vegetarier.«

Später üben sie das Sterben. Genauer gesagt das Totsein. Kerze hat am Vorabend einen langen Vortrag zum Thema gehalten, Marri ist am Ende eingeschlafen und musste zur Strafe die Nacht über am Loch oben wachen. Sie lehnt auf Jaro, die Augenringe tief wie die Schlucht hinterm Weiher.

»Das machen wir ausnahmsweise als Menschen«, sagt Kerze. »Damit ihr euch das richtig vorstellen könnt. Da müsst ihr jetzt als euer ganz eigenes Ich durch, sonst funktioniert das nicht.« Sie winkt Henne heran. »Du musst graben.«

Henne, der für sein Leben gern gräbt, springt auf und krallt die Finger in die von Kerze festgelegte Stelle.

»Wie groß muss es werden?«, fragt er.

»Überleg mal«, sagt sie.

»Groß genug für mich?«

»Genau.«

»Weil ich der Größte bin«, sagt er wie zu sich selbst.

Henne schaufelt die Erde schnell zu einem großen Haufen, er scheint nicht müde zu werden.

»Ihr anderen«, sagt Kerze, »geht los und sucht euch große Blätter für die Testamente.«

Als sich alle wieder versammeln, ist Henne fertig. Kerze weist ihn an, einmal Probe zu liegen, ist zufrieden und reicht ihm ein Ahornblatt.

»Nehmt eure Fingernägel. Die müssten doch bei allen jetzt lang genug sein?«

Die anderen schauen auf ihre Hände, keiner verneint. Sie hocken sich vor die flachen Steine am Bachlauf und ritzen ihren letzten Willen in die Blätter.

Marri tut sich schwer.

»Was ist?«, fragt Kerze und Marri antwortet: »Ich will ganz viel schreiben.« Hilflos schaut sie auf ihren rechten Zeigefinger, der Finger ist bis unter den Nagel ganz grün.

»Du musst dich beschränken. Überlege, was wichtig ist und was nicht«, sagt Kerze streng.

Und Marri macht, was Kerze ihr sagt. Buchstabe für Buchstabe drückt sie in ihr Blatt: *Ich hab euch alle lieb. Nur Jonas nicht.*

»Wer ist Jonas?«, fragt Pauli, der neben ihr über seinem Blatt kauert.

»Mein Cousin.«

»Aber das ist doch gemein, so was in sein Testament zu schreiben.«

Marri überlegt. »Ja, aber es stimmt.«

»Lass sie«, sagt Kerze. »Ihr müsst es auch so machen. Schreibt die Wahrheit, nehmt keine Rücksicht auf andere. Oder nur, wenn ihr es unbedingt wollt, wenn das euer letzter Wille ist.«

Kerze muss nicht überlegen. *Freiheit* und: *Bitte die Monstera gießen, wenn ich nicht mehr da bin, Mama,* ritzt sie mühsam in zwei Blätter.

»Jetzt leg dich hinein«, sagt sie zu Marri, die ihr gerade ihr Blatt gegeben hat, und zeigt auf das Loch. Marri zögert und schaut sie mit großen Augen an.

»Was ist?«, fragt Kerze.

»Kann nicht ein anderer zuerst?«

»Nein, ich habe dich bestimmt.«

Marris kleiner Körper füllt das Loch nur zur Hälfte aus.

»Schließ die Augen. Du bist jetzt tot.«

Kerze bückt sich. Sie scharrt mit den Händen ein wenig Erde zusammen und wirft sie auf Marri.

»Jetzt ihr«, sagt sie, und alle treten nacheinander an das Loch und schmeißen Erde hinein, bis Marri fast davon bedeckt ist. Sie hustet und spuckt aus.

»Nicht bewegen«, herrscht Kerze sie an, senkt den Blick und schließt die Augen. »Wir sind heute hier zusammengekommen, um uns von Marri Wendt zu verabschieden. Ihr Leben hätte länger sein können, aber nun ist es eben vorbei.«

Sie faltet die Hände falsch herum und schweigt eine Minute lang, öffnet die Augen wieder und sagt: »Ruhe in Frieden. Kein Amen.«

»Kein Amen«, murmeln Einzelne.

»So, Marri. Das war's.«

Sie hält ihr einen Arm hin. Marri kommt hoch, wischt sich übers Gesicht und lässt sich herausziehen.

»Der Nächste bitte.« Einer nach dem anderen legt sich hinein. Als der Koala tot ist, weinen die Mädchen bitterlich. Ganz am Ende steigt Kerze in das Grab. »Mehr«, sagt sie, als die Kinder Erde auf sie schmeißen. »Mehr, noch mehr.« Sie machen weiter, bis ihr ganzer Körper bedeckt ist. Seit sie mit acht einen Film über Apnoetauchen gesehen hat, trainiert sie in der Badewanne und nach dem Schwimmtraining. Zwei Minuten kann sie die Luft anhalten und macht es auch jetzt, denkt daran, was sie geschafft hat in diesem Leben, ein Meter fünfundvierzig groß werden, den fast kompletten Zahnwechsel bis auf zwei Backenzähne, einen ganz geraden Strich zeichnen können, und was noch nicht: erwachsen sein, Algebra verstehen, einen Salto vom Dreier, Power finden. Power finden. Power finden. Der Satz hallt in ihrem Kopf nach, während sie an die Grenze kommt, weiter versucht, den Atemreflex zu unterdrücken, ganz ruhig zu werden. Sie sieht plötzlich Power mit wehenden Ohren über ein weites Feld laufen, der Hitschke entgegen, die in die Knie geht und den Hund in die geöffneten Arme schließt, und gießt dieses Bild in Stein. Sie schluckt Erde, als sie nach Luft schnappend hochkommt, weil Henne sie an den Armen aus dem Grab gerissen hat. Ärgerlich stößt sie ihn weg, straft ihn den Rest des Tages mit dem letzten Platz in der Trainingsreihe ab.

FÜNF

Das Wohnhaus vom Huber steht ihr gegenüber wie ein Fels. Die Rollläden im ersten Stock sind noch alle unten, und die Vorhänge im Erdgeschoss zugezogen. Sie selbst, die Hitschke, hat sie genäht, hat der Huberin ausgeholfen, die den Saum nicht hinbekam, weil sie wie in fast allem auch im Nähen nicht besonders geschickt war. Bis dahin waren sie nicht befreundet gewesen, viele im Dorf kamen mit Näharbeiten zur Hitschke. So auch die Huberin, die voller Sorge war, die Vorhänge nicht zur Zufriedenheit ihres Mannes fertigzustellen. Insgesamt zehnmal hatte er ihr den Saum wieder aufgerissen, bevor sie, die kaum vor die Tür ging, bei der Hitschke klingelte. Die ihr angebotene Tasse Kaffee lehnte die Huberin ab und beobachtete stumm und voller Anspannung, wie die Hitschke den einfachen Saum in wenigen Minuten schnurgerade an ihrer alten Pfaff herunternähte. An der Tür holte die Huberin eine Handvoll Münzen aus ihrer Hosentasche und hielt sie ihr hin.

»Wegen so einer Kleinigkeit doch nicht!«

Sie schüttelte den Kopf und schob die Hand weg. Als sie am nächsten Morgen in den Garten trat, fand sie ein in Zeitungspapier gewickeltes Stück Seife auf dem Terrassentisch, dabei eine Notiz: *Sie riecht nach Lavendel.* Von da an erschien die Huberin häufiger mit zu flickenden Kleidungsstücken in der Hand vor ihrem Haus, meist am

Vormittag, wenn die Feldarbeit in vollem Gange war und niemand bemerkte, dass sie nicht daheim war. Den ihr angebotenen Kaffee lehnte sie weiterhin ab, und sie sprachen kaum, aber der Hitschke fiel auf, dass sie jedes Mal ein wenig länger blieb, mit im Schoß gefalteten Händen auf dem Rand des Sofas saß, ihr schmales Gesicht dem Fenster zugewandt.

Wie die Seife waren auch die Bücher, die die Huberin der Hitschke fortan nach jeder Näharbeit auf die Terrasse legte, in Zeitungspapier gewickelt. Zuerst wunderte sie sich. Fragte sich, warum die Huberin das machte, ob sie sie vielleicht für dumm hielt. Sie fühlte sich ertappt, weil in ihrem Haus nur ein Lexikon, das Vogelkunde- und das Gartenbuch im Regal standen, alle drei vom Karl. Unsicher blätterte sie deshalb anfangs durch die Seiten, überlegte, ob die Huberin ihr mit den Büchern etwas sagen wolle, und suchte nach versteckten Botschaften. Manche Romane handelten von einer längst vergangenen Zeit, andere waren moderner. Rasch las sie sie durch, beugte sich meist schon morgens am Küchentisch darüber, nachdem der Karl das Haus verlassen hatte, und sog auf, was darin stand. Mit fiebriger Unruhe verschlang sie jene Geschichten, die von unerfüllter Liebe handelten, fand sich darin wieder und in allem bestärkt. Nickte der Huberin vielsagend zu, wenn sie das nächste Mal mit einer zerrissenen Arbeitshose vor ihrer Tür stand. Als die Huberin verschwand und mit ihr die Bücher, fiel sie in ein Loch. Nur langsam sprachen sich die Details herum. Sie sei an jenem Sonntagmorgen krank im Bett geblieben und nicht mit in die Kirche gegangen, die damals noch jeden Sonntag geöffnet war, nicht wie jetzt, wo alle paar Wochen mal ein Gottesdienst mit einem Aushilfspfarrer stattfindet. Als der Huber mit seinem Sohn nach der Messe zurück zum Hof kam, sei sie fort gewesen, habe keine Nachricht hinterlassen und nichts mitgenommen, außer einem kleinen Plüschelefanten des Sohnes. Auf dem Herd habe ein Topf Kartoffelsuppe gestanden, und der Tisch sei für beide, Vater und Sohn, gedeckt gewesen.

Wer in einer kleinen Gemeinschaft wie ihrer verschwand, erreichte damit das Gegenteil. Denn auch wenn die Hitschke sich oft vorstellte, wie die Bilder des Dorfs im Geist der Huberin immer mehr verblassten, ersetzt wurden durch neue, vermutlich strahlendere Bilder des Orts, an dem sie jetzt war, blieb die Huberin selbst im Dorf sehr präsent. Die Verschwundene bleibst du auf ewig, hatte Kerze einmal gesagt. Und man hat den Jungen ja damals nur anschauen müssen, um zu wissen, dass ihm die Abwesenheit der Mutter aus jeder Pore drang. Er war zu dieser Zeit erst elf Jahre alt, und die Hitschke sah ihn in den Wochen darauf morgens in die Schule gehen wie sonst auch. Sie beobachtete ihn durchs Küchenfenster, versuchte, in seinem kleinen Gesicht etwas abzulesen, das ihr Aufschluss darüber gab, wie mit dem plötzlichen Verlust der Huberin umzugehen sei. Er war ein zierliches Kind, zart wie die Mutter, mit langen, dünnen Fingern, hängenden Schultern und feinem Haar. Die wenigen Spielkameraden, die er hatte, schienen nur wegen der Schlepper zu kommen, auf denen sie sie herumklettern sah, wenn der Huber auf dem Feld war. An einem sonnigen Tag, wenige Wochen nachdem die Huberin fortgegangen war, sprach sie den Jungen nachmittags über den Gartenzaun hinweg an. Ob er ein bisschen Apfelmus wolle, sie habe zu viel gemacht. Er blieb stehen und zuckte die Schultern, sah ihr nicht direkt in die Augen, sondern an ihr vorbei.

»Kommst du von der Schule, Markus?«, fragte sie, obwohl es klar war. Sein großer Schulranzen wirkte schwer beladen, er nickte teilnahmslos.

»Das Wetter ist ja schön heut.« Sie sah in den Himmel. »Gehst du vielleicht schwimmen im Weiher nachher?«

Er zuckte wieder die Schultern. Sie zögerte.

»Wie geht es dir denn?«, sagte sie schließlich.

»Gut«, antwortete er mit demselben ausweichenden Blick.

Sie suchte nach einer weiteren Frage, die sie ihm stellen konnte, aber ihr fiel keine ein.

»Weißt du, ich bin auch traurig, dass sie weg ist«, sagte sie genau in dem Moment, als ein Auto vorbeifuhr. Der Junge reagierte nicht, er hatte nicht gehört, was sie gesagt hatte, und sie ging ins Haus, um das Apfelmus zu holen.

Sie sah ihm nach, wie er, das Glas vor sich hertragend, die Straße hinunterschlurfte, bis zum Hof. Wie er umständlich in seinen Hosentaschen kramte und die Tür aufschloss. Sie weiß noch, wie der Moment, in dem die Tür hinter ihm zufiel, tiefe Einsamkeit in ihr auslöste, die sie zurück ins Haus trieb, sie das Radio anschalten und die Lautstärke ganz aufdrehen ließ. Als der Karl eine Stunde später heimkam, saß sie mit einem Glas Bier auf der Terrasse, und drinnen hämmerte ein Popsong. Der Karl lief hinein und stellte das Radio ab, kam wieder, nahm ihr das Bier aus der Hand und kippte es auf den Rasen. Er ging zurück ins Haus, und sie sprachen bis zum Einschlafen kein Wort mehr miteinander. Am nächsten Tag wachte sie spät auf. Der Karl war schon fort gewesen, und der Schreck fuhr ihr in die Glieder, dass sie ihm kein Frühstück gemacht hatte. Sie sprang auf und eilte hinunter in die Küche. Dort stand ein benutzter Teller auf dem Tisch, Brotkrumen lagen daneben, das Marmeladenglas und die Butter hatte er nicht zurück in den Kühlschrank geräumt. Sie legte eine Hand auf die Kanne der Kaffeemaschine, sie war kalt. Eine Welle Scham überschwemmte ihren Körper. Nicht mal einen Kaffee hatte er getrunken beziehungsweise trinken können. Sie schlug die Hände vors Gesicht und stellte sich vor, wie er hilflos vor der Maschine stand. Noch nie hatte er sie selbst bedient. Schnell drehte sie sich um und räumte den Tisch ab. Sie fegte die Krümel in ihre Hand und warf sie ins Spülbecken, wo sie sie eilig wegspülte, schrubbte den Teller und das Messer mit der Bürste, trocknete sie ab und verstaute sie in Schrank und Schublade. Sie atmete durch, als sie sich in der Küche umsah. Nichts deutete mehr auf das einsame Frühstück Karls hin, dennoch verwehrte sie sich selbst eines, vor allem den Kaffee, den sie morgens dringend brauchte. Zur Strafe.

Die Hitschke starrt noch immer auf die Vorhänge, als in einem Zimmer im Erdgeschoss das Licht angeht. Sie zuckt zusammen und geht rasch weiter, huscht durch die Straße und aufs Feld hinaus.

Keuchend steht sie eine Dreiviertelstunde später am Waldrand. Sie hat heute zwei Töpfe voll gemacht, den einen in Karls Wanderrucksack transportiert, den anderen den ganzen langen Weg in den jetzt tauben Händen getragen. Sie stellt den Topf an der üblichen Stelle ab, den Rucksack daneben und reibt sich die schmerzenden Unterarme. Sie hat sich selbst einzureden versucht, dass sie nur versehentlich die doppelte Menge Linseneintopf gemacht hat, in Wahrheit aber hat sie der Gedanke an das Treffen mit Kerze und den Kindern im Wald immer mehr Zwiebeln, Kartoffeln und Karotten schneiden und klein hacken lassen. Sie hat gar nicht damit aufhören können und erst gestoppt, als alles Gemüse verbraucht war, was ihr im nächsten Moment schreckliche Schuldgefühle eintrieb, weil sie in den letzten Wochen mit allem sehr sparsam umgegangen war. Nun hat sie nur noch das Eingemachte, um etwas für die Kinder zu kochen, die Dosen, den Reis und die getrockneten Hülsenfrüchte. Die Regale lichten sich mit jedem Tag, der vergeht. Ihre sonst bis zum Bersten gefüllte Vorratskammer hat sich in den letzten drei Wochen erbarmungslos geleert, die Grübelei darüber, wie sie an neue Lebensmittel kommen sollte, ihr den Schlaf geraubt. Der Edeka erscheint ihr heute wie ein fernes Land, unerreichbar für eine Ausgestoßene wie sie. Sie verzehrt sich nach einem Glas frischer Milch, nach einem Brot mit Butter und Gouda. Nachts träumt sie von Hubers üppigen Feldern, von dem Gemüse, das dort in verschwenderischen

Mengen wächst, jeden Tag, jede Stunde und Sekunde, als würde es sich über sie, die selbst immer weniger wird, lustig machen.

Erschöpft lehnt sie sich gegen eine freistehende Birke. Sie schließt die Augen, merkt, wie müde sie ist, verbietet sich aber, sich hinzusetzen. Sie würde sofort einschlafen, die Abholung der Töpfe verpassen. Seit Tagen hat sie es vor sich hergeschoben, hat nach den richtigen Worten gesucht, die alles verständlich und nachvollziehbar machen würden. Heute Morgen ist sie sich sicher gewesen, sie sei jetzt so weit.

Als sich die Baumwipfel rötlich färben, dreht sie sich um. Die aufgehende Sonne hat sie früher in ein Hochgefühl versetzt. Dass die Nacht endlich vorüber, überstanden ist, ein neuer Tag beginnt, an dem alles möglich scheint, sie aufs Neue wieder jede Chance hat, alles richtig und besser zu machen. So tief saß diese Hoffnung, Karl zufriedenzustellen, dass sie sie auch eine ganze Weile nach seinem Verschwinden nicht loslassen konnte. Aber sie ist immer schlecht darin gewesen, alte Gewohnheiten abzulegen, tat sich zum Beispiel schwer, wegen einer Baustelle einen anderen Weg zum Edeka zu nehmen, oder öffnete über Monate hinweg beharrlich jeden Tag den Küchenschrank, um die Kaffeedose herauszuholen, die in das Regal neben der Tür umgezogen war.

Plötzlich hört sie ein Geräusch hinter sich und dreht sich um Einer der Jungen steht zwischen den Bäumen und sieht sie an. Sein Hemd und die kurzen Hosen sind zerschlissen, er ist von oben bis unten verdreckt. Sie hebt den Arm zum Gruß, den er nicht erwidert.

»Was willst du?«, ruft er zu ihr herüber.

»Ich habe Essen gebracht.«

Sie zeigt unsicher auf die Töpfe.

»Ja, und?«

»Kannst du … Würdest du mich zu Kerze bringen?«

»Warum?«

»Entschuldige …«, Die Hitschke macht einen Schritt auf ihn zu. »Aber bist du der … der …?«

Sie kennt ihn, natürlich kennt sie ihn, wie sie alle Kinder kennt im Dorf. Aber sie ist sich auf einmal nicht sicher, ob er es ist. Er kommt ihr verändert vor. Größer oder schmaler oder älter. Sie kann nicht genau sagen, was, nur dass etwas fundamental anders ist an ihm. Der Junge, der, wenn sie sich nicht irrt, Pauli ist, antwortet nicht. Er schaut in den Rucksack hinein, verschnürt ihn und setzt ihn sich auf. Den anderen Topf hebt er sich auf den Kopf und dreht sich um.

»Warte, Pauli«, ruft die Hitschke. »Du bist doch Pauli, oder nicht? Kannst du mich mitnehmen zu Kerze? Ich will … Ich … muss ihr etwas Wichtiges sagen.«

Der Vielleichtpauli sieht sie durchdringend an. Er überlegt. »Komm«, sagt er schließlich.

Den Topf mit einer Hand auf dem Kopf balancierend, bewegt er sich schnell zwischen den Bäumen hindurch, umgeht geschickt jedes Hindernis. Die Hitschke versucht, ihm zu folgen, mit seinem Tempo mitzuhalten, gerät völlig außer Atem, bleibt mit dem kaputten Fuß immer wieder an Steinen und Wurzeln hängen. Mitten im Wald hält er an.

»Warte hier«, ruft er ihr zu und verschwindet hinter einem Felsvorsprung.

Die Hitschke nickt, sie stützt sich an einem Baumstamm ab und beugt sich vornüber. Laut schnappt sie nach Luft, spürt ihre Lunge, das Puckern in den Schläfen. Sie versucht, sich zu beruhigen, sich zu sammeln, die bereitgelegten Sätze in ihrem hitzigen Kopf zu finden. Aber sie fallen durcheinander, ergeben keinen Sinn und werden zu einem unbestimmten, vibrierenden Brummen hinter der Stirn.

»Was ist denn?«

Kerze ist aufgetaucht, hinter sich vier andere Kinder. Alle sind schmutzig, mit verklebten Haaren und verschrammten Beinen.

»Ich …«, setzt die Hitschke an. Ihr Hals ist so trocken, dass es knackt, als sie schluckt. »Wie … geht es euch?«, sagt sie mit dünner Stimme.

Kerze sieht fragend zu Pauli, der ein paar Meter entfernt an einem Felsen lehnt und teilnahmslos mit dem Kopf schüttelt.

»Du wolltest mir was sagen?«, fragt Kerze und wendet sich wieder der Hitschke zu.

»Ich?«

Im Kopf der Hitschke ist die Leere nur noch ein dumpfes Wummern.

Kerze hebt ungeduldig die Augenbrauen.

»Ich wollte nur mal nach euch sehen … ob es … euch gut geht«, sagt sie kleinlaut und versucht, Kerzes stechendem Blick standzuhalten, nur ihr rechtes Augenlid beginnt, leicht zu zucken.

Ohne ein Wort dreht Kerze sich um und verschwindet im Wald, die anderen folgen ihr.

Auf dem Weg zurück nach Hause gräbt die Hitschke die Fingernägel in die Handflächen und beißt sich auf die Lippe. Sie heult vor Wut. Als sie sich den ersten Häusern nähert, zwingt sie sich zur Ruhe. Der Kirchturm zeigt sieben Uhr. Sich immer wieder umsehend, eilt sie nach Hause, duckt sich hinter ein Auto, als sie die Keller die Straße hinuntergehen sieht. Sie schafft es, ohne dass sie jemand erwischt, schließt die Tür auf und lehnt sich im Flur atemlos an die Wand. Beißender Schweißgeruch steigt ihr in die Nase. Sie hebt den Arm und riecht an ihrer Achsel. Seit Tagen hat sie sich nicht gewaschen. Sie geht die Treppe hinauf und steigt im Badezimmer aus den Kleidern. Das Duschwasser prasselt hart auf ihren Rücken, warm und kalt wechseln sich ab. Oft hat sie den Karl gebeten, einmal nachzuschauen, woran es liegen könnte, oder einen Installateur zu bestellen. Aber er hat sich nie darum gekümmert, störte sich anscheinend nicht an diesem Wechselbad, und sie hat sich im Laufe der Jahre daran gewöhnt. Wie an alles.

Die Seife rutscht ihr aus der Hand. Als sie sich bücken will, um sie aufzuheben, stößt sie mit dem Rücken gegen die Armatur, fällt nach vorn und knallt mit dem Kopf gegen die Glastür. Benommen sinkt sie in die Knie. Das Wasser rauscht auf sie herab, und sie setzt sich hin, wartet, bis der Schmerz nachlässt.

Als sie fertig und angezogen ist, holt sie sich eine Handvoll Haferflocken gegen den Hunger und geht ins Wohnzimmer. Darauf herumkauend, lässt sie sich auf dem Sofa nieder, steht aber gleich wieder auf, um am Esstisch einen Stuhl zurechtzurücken. Sie sieht aus dem Fenster hinüber zu den Podoschniks und zupft dabei an den Gardinen herum, die sich verzogen zu haben scheinen. Auf einmal bleibt ihr Blick an etwas Weißem hängen, das nah an den Eiben auf dem Boden liegt. Sie zieht ihre Brille aus der Rocktasche und setzt sie auf. Es ist eins der Windelpäckchen, wie sie die Podoschnik mehrmals jeden Tag einzeln zu den Mülltonnen trägt. Sie nimmt die Brille wieder ab und macht einen Schritt zurück. Ein Versehen, sagt sie sich, sicher ein Versehen. Es muss ihr aus der Hand gerutscht und, als sie es auffangen wollte, über die Eiben gepurzelt sein. Ganz sicher. Aber sie bleibt noch eine Weile stehen, stellt sich das schmale Gesicht der Podoschnik vor, die Falten um den Mund, die sie älter aussehen lassen, als sie ist. Wie eine Muräne.

SECHS

Er ist ja noch ein Kind gewesen damals, gerade mal zwölf, nein sogar erst elf Jahre alt. In seinem Kopf macht der Hubersohn gern dieses Verwirrspiel, denn natürlich weiß er genau, wie alt er war. Das Jahr, in dem seine Mutter verschwand, war auch das Jahr des ersten Samenergusses, der ersten Schamhaare und der ewigen Nächte draußen auf dem Flachdach des Schweinestalls gegenüber dem Trakt der Helferunterkunft, der für die Frauen reserviert war. Damals waren die Schweine noch da, Mutters schmale Mitgift, als sie auf den Hof gekommen war. Der Hubersohn nannte sie Bracki, Sternchen, Lisbeth, Honig und Senfgurke. Jeden Morgen schlich er als Erstes in den Stall, um ihnen ein paar gekochte Kartoffeln oder Möhren zu bringen, die die Mutter ihm heimlich zusteckte. Bis der Vater davon Wind bekam und in nur wenigen Wochen ein Schwein nach dem anderen vor den Augen vom Hubersohn wegschlachtete und der Mutter zum Braten auf den Küchentisch knallte. Als alle Schweine tot waren, ließ er den Hubersohn den Stall ausmisten und bis auf den letzten Winkel sauber schrubben, dann riss er ihn ab. Seitdem hat es nie wieder Tiere auf dem Hof gegeben, außer dem Rollo natürlich. Schon von dem groben Welpengesicht hätte man auf die spätere Härte und Gnadenlosigkeit des Hundes schließen können. Dennoch wandte sich der Hubersohn dem Tier zu, als wäre es ein kleines, flauschiges Kaninchen. Er erzog Rollo mit Sanftheit und schaffte trotzdem, dass er tat, was er wollte. Er spürte die argwöhnischen Blicke des Vaters, dem es nicht passte, dass der Hund nur ihm, dem Hubersohn, gehorchte. Also beeilte er sich, die Anweisungen des Vaters zu befolgen, machte Rollo behutsam, aber bestimmt zu dem, wofür er vorgesehen und weshalb er geholt worden war. Als der Hund auf seinen minimalen Fingerzeig hin zum ersten Mal eine streunende Katze in der Luft zerriss, nickte der Vater seinem Sohn anerkennend zu. Sie ging ihm durch Mark und Bein, diese Geste, und er versuchte, sie sich einzuprägen und sie gegen das Vergessen auf ein Blatt Papier zu malen. Aber er bekam es nicht hin, und der Vater sah auf dem Bild aus wie jemand, der gerade in eine Zitrone gebissen hatte.

Der Hubersohn sieht aus dem Fenster und hinunter zu der Stelle, wo früher der Stall gewesen ist. Nach so vielen Jahren noch: dasselbe Ziehen in der Magengegend, der gleiche alte Phantomschmerz. Nach jedem Schweinemord hat er drei Nächte lang durchgeweint. Mit dem letzten Schwein hörte das auf. Nie wieder hat er auch nur eine Träne vergossen, auch nicht, als die Mutter verschwand. Erst recht nicht, als die Mutter verschwand. Wäre ja noch schöner.

Er steigt in seine Hose, versucht, sie am Bund zu schließen, zieht den Bauch ein, aber bekommt sie nicht zu. Steckt sich eine Zigarette in den Mund, öffnet das Fenster und lehnt sich weit hinaus. Nicht so sehr wegen der Zigarette, sondern um die Unterkunft besser sehen zu können. Es ist noch früh am Morgen, sogar für den Hofbetrieb zu früh. Aber er hat nicht geschlafen, war die ganze Nacht wach. Alle paar Wochen fällt ihn die Schlaflosigkeit an wie ein hungriges Tier, treibt ihn im Kreis durch sein Zimmer und in den kommenden Tag, bis der Morgen dämmert, der Vater heraufruft, wo zur Hölle er bleibe, nur um ihm dann doch nichts zu tun zu geben.

Niemand ist zu sehen. Die Gemeinschaftsküche, in der sonst immer Licht brennt, liegt im Dunkeln. Auch beim Fenster, das zum Zimmer des Neuen gehört, ist der Rollladen noch unten. Er greift in seine Hosentasche und holt das Foto heraus. Der Hubersohn trägt es bei sich seit dem Tag seiner Ankunft, seitdem er seinen Schrank durchwühlt hat. Eine nackte Männerbrust ist darauf zu sehen, eine stark behaarte Männerbrust. Auf ihr liegt eine Hand, am Daumen ein silberner Ring, der ins Fleisch schneidet, schwarze, borstige Härchen auf den Fingern, Hand und Brust gehören nicht zusammen. Mehr ist nicht zu sehen, ein Ausschnitt Körper. Der Hubersohn zieht seine Schreibtischschublade auf, ein Blatt Papier und einen Bleistift heraus. Er setzt sich an den Tisch, legt das Foto auf das Blatt und fängt an. Als er fertig ist, schiebt er seinen Stuhl zurück und betrachtet es aus der Ferne. Schnell steht er auf, steckt das Foto zurück in seine Hosentasche und faltet das Papier zusammen, faltet es kleiner und kleiner, bis nur noch ein winziges Päckchen vor ihm liegt. Er schiebt es zum Foto in die Tasche, zieht wieder den Bauch ein, um den Hosenknopf zu schließen, und diesmal klappt es.

Draußen atmet er die klare Luft. Geht bei Rollo vorbei, der unter der Eiche gegenüber der Unterkunft liegt und aufspringt, als er ihn sieht. Er tätschelt ihm den Kopf, den Rücken, krault ihn lange hinter den Ohren, bis der Hund sich an sein Bein schmiegt. Drückt ihn dann zurück auf den Boden und geht weiter, an der noch immer dunklen Unterkunft vorbei und hinaus aufs Feld, Richtung Wald. Dass er die Schweine vielleicht mehr vermisst hat als dann die Mutter, hat er sich manchmal denken hören und jetzt auch wieder. Er erinnert sich kaum an ihr Gesicht, an die Farbe ihrer Haare. Und es gibt auch keine Fotos mehr, auf denen er nachschauen kann. Der Vater hat sie alle weggeschafft, auch ihre Kleider, die Zahnbürste, Cremetuben. Schon eine Woche nachdem sie den Hof verlassen hatte, gab es keine Anzeichen mehr, dass die Mutter dort je gelebt hatte. Außer ihm selbst natürlich, dem Hubersohn. Und die Art und Weise, wie der Vater ihn seither ansah, ließ ihn schnell darauf schließen, dass er auch ihn am liebsten weggeschafft hätte, wenn es möglich gewesen wäre. Die Existenz der Mutter war bis auf seine eigene vollkommen ausgelöscht worden, und als der Hubersohn ein Jahr später eine ihrer Haarnadeln in einer Ritze zwischen zwei Dielen unter seinem Bett fand, wusste er, dass er sie gut verstecken musste, damit der Vater sie niemals fand.

Er klettert den Hochstand hinauf, holt sein Taschenmesser heraus und kantet es unter das Sitzbrett. Knarzend zieht er das Brett auf und schaut in den Hohlraum darunter. Er ist lange nicht mehr hier gewesen, die Feuchtigkeit hat die Blechdose an den Ecken rosten lassen. Er hebt sie heraus und streicht über den Deckel. Ein Geschenk der Großeltern zum ersten Weihnachtsfest ohne die Mutter, und das Einzige, das er in jenem Jahr bekam. Er weiß noch, wie aufgeregt er war, als er sie damals auspackte. Er vermutete die neuen Buntstifte und einen Zeichenblock darin. Beides hatte er sich monatelang sehnlichst gewünscht. Er erinnert sich, wie er die Irritation darüber wegwischte, dass die Dose zu leicht war, und sie mit vor Aufregung zittrigen Fingern öffnete. Wie ihm die bodenlose Enttäuschung, als sich nur ein Paar selbst gestrickte Socken darin befand, im ersten Moment fast die Luft abschnitt, und er zum Vater sah, dessen Blick seine aufkommende Wut sofort in die Knie zwang, er sich so stark auf die Zunge biss, dass er Blut schmeckte.

Die Dose klemmt, er kriegt sie nicht gleich auf. Die vielen kleinen Päckchen, manche schon ganz vergilbt, quellen ihm entgegen. Er stopft das aus seiner Hosentasche dazu und presst den Deckel schnell wieder auf die Dose. Legt sie zurück, schließt den Sitz und setzt sich darauf. Im ungemähten Gras der Wiese versinken die schmalen Stämme vereinzelt stehender Tannen. Dahinter öffnet sich der Wald zu jenem Feld, das nicht ihres ist. Das einzige, das nicht ihres ist in einem Umkreis von zehn Kilometern. *Ungeklärte Besitz-verhältnisse seit der Wende* heißt es im Bericht des Katasteramtes, denn es reicht bis über die Landesgrenze. Alle Versuche des Vaters, den Boden in den letzten zehn Jahren rechtmäßig zu erwerben, scheiterten, und es vergeht kaum eine Woche, in der er nicht mit dem Vario hinüberfährt und auf das Feld starrt. Als er ihn kurz nach Mutters Verschwinden das erste Mal vom Hochstand aus dort bei laufendem Motor hat stehen sehen, war diese Erfahrung verwirrend für den Hubersohn. Er war unter dem Gesetz groß geworden, dass sich alles dem Willen des Vaters unterordnet. Dass dieses Gesetz brüchig sein, Risse bekommen könnte, war ihm nie in den Sinn gekommen. Es hatte sich nicht gut angefühlt, Schwäche war nicht vorgesehen im Bild, das er vom Vater hatte. So schnell wie möglich lief er nach Hause und stellte dort etwas an, er erinnert sich nicht mehr, was es war. Erwartete voller Unruhe die Rückkehr des Vaters, dessen gerechte Strafe, da war er sich sicher, alles wieder ins Gleichgewicht bringen würde.

Den Vormittag über bleibt er dort sitzen, bis ihn der Hunger nach Hause treibt und er sich auf den Heimweg macht. Die Helfer sind längst auf dem Feld. Von Weitem sieht er den Neuen, seine routinierten Bewegungen. Das Unterhemd ist durchgeschwitzt, die Shorts spannen an den Oberschenkeln, und die Haare glänzen nass in der Sonne. Langsam geht der Hubersohn weiter, dem Hof entgegen, und wird mit jedem Schritt müder.

»Wo warst du?«

Der Vater, den gesunden Arm in die Seite gestützt, steht vor dem Haus.

»Auf dem Feld. Nach dem Rechten sehen.«

»Du?«

Der Vater lacht und läuft weiter Richtung Garage. Er pfeift einen

Helfer heran, der neben der Scheune schon auf ihn gewartet hat. Als der Vario aus der Garage fährt, der Vater am Steuer, der Helfer daneben, geht der Hubersohn ins Haus. In der Küche holt er den Laib Brot aus dem Kasten und schneidet zwei große Kanten ab, beschmiert sie mit Butter und isst sie im Stehen. Er trinkt ein Glas Milch und schlurft ins Wohnzimmer. Schaut fern bis zum Abend.

SIEBEN

Auch wenn es riskant ist, die Hitschke die ganze Zeit fürchtet, von den Dorfbewohnern angefallen zu werden, schleppt sie weiterhin jeden Morgen einen Topf mit Essen zum Waldrand. Ihre Vorräte neigen sich dem Ende zu, sie weiß das, macht aber trotzdem weiter. Zwackt sich selbst immer nur einen kleinen Teller ab, kaut, wenn der Hunger zu groß wird, eine Handvoll Weizen aus der nur noch zu einem Viertel gefüllten Dose. Zum Brotbacken langt es ohnehin nicht mehr. Sie nimmt die Mühle von der Anrichte, verstaut sie ganz unten im Küchenschrank und wischt sich den Schweiß von der Stirn. Draußen brütet die Hitze, aber die Fenster bleiben geschlossen seit dem Vorfall vor einer Woche. Sie hatte einen Mittagsschlaf gemacht, und als sie gegen zwei Uhr herunterkam, stand die Küche unter Wasser. Jemand muss minutenlang einen Gartenschlauch durchs auf Kipp gestellte Fenster gehalten haben. Stunden hat sie gebraucht, um es abzuschöpfen. Im Keller ist ein großer Wasserfleck an der Decke zurückgeblieben, den sie täglich bang betrachtet, ob sich nicht schon der erste Schimmel zeigt. Die Luft im Haus ist seither zum Ersticken. Nur spätnachts traut sie sich, das kleine Giebelfenster unterm Dach zu öffnen, reißt alle Zimmertüren auf und hofft, dass sich die Frische ihren Weg auch hinunterbahnt. Sie sitzt dann oben, den Kopf an die Scheibe gelehnt, auf dem kleinen Hocker, den ihr Vater selbst gezimmert hat. Nicht für sie, sondern zum Melken für die Mutter, als sie noch Kühe hatten. Später stand er vor dem Becken in der Waschküche, wo sie sich als Kind wusch und die Zähne putzte. Der Hocker war alles, was sie nach dem Tod der Eltern mitgenommen hat. Die Mutter hatte den Vater noch um ein halbes Jahr überlebt. Am Tag nach der Beerdigung ist sie durch die Zimmer gegangen, hat vor den Regalen gestanden, Bücher und Fotoalben herausgezogen und wieder zurückgestellt, teilnahmslos den wenigen Schmuck der Mutter auf dem Toilettenschrank betrachtet, hat Kleider- und Geschirrschränke geöffnet und sofort wieder geschlossen, im Setzkasten den Staub auf den Porzellanfiguren liegen sehen. Sie war schon auf dem Weg nach draußen, als sie den Hocker im Flur bemerkte, sich bückte und ihn sich unter den Arm klemmte. Vor der Tür lehnte der Entrümpler an seinem Lieferwagen und rauchte, sein graues Gesicht und die trüben Augen erschienen ihr passend. Zu Hause stieg sie die Treppe bis ganz nach oben und stellte den Hocker unterm Dach ab. Erst als sie letzte Woche zum ersten Mal nach Jahren hinaufging, um das Fenster zu öffnen, erinnerte sie sich wieder an ihn. Die Holzwürmer haben ihm in den Jahren auf dem Dachboden stark zugesetzt und fressen sich immer weiter voran. Mit großer Vorsicht hat sie sich das erste Mal auf ihn gesetzt. Doch er hält, bis jetzt hält er, knarzt nur entsetzlich, wenn sie wieder aufsteht.

Das Lüften nützt nichts, den abgestandenen, säuerlichen Geruch im Wohnzimmer bekommt sie einfach nicht raus. Sie merkt es jedes Mal, wenn sie morgens vom Wald zurückkommt; als liefe sie gegen eine Wand. Dass es, so denkt sie seit einiger Zeit, nach ihr riecht, dass sie es ist, die diesen modrigen Geruch verströmt, als würde sie hier drinnen langsam, aber sicher verfaulen.

Sie geht ins Wohnzimmer und zur Terrassentür und schaut durch die Scheibe aufs Thermometer, das draußen an der Hauswand hängt. 39 Grad im Schatten morgens um zehn. Im Radio haben sie gesagt, dass es im Laufe des Tages noch raufgehen soll auf 42 Grad. Sie schüttelt den Kopf. Seit Wochen hat es nicht geregnet, der Rasen im Garten ist braun verbrannt. Nur der Efeu, dieser Überlebenskünstler, hält sich wacker, und sie fragt sich, ob sie mehr ihm oder dem kaputten Gras ähnelt. Dass sie zäh sei, hat der Karl immer wieder zu ihr gesagt, aus dem Zusammenhang gerissen und ohne ersichtlichen Grund. Sie hat es anfangs als Kompliment missverstanden und in dem seltenen Gefühl seiner Zuneigung gebadet.

Der Windelberg auf dem Rasen ist inzwischen angewachsen. Auch anderer Müll liegt im Garten herum. Die Leute werfen ihn über den Zaun, wenn sie vorbeigehen. Anfangs hat sie nachts alles weggeräumt, aber seit die Müllabfuhr ihre Tonne nicht mehr leert, lässt sie ihn liegen und bindet sich ein Tuch vor Mund und Nase, wenn sie frühmorgens Richtung Wald aufbricht.

Sie zieht die Gardine zu. Den Rest des Vormittags sortiert sie die Speisekammer neu. Stellt alles, was sie noch hat, zusammen. Beginnt, zu rechnen, auszurechnen, für wie viele Tage das Essen reichen wird, und reibt sich sorgenvoll die Stirn. Denkt zurück an die Zeiten, in denen hier alles im Überfluss vorhanden war und sie dem Karl bieten konnte, wonach er insgeheim verlangte. Gegen ihr Essen hat er nie etwas gehabt. Im Gegenteil, es war das Einzige, worüber er sie wahrnahm. So ist es ihr zumindest lange vorgekommen, auch wenn sie heute nicht mehr sicher ist, ob das stimmt. Denn er hat nie ausgesprochen, dass es ihm schmeckte. Aber er ließ selten etwas liegen, nahm sehr oft ein zweites Mal, ab und an sogar ein drittes Mal nach und kratzte meist auch den letzten Soßenrest vom Teller. In den ersten Jahren ihrer Ehe wurde es deshalb ihr größter Ehrgeiz, herauszufinden, was er besonders mochte. Nach und nach filterte sie aus seinen Reaktionen am Tisch die Zutaten und Speisen heraus, die ihm am meisten zusagten. Sie erstellte akribisch Pläne, wie sie sie in immer neuen Variationen zubereiten und verarbeiten konnte, wurde mutiger, nahezu waghalsig, mischte exotische Gewürze darunter, testete aus, was möglich war und was nicht. Manchmal ging sie zu weit. Wenn er den Nachschlag ablehnte, fiel sie bis zum nächsten Tag in ein Loch und dachte fieberhaft darüber nach, wie ihr Vergehen wiedergutzumachen war. Dann kochte sie eins seiner Lieblingsgerichte, traditionell und ohne Schnickschnack, und erst sein zufrieden stilles Gesicht, während er kaute, ließ sie langsam wieder zur Ruhe kommen.

All das hörte mit Karls Verschwinden auf, sie sah keinen Anlass mehr, sich anzustrengen. Bis sie anfing, für die Kinder zu kochen, hatte sie jahrelang fast nur kalt gegessen, höchstens mal eine Suppe oder einen Eintopf gemacht, die sie für mehrere Tage versorgten und ihr den lästigen Gedanken an die Nahrungsaufnahme ersparten.

Ein letztes Mal stellt sie im Regal zwei Konserven um, dann schließt sie die Tür hinter sich, als könne sie das Problem damit lösen. Sie schaut zur Küchenuhr, die halb zwölf anzeigt, dreht sich wie automatisch um und öffnet den leeren Kühlschrank. Frisches hat sie schon seit drei Wochen nicht mehr, dennoch scheinen ihr die Jahrzehnte des Kühlschranköffnens eingeschrieben zu sein. Vier- bis fünfmal am Tag sieht sie hinein. Und jedes Mal derselbe Stich. Ohnmacht und Scham im ewigen Wechsel bei minus fünf Grad. Dass sie den Kühlschrank immer zu kalt einstelle, hat der Karl oft geschimpft, dass das Stromverschwendung sei, und den Regler zurück auf minus drei gestellt. Doch sobald er das Haus verließ, drehte sie ihn wieder hoch und bemerkte abends eine leise Freude in sich, wenn sie ihm die harte Butter hinstellte. Lange ging das so, Jahre. Verbissen drehten sie den Regler täglich hin und her, bis er kaputtging und bei minus drei einrastete. Karl hatte gewonnen.

Im Eisfach liegt eine angebrochene Packung Tiefkühlerbsen, die am Boden festgefroren ist. Die große Truhe in der Kammer ist schon seit drei Tagen leer. Beim Versuch, die Packung herauszuziehen, reißt sie, und die Erbsen quellen in verklebten Klumpen heraus. Mit einem Messer schabt sie sie über den eisigen Boden in eine Schale, zerrt wieder an der Packung und bekommt sie schließlich heraus. Vor drei Jahren abgelaufen. Sie hält die Nase in die Schale und riecht an den Erbsen, die, von Eis überzogen, wie ganz normales Tiefkühlgemüse aussehen. Zur Sicherheit lässt sie sie zwanzig Minuten in etwas Wasser kochen, kippt die breiige Masse anschließend in einen tiefen Teller und streut ein wenig Salz und Petersilie darüber. Sie setzt sich nicht an den Küchentisch, sondern trägt die Erbsen ins Wohnzimmer und zum Sofa, fühlt sich sicherer tiefer im Innern des Hauses in der Nähe der Flinte.

Als es klingelt, zuckt sie zusammen. Sie schiebt den Teller weg und geht in die Küche. Sie versucht, einen Blick nach draußen zu werfen, kann aber niemanden sehen. Im Flur schleicht sie zur Tür. Sie schluckt.

»Ja?«, fragt sie, und das Herz schlägt ihr bis zum Hals.

»Ich bin es«, hört sie die vertraute Stimme.

Ellen setzt sich auf das Sofa.

»Möchtest du einen …« Die Hitschke will Kaffee sagen, aber Kaffee hat sie schon seit zwei Wochen keinen mehr. »… Tee?«, beendet sie den Satz.

»Wenn du hast, gerne.«

»Von heute Morgen noch. Ich hole uns zwei Tassen.«

In der Küche hält sie sich kurz an der Arbeitsplatte fest, bevor sie mit zittrigen Händen das gute Teeservice aus dem Schrank holt. Sie füllt die letzte Kondensmilch in das kleine, mit blassblauen Röschen bemalte Milchkännchen, steckt den winzigen Silberlöffel in die fast leere Zuckerdose und füllt den schwarzen Tee aus der Thermoskanne in die Tassen. Sie geht in die Speisekammer und sieht sich um. Im obersten Regal findet sie ganz hinten an der Wand eine Packung

Schweinsöhrchen. Eine Handvoll legt sie auf ein Glastellerchen und trägt alles auf dem Tablett ins Wohnzimmer.

Eine Weile sitzen sie einander stumm gegenüber, trinken Tee.

»Heiß heute«, sagt die Hitschke, als sie es nicht mehr aushält.

»Das stimmt. Seit Wochen schon.«

Gleichzeitig greifen sie nach den Schweinsöhrchen.

»Bitte du zuerst«, sagt die Hitschke und zieht ihre Hand zurück.

»Wie geht es dir denn?«, fragt Ellen.

»Ganz gut«, antwortet die Hitschke und räuspert sich, bevor sie mit leicht kehliger Stimme fragt: »Und dir?«

»Na ja!«

Wieder schweigen sie. Das Ticken der Standuhr erscheint der Hitschke heute lauter als sonst.

»Hast du hier umgestellt?«

Die Hitschke sieht sich im Wohnzimmer um. »Nein, eigentlich nicht. Die Pflanzen sind nur nicht mehr da.«

»Stimmt.«

»Alle eingegangen. Selbst der große Kaktus. Du weißt ja, dass ich keinen grünen Daumen habe.«

Das Wohnzimmer war früher üppig mit Pflanzen vollgestellt. Der Karl brachte sie mit, pflegte und versorgte sie. Die Hitschke selbst durfte ihnen nicht mal Wasser geben. Als der Benjamini-Baum irgendwann den halben Raum einnahm, fragte sie, ob er ihn nicht ein wenig stutzen könne, sie komme ja kaum mehr an ihm vorbei. Drei ganze Tage sprach er danach kein Wort mit ihr und sie die Sache nie wieder an.

Die Stille im Raum dehnt sich nach allen Seiten aus, als wollte sie die Wände verschieben. Die Hitschke merkt, wie ihr rechter Fuß nervös wippt, und hört damit auf, schaut stattdessen zum Fenster hinaus. Oben in der Esche sitzen zwei Buchfinken und streiten. Sie interessiert sich eigentlich nicht für Vögel, hat sie noch nie. Aber der Karl schon. Weshalb sie manchmal, wenn er nicht daheim war, einen Blick in sein Vogelkundebuch geworfen hat, um, sollte sich ein passender Moment ergeben, sagen zu können: Schau, ein Eichelhäher!

»Willst du mir nicht mal erklären, was eigentlich los ist?«

Die Hitschke zuckt vor Schreck zusammen, als sie die Wut in Ellens Stimme hört.

»Ich?«

»Ja, du. Oder ist hier sonst noch jemand?«

»Ich weiß nichts.«

Ellen verzieht ungläubig das Gesicht. »Du musst doch etwas wissen! Sie suchen deinen Hund, oder nicht?«

Die Hitschke knetet ihre Hände im Schoß und nickt schuldbewusst.

»Ich bleibe hier sitzen, bis du mir sagst, was zum Teufel los ist.«

Die Hitschke sieht sie ratlos an. »Sie suchen Power. Sie suchen ihn im Wald, es geht nur so, hat Kerze gesagt, das ist alles, was ich weiß.«

»Wann hast du sie denn das letzte Mal gesehen?«

»Vorgestern.«

»Was? Und das sagst du nicht gleich?«

»Ich weiß nicht, wo genau sie im Wald sind. Sie schlafen in einem Loch, das –«

»Sie schlafen wo?«

Ellen sieht sie entsetzt an, und die Hitschke verstummt. Sie schüttelt den Kopf. »Ich weiß wirklich nichts«, sagt sie leise.

»Jetzt hör mir mal zu«, zischt Ellen und beugt sich zur Hitschke hinüber. »Du musst das in Ordnung bringen. Die Kinder müssen zurück nach Hause. Da sind doch auch noch ganz Kleine dabei. Es tut mir leid wegen deinem Hund … wegen allem. Ich weiß«, sie holt tief Luft, bevor sie weiterspricht, »ich hab dir das nie richtig gesagt.«

Die Hitschke hält den Atem an.

»Es tut mir sehr, sehr leid. Aber wir können nichts dafür, keiner von uns und unsere Kinder am allerwenigsten. Also lass sie damit in Frieden.« Scheppernd stellt Ellen ihre Tasse auf der Untertasse ab und steht auf. »Wenn du sie das nächste Mal siehst, wirst du ihnen sagen, dass jetzt Schluss ist mit der Sucherei.«

Die Hitschke nickt wieder. Ihre Hände sind schweißnass.

»Ich habe für sie gekocht. Jeden Tag, seit sie da draußen sind. Nicht, dass du denkst …«

Ellens Blick bringt sie zum Schweigen. Ohne ein weiteres Wort verlässt Ellen das Haus.

Das kochend heiße Wasser spritzt in das Becken. Sie macht zu viel Spülmittel hinein. Ihre Arme verschwinden fast bis zum Ellbogen im Schaum, als sie die Hände hineintaucht, um das Teegeschirr abzuwaschen. Früher haben sie sich öfter gesehen. Als Kerze noch klein war, hat sie ab und an unter der Woche ausgeholfen und auf sie aufgepasst. Ellen war ja allein mit der Kleinen, die Oma nur an den Wochenenden da und die Hitschke froh über die Gesellschaft. Vor sechs Jahren hat das aufgehört, natürlich, wie bei allen anderen auch. Die Leute machten einen Bogen um sie, wussten wohl nicht, was sagen. Auch Ellen nicht. Das hat sie anfangs überrascht, sie hatte nicht erwartet, dass sie sich nach allem, was war, von ihr abwenden würde. Die Hitschke nahm es hin, begnügte sich mit einem kurzen Gruß hier und da auf der Straße. Was hätte sie auch sonst tun sollen?

Sie zieht die Hände aus dem viel zu heißen Spülwasser, sie sind krebsrot. Das Geschirr trocknet sie nicht ab, lässt es stehen und geht in den Flur. Macht das Licht nicht an, greift im Dunkeln in ihre Tasche, die an der Garderobe hängt, und zieht das Seifenstück der Huberin heraus. Damit es keinen Schaden nimmt, hat sie es in einen Gefrierbeutel gewickelt. Vorsichtig öffnet sie den Zippverschluss des Beutels und hält ihn sich unter die Nase. Sie bildet sich ein, dass der Duft im Laufe der Jahre nachgelassen und sie Schuld daran hat, weil sie zu oft daran riecht. Aber sie kann nicht anders, es ist wie ein Zwang. Einmal wöchentlich, mindestens. Seit der Hund weg ist, eher alle zwei Tage. Sie holt es aus dem Beutel, trägt es vorsichtig die Treppe hinauf und legt es im Schlafzimmer auf ihr Kopfkissen. Die kleine Prägung in der Mitte, ein zarter Lavendelzweig, ist noch immer gut zu erkennen. Sie schlüpft aus ihren Hausschuhen, kriecht ins Bett und rückt mit dem Gesicht dicht an das Seifenstück heran. Sie muss an jenen Tag denken, als sie mit dem Fahrrad zur Bücherei im Nachbardorf fuhr, kurz nachdem die Huberin verschwunden war. Sie zerrte das Rad im Schuppen hinter sehr viel Gerümpel hervor und schob es nach draußen auf die Straße. Fünfzehn Jahre war sie nicht damit gefahren. Sie saß auf, schwankte leicht und setzte sich in Bewegung. Der kaputte Fuß tat bei jedem Tritt in die Pedale weh, aber sie fuhr, sich auf die Lippen beißend, eisern weiter. Es war das erste Mal, dass sie in einer Bücherei war, und sie ging einfach am Empfang vorbei, bis eine Dame ihr hinterherkam, sie am Arm zurückzog und ihr mitteilte, sie müsse ihren Ausweis vorzeigen. Sie habe aber keinen Ausweis, sagte sie ihr. Dann müsse sie erst einen machen, bevor sie eingelassen werden könne. Die Dame hielt ihr ein Formular hin, das sie, am Tresen stehend, ausfüllte. Dann bekam sie eine kleine Karte, auf der ihr Name stand, und durfte hinein. Die Bücherei war leer, bis auf einen alten Mann mit ungepflegten, langen Haaren, der an einem großen Tisch saß, ein sehr dickes Buch vor sich liegen hatte und aufsah, als sie den Raum betrat. Sie nickte ihm zu, als würden sie sich kennen, es war ein Reflex. Er erwiderte ihren Gruß nicht und versenkte sich wieder in sein Buch. Unschlüssig stand sie da und sah sich um. Die vielen Bücher erschlugen sie. Reihe um Reihe ging sie ab, las die Beschriftungen an den Regalen: Theologie, Wissenschaft und Forschung, Philosophie, Kinder- und Jugendbuch. Bei Belletristik hielt sie an, es war der größte Bereich. Hilflos nahm sie einzelne Bücher heraus, blätterte unentschlossen darin und stellte sie wieder zurück. Wonach sollte sie auswählen, was war von Interesse, wie hatte die Huberin das gemacht? Sie fühlte sich ohnmächtig, fehl am Platz, nicht in der Lage, etwas auszusuchen. Sie merkte, wie ihr die Tränen in die Augen stiegen, und stürzte aus dem Raum. »Wollen Sie gar nichts ausleihen?«, rief ihr die Dame am Empfang hinterher, aber sie hielt nicht an, ging nur schnell die Stufen hinab und nach draußen. Um sich zu beruhigen, griff sie in ihre Tasche und tastete nach dem Seifenstück der Huberin, das sie seit ihrem Verschwinden immer bei sich trug. Sie wühlte in der Tasche herum, kippte sie sogar auf dem Gehweg aus, aber das Seifenstück war nicht da. Panisch stieg sie auf ihr Rad, fuhr zurück ins Dorf und suchte das ganze Haus nach dem Seifenstück ab. Als sie es auch nach Stunden nicht fand, brach sie in lautes Schluchzen aus, bis der Karl plötzlich, die Aktentasche noch in der Hand, mit fassungslosem Blick vor ihr stand und sie sofort verstummte. Erst am Abend sah sie es unter dem Schuhschrank hervorschauen, hob es eilig auf und ließ es die ganze Nacht im Bett nicht mehr los.

Auch jetzt umschließt sie es mit beiden Händen und vergräbt ihr Gesicht darin. Macht tiefe, gleichmäßige Atemzüge und schläft ein.

ACHT

Es ist kaum jemand da. Nur wenige Stühle im Bären sind besetzt. Der Hubersohn steht am Tresen und trinkt schon das dritte Bier. »Lasst uns warten, ob noch wer kommt.« Er schnipst nervös mit einem Finger gegen den Krug.

Die Keller in der letzten Reihe nickt ihm zu. Sie ist allein da, hält einen Block in den Händen.

Ein paar Minuten verstreichen, ohne dass jemand auftaucht.

»Fangen wir an«, sagt der Hubersohn. »Wer schreibt Protokoll?«

»Das kann ich machen.« Die Keller hebt den Arm.

»Einverstanden. Dann halten wir erst mal fest, wer anwesend ist.« Die Keller beginnt zu schreiben.

Er räuspert sich. »Gibt es etwas Neues?«

Keiner reagiert.

»Das dachte ich mir.« Eine Pause entsteht, in der der Hubersohn angestrengt nachdenkt, was er als Nächstes sagen soll. »Möchte wer einen Vorschlag machen?«, sagt er schließlich.

Niemand meldet sich.

»Na gut … Wir sind uns wohl alle einig, dass wir jetzt einen Punkt erreicht haben, der … So kann es jedenfalls nicht weitergehen.«

Er nickt in die Runde, die ihn erwartungsvoll ansieht.

»Ich«, sagt er und räuspert sich wieder, »bin dafür, dass wir die Sache jetzt ein bisschen … direkter angehen.«

»Wie denn?«, unterbricht ihn der Schiller.

Der Hubersohn schaut ihn angestrengt an. »Das kann ich euch jetzt auch noch nicht genau sagen. Aber deswegen sind wir ja hier. Um eine Lösung zu –«

»Davon redest du schon seit Wochen, aber passieren tut nichts.«

»Dann mach du doch mal einen Vorschlag«, antwortet der Hubersohn gereizt.

»Wieso ich?«

»Sind das deine Kinder im Wald oder meine?«

»Ja, eben. Du hast ja gar keine! Aber sich hier zum Chef aufspielen –«

In diesem Moment geht die Tür auf, und Kerzes Mutter kommt herein. Sie nimmt den äußersten Stuhl in der letzten Reihe direkt hinter dem Schiller und behält den Mantel an. Der Hubersohn wechselt einen Blick mit Mazur, der allein an einem Tisch sitzt, zwei leere Bierkrüge vor sich.

»Na gut«, sagt der Hubersohn, der von Ellens Erscheinen aus dem Konzept gebracht ist, »dann machen wir … weiter. Hat wirklich niemand eine Idee?«

Keiner von den wenigen, die da sind, macht Anstalten, sich zu äußern. Der Hubersohn beginnt zu schwitzen.

»Soll die halt mal was sagen.« Der Schiller macht eine Bewegung mit dem Kopf Richtung Ellen und verschränkt die Arme vor der Brust. »Ihre Brut hat das Ganze ja angestiftet.«

»Meine Tochter hat hier gar nichts angestiftet«, sagt Ellen mit fester Stimme. »Es ist Hildes Hund und nicht unserer. Aber ich war bei ihr, also bei der Hilde, und hab sie aufgefordert, diesen Unsinn zu beenden. Sie wird den Kindern sagen, dass jetzt Schluss ist damit.«

»Hat sie das so zugesagt?«, fragt der Hubersohn.

»Ja, das hat sie.«

Der Hubersohn schaut wieder zu Mazur, der seinen Blick nicht erwidert.

»Na dann. Das hört sich doch gut an!«

»Wie bitte?« Der Schiller steht auf. »Das hört sich gut an?« Er dreht sich zu Ellen um. »Das war's? Im Ernst? Du lässt dich wochenlang nicht blicken und kommst dann hier reinspaziert und hast nichts Besseres auf Lager, als die Alte loszuschicken, um dein missratenes Gör zurückzupfeifen?«

»Sie hat keine Schuld. Sie ist doch auch noch ein Kind«, gibt Ellen zurück.

»Natürlich ist sie schuld. Das ist doch nicht das erste Mal, dass die hier wichtigtut im Dorf. Du hast deine Tochter nicht im Griff, noch nie gehabt. Da fehlt ein Mann im Haus, der ihr mal zeigt, wo's langgeht, und dir gleich mit.«

»Wie bitte?« Ellen ist aufgesprungen. »Hast du sie noch alle?«

Der Schiller versetzt ihr einen Stoß gegen den Oberarm.

»Hey!«, ruft der Hubersohn und will ihn wegziehen. »Das bringt doch jetzt nichts, wenn wir uns gegenseitig –«

Der Schiller schubst ihn zur Seite. »Fass mich nicht an, du Versager. Ich hab es satt, hierherzukommen, mir dein Gequatsche anzuhören. Dein Vater hat recht: Zu nichts zu gebrauchen bist du.«

Er nimmt seine Jacke und stapft zur Tür. Zwei andere schließen sich ihm an. Als sie draußen sind, erhebt sich Mazur.

»Ich brauche sechs Leute. Morgen früh um fünf geht's los.«

»Was geht los?«, fragte der Hubersohn.

»Nicht mehr deine Sache.«

»Warum?«

»Ich übernehme jetzt.«

»Was soll das denn heißen?«

»Verstehst du kein Deutsch?«

»Ich bin dabei«, sagt einer, und es schnellen noch fünf weitere Arme in die Luft.

»Treffpunkt vor meinem Haus. Jeder bringt ein Seil mit.« Er läuft am Hubersohn vorbei und legt einen Schein auf den Tresen. Der kommt ihm nach.

»Jetzt sag schon, was du vorhast.«

Mazur dreht sich zu ihm um. Er legt eine Hand auf seine Schulter. »Lass gut sein, Markus. Geh nach Hause.« Dann nickt er den anderen zu und verlässt den Bären.

Als alle gegangen sind, bestellt der Hubersohn zwei Bier auf einmal und kippt sie in großen Schlucken. Er zahlt und bricht auf. Draußen zündet er sich eine Zigarette an und macht sich auf den Heimweg. In der Heilandstraße bleibt er vor dem Haus der Hitschke stehen. Der Schriftzug, den er vor ein paar Wochen auf die Fassade gesprüht hat, ist trotz Dunkelheit gut zu erkennen. Er zieht noch mal an der Zigarette, bevor er sich vorbeugt, sie auf der Klingel ausdrückt und in den Vorgarten schnipst, in dem schon eine Menge Müll liegt. Er geht ein paar Schritte rückwärts. Breitbeinig steht er da, sieht, wie sich im ersten Stock ein Vorhang bewegt, sonst passiert nichts. Er hat nie was gegen die Hitschke gehabt, sie hat ihm als Kind manchmal Süßes geschenkt. Als dann der Mann verschwand, war es ihm unangenehm, sie zu treffen, wenn sie mit dem Hund unterwegs war. Er kann sich deshalb nicht daran erinnern, wann er das letzte Mal ein Wort mit ihr gewechselt hat.

Seine Blase drückt von den fünf Bier. Er schaut zum Hof am Ende der Straße. In der Stube brennt noch Licht.

»Wo warst du?«, fragt der Vater, der am Tisch sitzt, als er zur Tür hereinkommt.

»Im Bären.« Der Hubersohn will weiter zum Klo.

»Wieder saufen.«

»Es war Versammlung wegen der Kinder. Wir haben alles besprochen.«

»Wir?«, sagt der Vater und zieht Speichel zurück in den Mund. »Bist du jetzt ein Wir mit denen?«

»Die Kinder müssen zurück ins Dorf«, sagt der Hubersohn ausweichend.

»Warum? Mir fehlen sie nicht.«

»Was redest du denn da?« Wieder will er an ihm vorbei. Seine Blase ist kurz vorm Platzen.

»Bist wie deine Mutter. Weich, zu nichts zu gebrauchen. Du schaust ja sogar aus wie sie. Das gleiche kleine, nutzlose Gesicht. Oder, Moment ...« Er streicht über einen Stapel Papier, der vor ihm auf dem Tisch liegt. »Ich muss noch mal nachschauen.« Er nimmt das oberste Blatt auf, das vorher klein zusammengefaltet gewesen sein muss, und betrachtet es. Schaut dann zum Hubersohn und wieder zurück zum Blatt. »Doch, ja. Die Ähnlichkeit ist unverkennbar«, sagt er und dreht es um.

Der Hubersohn fühlt sich wie von einem Schlag in die Magengrube getroffen. Er macht einen Schritt zurück. Die Zeichnung zeigt seine Mutter. Er selbst hat sie angefertigt vor langer Zeit. Der Vater nimmt das nächste Blatt auf.

»Und das? Soll das ich sein? Der Kopf ist viel zu groß ... Aber von mir gibt's ja auch nur eins. Von ihr ...«

Er dreht ein Blatt nach dem anderen um. Grobe Striche aus den Jahren, als er noch ein Kind war, zart schraffierte Linien bei den späteren Versuchen: die Mutter, wieder und wieder, oder das, woran er sich erinnerte.

»Interessant«, sagt der Vater. »Ich wusste gar nicht, dass du so was«, er hebt den gesunden Arm und setzt mit den Fingern Anführungsstriche in die Luft, »kannst. Aber war ja eigentlich klar, dass du nur zu was imstande bist, was keiner braucht. Gewundert hab ich mich trotzdem, als ich sie«, wieder macht er die Anführungsstriche, »gefunden hab. Dass du deinen alten Vater dazu bringst, da hinaufzuklettern!«

Der Vater holt die Blechdose mit den rostigen Ecken unter dem Tisch hervor und legt sie vor sich hin.

Unbeweglich steht der Hubersohn da, ein Rauschen in seinem Kopf.

»Wollte mal gucken, warum du immer da oben hockst. Ach, schau«, sagt der Vater dann und greift in die Dose. Er hält etwas hoch. Es ist die Haarnadel. »Ist das deine? Deswegen die Mädchenfrisur, ja?« Er hält sie ihm hin. »Na?«

Der Hubersohn richtet seinen Blick starr auf den Boden. Aus dem Rauschen ist ein helles Fiepen in seinem rechten Ohr, der Druck auf die Blase unerträglich geworden.

Der Vater zieht den Arm zurück. »Oder ist die …? Ach so, die wird doch nicht von …? Nein! Hast du die so lange aufgehoben?«

»Gib sie her«, sagt der Hubersohn mit schwacher Stimme.

»Wie bitte? Du musst etwas lauter sprechen.«

»Gib sie mir.«

»Hol sie dir doch.«

Die funktionierende Gesichtshälfte des Vaters hebt sich zu einem Lächeln.

Der Hubersohn hält die Luft an. Er weiß, er kann keinen Schritt tun, sonst …

»Komm schon«, sagt der Vater.

Der Hubersohn schließt die Augen. Sieht seine Mutter vor sich, wie sie ihm die Hand auf den Bauch legte, wenn er abends im Bett lag, und lässt einfach los, lässt laufen, spürt die Wärme entlang der Beine und atmet auf. Als er die Augen wieder aufmacht, schaut er an sich herunter. Er schaut zum Vater, der sich hochgestemmt hat und auf seine Hose starrt.

»Wenn du tot bist, mach ich den Hof dicht«, sagt der Hubersohn ganz ruhig. »Das weißt du, oder?«

Der Huber schweigt.

»Ich werd hier alles abreißen, ich werd das ganze Gemüse auf dem Acker vergammeln lassen.«

»Da muss ich dich enttäuschen«, sagt der Huber und legt die Haarnadel auf den Tisch. »Aber du bekommst den Hof nicht. Nichts bekommst du, gar nichts.«

»Ich glaub dir nicht.«

»Denkst du, ich mach Spaß?«

»Ich glaub dir nicht«, wiederholt der Hubersohn.

»Schau halt nach. Die Abschrift vom Notar liegt oben im Sekretär.«

Sie fixieren einander, der Hubersohn zögert. Dann stürmt er aus der Stube und die Treppe zum Büro hinauf. Laut krachend lässt er die Lade vom Sekretär herunterfallen. Er wühlt sich durch drei Schubfächer, bis das Testament findet, fliegt über die Seiten, sucht seinen Namen und findet ihn beim Pflichtteil. Das Pfeifen im Ohr kehrt zurück, seine nasse Hose klebt kalt auf der Haut.

»Siehst du!«, hört er den Vater aus der Stube rufen, als er die Treppe hinunterläuft.

Er antwortet nicht, greift sich den Schlüssel vom Brett und stößt die Haustür auf. Mit schnellen Schritten geht er zur Garage und schließt auf. Die dunkelgrüne Kabine vom 1000 Vario kommt ihm fast schwarz vor. Der Zündschlüssel gleitet ins Schloss wie in weiche Butter. Als er in den Innenhof fährt, steht plötzlich der Neue da.

Mit knapp 60 km/h donnert er über den trockenen Acker, schreddert die Kartoffeln unter sich. Hinter ihm die geöffnete Egge vom Sähen, wie Flügel. Er drückt das Gaspedal bis zum Anschlag durch und hält, den Neuen neben sich, auf den Wald zu. Er brüllt, dass er sie jetzt holen wird, die Kinder, brüllt, dass er sie an den Haaren aus diesem gottverdammten Wald hinausschleifen wird. Kurz vor den ersten Bäumen erst bremst er. Schreiend tritt er ohne Kupplung aufs Gas, schlägt wieder und wieder mit den Fäusten gegen die Scheibe, bis er plötzlich eine Gestalt zwischen den Bäumen im Scheinwerferlicht stehen sieht. Er beugt sich vor und wischt sich die Tränen aus den Augen. Es ist eins der Kinder, ein Junge, über und über dreckverschmiert, die Arme voller Kartoffeln.

Er sieht zum Neuen und legt einen Finger auf den Mund, öffnet die Tür und springt heraus.

»He«, sagt er und noch mal: »He, du.«

Der Junge steht wie versteinert da. Jetzt erst erkennt er ihn, es ist der kleine Mazur. »Jaroslaw?«, sagt der Hubersohn und macht einen Schritt auf ihn zu, aber der Junge weicht zurück.

»Na, komm. Du kennst mich doch!«

Als er wieder ansetzt, auf ihn zuzugehen, knurrt der kleine Mazur. Der Hubersohn stoppt und hebt die Arme. Er überlegt, presst die Zähne aufeinander und hört es in seinem Kiefer knacken. Dann kommt ihm eine Idee.

»Warte«, sagt er und steigt zurück in den Vario. Er schiebt den Neuen zur Seite, öffnet die Kühlbox und schaut hinein. Da ist noch eine.

Draußen hält er dem Jungen die Fantadose hin. Als der nicht reagiert, streckt er seinen Arm ins Scheinwerferlicht des Vario. »Für dich«, sagt er und lächelt.

Den kurzen Moment der Überraschung im Gesicht des Jungen nutzt der Hubersohn und prescht los. Er wirft sich auf ihn mit allem, was er hat, und hört, wie die Kartoffeln zu Boden prasseln. Wälzt seinen vom Bier schwer gewordenen Körper auf den kleinen Mazur, der ihm gar nicht mehr vorkommt, wie der kleine Mazur, der viel zu verdreckt ist und viel zu schlimm riecht, um ein Kind zu sein. Er hält dem brüllenden Jungen den Mund zu, dreht ihm einen Arm auf den Rücken und drückt ihn auf den Boden, hört, wie er unter ihm ächzt, und fragt sich, ob es nicht das Beste wäre, einfach so auf ihm liegen zu bleiben. Wie lange es dauern würde, bis der kleine Körper den Widerstand aufgeben, die ersten Knochen brechen würden. Er lässt den Kopf auf den Rücken des Kindes sinken und merkt, wie müde er ist, wie lang dieser Tag, diese Woche war, wie gut es sich anfühlt, etwas unter sich zu begraben, das viel kleiner, beherrschbarer ist als er selbst. Er fragt sich, weshalb er nicht früher auf die Idee gekommen ist, sich auf etwas zu werfen, warum er die Masse seines Körpers nicht schon eher als das gesehen hat, was sie ist, eine Macht.

»He!« Der Neue ist aus dem Schlepper gesprungen.

Der Hubersohn stemmt sich hoch und entlässt den kleinen Mazur unter sich, der sich wegrollt und keuchend nach Luft schnappt. Eine kurze Weile betrachtet der Hubersohn ihn, seinen Brustkorb, der sich rasend schnell hebt und wieder senkt, wie er hustet und würgt, bevor er dem Neuen ein Zeichen gibt und sie den Jungen an beiden Beinen hinter sich her zum 1000 Vario schleifen.

Im Dorf hält der Hubersohn direkt vor der Garage. Der Junge strampelt unter seinem Sitz, an dem er ihn mit Kabelbindern festgebunden hat. Laut bellend tritt er um sich, als sie ihn aus der Kabine und über den Innenhof zerren, der Hubersohn mit einer Hand die Garagentür aufschließt, ihn hineinstößt und die Tür sofort wieder zuzieht, den Schlüssel zweimal im Schloss dreht.

»Du passt auf«, sagt er zum Neuen, der sich neben der Tür postiert. »Und du«, er zeigt auf Rollo, der aus seiner Hütte gekommen ist und den Neuen anknurrt, »legst dich hin und gibst Ruhe.«

Außer Atem ist er, als er beim Schiller ankommt.

»Ich hab einen«, keucht er, als dieser ihm öffnet.

Gemeinsam laufen sie zurück zum Hof, klingeln unterwegs bei allen Häusern, die auf dem Weg liegen.

»Da drin«, sagt der Hubersohn und zeigt auf die Garage.

Die Bewohner eilen die Straße hinunter und versammeln sich vor der Panzerglasscheibe. Sie starren in die Dunkelheit dahinter, halten vor Spannung die Luft an.

»Wer ist es?«, fragt die Beilmann.

»Deiner«, sagt der Hubersohn und schaut zu Mazur, der als Letzter dazugekommen ist und etwas abseits steht. Er verschränkt die Arme vor der Brust und sieht grimmig zur Garage.

Ein paar Minuten verstreichen, ohne dass etwas passiert. Gemurmel macht sich breit.

»Seid doch mal ruhig«, zischt der Hubersohn und dreht sich zu den anderen um.

»Bist du dir sicher, dass du einen gefangen hast?«, fragt der Schiller.

Der Hubersohn verdreht die Augen und will gerade antworten, als es hinter ihm knallt. Er fährt herum und sieht den Jungen, der sich gegen das Glas wirft und wieder zurücktaucht in die Finsternis der Garage, nur um im nächsten Moment erneut gegen die Scheibe zu prallen. Lange geht das so, die nackte Oberarmhaut klebt bei jedem Sprung für einen kurzen Moment an der Scheibe, und der Hubersohn weiß, morgen wird der Arm blau sein bis zum Ellbogen.

Mit angehaltenem Atem stehen die Bewohner davor und schauen zu, bis die Keller mit heiserer Stimme sagt: »Das muss aufhören. Es muss einer reingehen und ihn stoppen.«

Niemand rührt sich, bis Mazur aus der erstarrten Gruppe ausbricht, dem Hubersohn den Schlüssel aus der Hand nimmt und über den Innenhof läuft. Wenige Sekunden später geht das Licht in der Garage an. Der Anblick des Jungen löst ein Raunen bei den Herumstehenden aus.

»Oh Gott«, sagt die Keller und macht einen Schritt zurück.

Sie schaut zum Hubersohn, der die Szene im Innern der Garage gebannt beobachtet. Der Vater versucht, seinen Sohn zu greifen, um ihn vom Springen abzuhalten. Der schlägt um sich, sobald er ihn hat, und sie ringen miteinander, erstaunlich ausgeglichen dafür, dass der große zweimal so breit und hoch ist wie der kleine Mazur. Irgendwann hat er den Jungen doch auf dem Boden, redet auf ihn ein, und der Hubersohn geht näher an die Scheibe heran, als könne er so verstehen, was gesprochen wird, aber durch das Panzerglas dringt nichts hindurch. Mazur lässt seinen Sohn los und kommt hoch. Im nächsten Augenblick schnappt der Junge nach seinem Unterarm und verbeißt sich darin. Durch die offen stehende Tür hört man Mazurs Aufschrei, der ihn abzuschütteln versucht. Der Junge hängt an seinem Arm und lässt nicht los, bis der Vater ihm einen Schlag gegen den Kopf versetzt. Er fällt auf den Boden und rollt sich zusammen, versucht, sich zu schützen, und Mazur beugt sich über ihn, sagt etwas, hebt beschwichtigend die Arme, bevor er für einen kurzen Moment sein Gesicht in den Händen vergräbt, sich dann umdreht und aus der Garage stürmt.

Er hält nicht an bei den anderen, die ihm nachsehen, wie er die Straße bis zu seinem Haus hinunterläuft und darin verschwindet. »Schaut!«, ruft der Schiller und zeigt zur Garage. Alle drehen die Köpfe zurück zur Scheibe. Der Junge ist weg.

Der Hubersohn rennt durch die Hofeinfahrt in den Innenhof.

»Rollo«, ruft er.

Der Hund hätte dem kleinen Mazur hinterherschießen können, nein, müssen. Darauf ist er trainiert, so hat ihn der Hubersohn ausgebildet. »Rollo«, ruft er wieder und kommt beim Hund an. »Fass!« Er zeigt in die Richtung, die der kleine Mazur genommen haben muss, vorbei an der Unterkunft, über den Hügel aufs Kohlfeld hinaus.

»Fass, Rollo! Fass!«

Der Hund sitzt aufrecht, hat das Maul leicht geöffnet, schaut geradeaus. ohne sich zu rühren.

»Rollo!« Der Hubersohn schlägt auf seinen Schenkel. »Fass! Fass!«, brüllt er ihn an.

»He!«

Der Hubersohn dreht sich um.

»Ist Kind, der Junge«, sagt der Neue, der ein paar Meter entfernt neben dem Vario steht.

Der Hubersohn fasst sich an den Kopf. Geht mit schnellen Schritten zum Wohnhaus, schlägt die Tür mit einem lauten Knall hinter sich zu.

NEUN

Die Hitschke steht in der Speisekammer. Die Regalfächer sind leer, bis auf Powers Hundefutter. Den letzten Topf hat sie den Kindern vor drei Tagen gebracht, eine dünne Suppe mit allem, was sie noch hatte. Seither quält sie der Gedanke, dass sie jetzt auf sich allein gestellt sind. Sie nimmt sich eine Dose Pedigree Kaninchen mit Karotten. Der Karl hat gern Kaninchen gegessen. Sie selbst eigentlich nicht, aber was der Karl mochte, hat auch sie versucht zu mögen und es sich deshalb nie anmerken lassen. Auch Power mag Kaninchen, und was er mag, bekommt er. Sie kauft nie das billige Dosenfutter beim Edeka, das ganz unten im Regal steht. Immer nur das Gute von oben, an das sie nicht herankommt, weswegen sie immer die Erika rufen muss, die es ihr missmutig herunterreicht, weil sie nicht versteht, warum die Hitschke so stur ist. Am Anfang hat die Erika ihr oft gesagt, dass im Grunde sowieso in allen Dosen der gleiche Mist drin ist und dass es dem Hund doch egal sein kann, was er frisst, Hauptsache, was zu fressen, hat die Erika gesagt und sie dabei vorwurfsvoll angeschaut, weil sie nämlich ein Patenkind in Afrika hat, das, bevor sie sich seiner angenommen hat, nämlich genau das, »nichts zu fressen hatte!«. Aber die Hitschke hat sie einfach reden lassen und ihr den Korb hingehalten, bis die Erika das teure Futter hineingelegt hat. Na also, hat es sich ja gleich doppelt gelohnt, denkt die Hitschke und zieht am Dosenring den Deckel auf. Beißender Kaninchenfleischgeruch steigt ihr in die Nase, trotzdem läuft ihr das Wasser im Mund zusammen. Sie geht zurück in die Küche und holt einen Teller und einen Löffel aus dem Küchenschrank. Von der Petersilie reißt sie ein paar Blättchen ab und streut sie über das Essen. Sie füllt ein Weinglas mit Leitungswasser und streicht die Tischdecke glatt, bevor sie den Teller auf den Küchentisch stellt. Heute will sie hier, nicht im Wohnzimmer essen. Dann setzt sie sich und faltet die Hände. »Komm, Herr Jesus, sei unser Gast, und segne, was du uns bescheret hast. Amen.«

Sie wird sich die Dosen gut einteilen. Eine große wird für zweieinhalb Tage reichen, eine kleine nur für anderthalb. Zum Frühstück wird es die reichlichste Portion geben, zum Mittagessen etwas weniger und am Abend dann wieder einen Löffel mehr. Zwischen den Mahlzeiten wird sie Powers Trockenfutter kauen, wird immer ein paar Bröckchen in der Rocktasche haben.

Als sie fertig ist, fährt sie mit dem Finger durch die Dose und schleckt auch die letzten Krümel heraus. Sie steht auf, wäscht Teller und Löffel ab und stellt beides in die Spüle.

Die Unruhe treibt sie nach oben in den ersten Stock. Durch die Vorhänge im Schlafzimmer linst sie raus auf die Straße. Seit drei Tagen sind sie nicht gekommen, um vor ihrem Haus zu demonstrieren. Sie hat niemanden mehr auf der Straße gesehen, auch tagsüber nicht. Die Flinte lehnt seither unangetastet neben der Vitrine im Wohnzimmer. Sie fragt sich, was los ist, und fährt sich unruhig durch die Haare. Ob sie einen Schlag gegen sie vorbereiten, das Haus stürmen, sie herauszerren und zur Rechenschaft ziehen werden? Sie weiß ja auch, dass sie Schuld hat, Schuld an allem. Dass sie die Strafe verdient, die sie sich ausdenken, in vermutlich genau diesem Moment für sie ausdenken. Sie schaut auf ihre Hände. Bis auf die kleinen Finger sind alle bis zum zweiten Fingerglied mit Pflaster zugeklebt. Die Haut darunter stellt sie sich weiß und schrumpelig vor, abgestorben.

Sie geht einen Schritt zurück und setzt sich aufs Bett. Die Ungewissheit nagt an ihr. Nachts bekommt sie kaum noch ein Auge zu und schreckt bei jedem kleinen Geräusch hoch. Schon lange traut sie sich nicht mehr, das Licht anzulassen; sie weiß, dass die da draußen sie beobachten. Sie schaut auf die Uhr des Radioweckers. 13:10 Uhr. Die Tage, die sich hier drinnen noch endloser ziehen, seit das Leben im Dorf zum Erliegen gekommen ist. Gestern war sie kurz davor gewesen, einfach hinauszugehen und beim Haus der Podoschniks zu klingeln, in dem es gespenstig still ist, in dem in den letzten Tagen nicht mal das Baby einen Mucks gemacht hat. Sie steht wieder auf, geht die Treppe hinunter und zum Telefon. Nimmt den Hörer ab und zögert. Sie weiß gar nicht, wen sie anrufen soll, und fängt an, eine Nummer zu wählen, irgendeine Nummer. Bevor es klingelt, legt sie schnell auf. Sie geht zum Sofa und setzt sich hin, erhebt sich aber gleich wieder, weil sie meint, etwas im Garten gehört zu haben. Sie späht durch die Gardinen zur Balkontür hinaus. Ein Eichelhäher ist auf dem Vogelhäuschen gelandet, in dem seit Wochen schon keine Körner mehr liegen. Dass man die Vögel durchfüttern soll, das ganze Jahr über, hat sie vor einiger Zeit im Radio gehört und seither das Häuschen auch im Sommer befüllt. Der Eichelhäher klettert umständlich vom Dach ins Innere des Gehäuses. Der Hitschke versetzt der Anblick des Vogels im leeren Häuschen einen Stich. Gleich morgen früh, nimmt sie sich vor, wird sie ihm ein bisschen Trockenfutter einstreuen. Dann geht sie zurück zum Telefon und wählt die gleiche Nummer von eben. Wieder legt sie auf, bevor es klingelt, und setzt sich aufs Sofa. Bis es dämmert, macht sie so weiter.

Jetzt liegt sie im Bett. Seit Stunden kann sie nicht einschlafen. Zum hundertsten Mal sieht sie auf die Uhr. Sie strampelt die Decke von sich weg und ringt nach Luft. Die Hitze im Schlafzimmer ist unerträglich, die Haare kleben ihr nass an der Stirn. Sie steht auf, schiebt den Vorhang zur Seite und schaut zum Fenster hinaus. Die Nacht ist klar wie alle Nächte, seit es nicht mehr regnet. Sie bemüht sich, die Sternbilder nicht zu sehen, trübt den Blick etwas, indem sie die Augen zusammenkneift, ist froh, dass Beteigeuze außer Sichtweite ist. Die Ruhe draußen schnürt ihr die Kehle zu. Mit schweren Gliedern schleppt sie sich hinunter ins Erdgeschoss und geht zum Telefon. Sie nimmt den Hörer ab und drückt die Wahlwiederholung. Diesmal lässt sie es klingeln. Sie wartet, aber niemand hebt ab. Wieder oben, legt sie sich ins Bett und kann nicht fassen, dass nur fünf Minuten vergangen sind. Morgen wird sie das Haus verlassen. Bei Tage. Sie wird einfach so vor die Tür gehen, aus dem Garten hinaus und auf die Straße. Wird sich dort hinstellen und warten, bis sie kommen und sie holen. Wird keinen Widerstand leisten, sich ihrer Strafe ergeben. Mit diesem Gedanken schläft sie ein, schläft unruhig, sich umherwälzend bis zum nächsten Morgen und weiß, gleich nach dem Aufwachen, dass sie nichts von alldem tun, dass sie wieder den ganzen Tag im Haus sitzen wird, die Flinte fest im Blick. Sie will sich gerade noch mal umdrehen, da hört sie es plötzlich bellen. Ruckartig kommt sie hoch und greift nach ihrer Brille, die auf dem Nachttisch liegt. Sie krabbelt aus dem Bett zum Fenster, setzt hastig die Brille auf und schiebt mit einem Finger den Vorhang ein winziges Stück zur Seite. Nichts ist zu sehen, die Straße ist unbelebt wie gestern. Sie kriecht unterm Fenster durch und versucht, am Vorhang vorbeizuspähen zur Einfahrt der Podoschniks hin. Die Garagentür steht offen. Sie schluckt. Die ganzen letzten Tage war sie zu, da ist sie ganz sicher. Mit angehaltenem Atem sieht sie hinaus. Ein paar Minuten lang passiert nichts, und sie überlegt, ob sie sich getäuscht, sich das Bellen nur eingebildet hat, ob sie vielleicht langsam, aber sicher durchdreht in diesem überhitzten Haus, da erscheint auf einmal jemand in der Hofeinfahrt. Es dauert einen kurzen Moment, bevor sie erkennt, dass es Kerze ist. Sie ist verdreckt von Kopf bis Fuß, die Kleider hängen ihr in Fetzen vom Leib. Auf allen vieren geht sie vorwärts, schaut sich um, bellt noch mal, hell und klar, und der Hitschke fährt es durch und durch. Das ist Powers Klang, Kerze hat ihn sich bis zur Perfektion antrainiert. Ihr schlägt das Herz bis zum Hals, sie kann sich kaum mehr halten, würde am liebsten gegen die Scheibe schlagen, sich bemerkbar machen, nach ihr rufen, dass sie hier allein und ohne Essen ist, all die aufgestaute Anspannung der letzten Wochen herausschreien. Doch da kommt noch ein Kind ins Bild, auf allen vieren wie Kerze, dann noch eins, noch eins und noch eins. Sie drückt sich näher ans Fenster heran, versucht zu erkennen, um wen es sich handelt, aber sie sind zu schmutzig und wirken verändert. Ihre Arme und Beine, sehnig und muskulös, kommen ihr nicht wie die von Kindern vor, erinnern sie an die von Sportlern. Den kleinen Keller meint sie zu erkennen, dem die signifikanten roten Locken verklebt in die Stirn hängen. Langsam bewegen sie sich vorwärts. Kerze verschwindet in der Garage und taucht kurze Zeit später mit einer Kiste wieder auf, die sie mit dem Kopf vor sich herschiebt. Die Kinder stürzen sich darauf, holen Einmach- und Marmeladengläser heraus, greifen mit den Fingern hinein und schaufeln sich die eingelegten Pfirsiche, Gurken und Kirschen in den Mund, die sie, die Hitschke, selbst eingemacht und den Nachbarn im Laufe der letzten Jahre geschenkt hat. Sie hält diesen Anblick kaum aus, sie krümmt sich vor Hunger, aber auch, weil sie sich unendlich schämt, den Kindern nichts mehr bieten zu können. Als sie fertig sind, bellt Kerze einmal kurz, und alle formieren sich hinter ihr. Sie geht voraus, die Straße hinunter, und die Hitschke, schweißnass hinter dem Vorhang, sieht ihnen nach.

ZEHN

Der Petersilienstrauch ist bis auf den letzten Stiel abgeerntet. Sie hat seit vier Tagen nichts mehr gegessen. In der Küche öffnet sie zum x-ten Mal den Kühlschrank. Es ist wie ein Zwang. Sie weiß ja, dass nichts darin ist. Ihr Blick geht wie in den letzten Tagen auch zum Joghurtglas, das seit fast sieben Wochen in der Mitte des Küchentischs steht. Diesmal nimmt sie es in die Hand. Als sie den Schraubdeckel aufdreht, spürt sie den Widerstand der Gärung. Es ploppt laut. Grün bis schwarz wölben sich ihr die Schimmelblasen entgegen, manche sind mit Haaren bedeckt. Sie geht zur Küchenschublade und holt einen großen Löffel heraus. Als sie ihn in das Glas stößt, quillt unter dem Grün tatsächlich noch weißlich glibberige Joghurtsauce hervor. Sie geht zur Spüle, trägt die Schimmelblasen Stück für Stück sorgfältig ab und spült sie mit Wasser weg. Sie setzt sich an den Tisch und stellt das Glas vor sich hin. Käsiger Geruch schlägt ihr entgegen. Sie fährt mit dem Löffel hinein, führt ihn zum Mund und schließt die Augen. Erinnert sich daran, was sie geschafft, welche Entbehrungen sie überstanden, welche Demütigungen sie hingenommen hat in den letzten Wochen, und lässt den Löffel wieder sinken. Sie wird das nicht essen. Müde schiebt sie den Stuhl zurück und kippt das Joghurtglas über der Spüle aus. Sie stellt es zu den vielen Flaschen am Boden der Speisekammer und geht zum Küchenfenster, um ein letztes Mal für heute hinauszusehen. Die Ruhe draußen hat ihre Unruhe in den letzten Tagen weiter verstärkt. In manchen Momenten scheint es ihr, als hätten alle außer ihr das Dorf verlassen. Aus Sorge, etwas verpasst zu haben, macht sie deshalb mehrmals täglich wegen der Nachrichten das Radio und den Fernseher an. Aber da ist nie die Rede von einer Explosion in einem Atomkraftwerk oder dergleichen. Heute Morgen schließlich hat sie die Podoschnik aus dem Haus huschen sehen. Einerseits war sie erleichtert, endlich ein Lebenszeichen bekommen zu haben, gleichzeitig beunruhigte sie die Art, wie die Podoschnik davonschlich, anscheinend darum bemüht, nicht von ihr, der Hitschke, bemerkt zu werden. Sie zieht den Vorhang ganz zu und macht sich auf den Weg ins Bett. Am Treppenabsatz bleibt sie stehen und schaut nach oben. Seit Tagen wird der Weg hinauf immer beschwerlicher, sie hat zu wenig Kraft. Sie hält sich am Geländer fest, hebt einen Fuß und zieht sich die erste Stufe hoch. Morgen, sagt sie sich, wird sie ihr Lager einfach auf dem Sofa aufschlagen und unten schlafen. Wird sich in der Küche das Gesicht waschen und die Zähne putzen. Obwohl. Weshalb noch Zähne putzen, wenn sie nichts isst?

Sie zieht ihr Nachthemd an und legt sich ins Bett. Einmal hat sie eine Nulldiät gemacht, als der Karl sie wochenlang nicht mal mehr angesehen hatte. Zehn Tage hat sie nur Wasser getrunken und Brühe. Nach drei Tagen hatte sie das Gefühl, dass sie nie wieder etwas zu essen brauchen würde. Sie fühlte sich frei und leicht und dem Karl und allen anderen Leuten im Dorf überlegen. Ist vormittags im Bach schwimmen gegangen, einmal sogar nackt, hat sich nachts, wenn der Karl weg war, vor den Spiegel gestellt und sich geschminkt, die Musik aufgedreht und im Dunkeln getanzt. Nach zwanzig Tagen bereitete der Karl allem ein Ende und zwang ihr die Linsensuppe hinein, die sie für ihn zum Abendessen gekocht hatte. Fixierte den Körper mit den Knien, hielt den Kopf fest und stieß ihr den Löffel wieder und wieder in den Mund. Eine Ecke des rechten Schneidezahns brach dabei ab.

Sie fährt mit der Zunge über die Stelle, die sich in all den Jahren abgeschliffen hat. Es ist zu einer Gewohnheit geworden. Sie grübelt, fragt sich, wie lange sie noch durchhalten wird, und dann denkt sie wie so oft in den letzten Tagen an Hubers Felder, die das Dorf umgeben, an die Kartoffeln, Maiskolben und Karotten, und weiß, sie wird es jetzt machen. Sie schlägt die Decke zurück und steigt aus dem Bett. Unten im Flur wirft sie sich den langen Wintermantel über ihr Nachthemd und schlüpft barfuß in die Gummistiefel. Leise schließt sie die Haustür hinter sich ab und geht im Dunkeln den Weg bis zum Gartentor. Sie beugt sich darüber und späht links und rechts die Straße hinunter. Niemand ist zu sehen, aber wer weiß, in welchen düsteren Ecken sie Posten aufgestellt haben, ob nicht doch einer hinter dem Busch hervorspringt und sich auf sie stürzt, sobald sie einen Fuß auf den Gehweg gesetzt hat. Sie hadert mit sich. Ihr heftig schmerzender Magen lässt sie dennoch das Tor aufschieben. Als wäre sie Jahre nicht draußen gewesen, kommt es ihr vor, und sie überquert die von der Laterne erleuchtete Straße, um im Schutz der Dunkelheit den kleinen Pfad hinunter Richtung Feld zu schleichen. Sie fühlt sich wackelig auf den Beinen und setzt vorsichtig Schritt vor Schritt. Obwohl es erst wenige Tage her ist, dass sie den Topf das letzte Mal zum Waldrand geschleppt hat, fühlt sie sich jetzt schon erschöpft wie nach einer langen Wanderung. Vor dem Haus der Jankowskis am Dorfrand hängen die Zweige der Johannisbeersträucher schwer über den Zaun, sie sind voller reifer Früchte. Mit beiden Händen rupft sie die kleinen Reben ab und stopft sie mitsamt der Stiele in den Mund. Die Säure trifft sie wie ein Schlag. Sie beugt sich vornüber, muss sich am Zaun festhalten und spürt den süßsauren Fruchtsaft brennend ihren Rachen herabrinnen. Sie sammelt sich. Weiter, sie muss weiter. Wieder schaut sie um sich, aber außer einer weißen

Katze, die ein paar Meter entfernt in tapsenden Schritten über die Straße läuft, ist nichts und niemand zu sehen.

Auf dem Feld beißt sie in eine rohe Kartoffel. Die Stärke zieht ihr den Mund zusammen, aber sie beißt noch mal hinein und noch mal, gräbt gleichzeitig weitere Kartoffeln aus und merkt, sie hat völlig vergessen, eine Tasche mitzunehmen. Sie schließt die Augen. Wie kann sie nur so dumm sein und keine Tasche mitnehmen? Weil sie nicht laut brüllen will, stampft sie vor Wut auf, geht in die Knie und schlägt mit den Fäusten in die harte Erde. Sie besinnt sich, streift den Mantel ab und zieht sich das Nachthemd über den Kopf. In der Unterhose steht sie da, legt das Nachthemd einmal zusammen und knotet es zu einem Beutel. Sie schaufelt die Kartoffeln mit den Händen hinein, bis der Beutel voll ist, zieht den Mantel wieder an, spürt das Kratzen der Wolle auf der nackten Haut und stiefelt weiter Richtung Karotten. Sie zieht sie am Kraut heraus und rupft es ab, stopft sich beide Manteltaschen mit den Rüben voll.

Auf dem Weg nach Hause fällt sie mehrmals fast hin, spürt den schweren Himmel über sich und Beteigeuze, die Hand der Riesin, die nach ihr greift.

ELF

Dass sie die Hitschke irgendwann kriegen würden, war ja nur eine Frage der Zeit. Ruhig Blut, hat der Hubersohn den anderen gesagt, der Hunger wird den Hasen schon aus seinem Bau treiben. Und so war es jetzt auch. Abwechselnd haben sie das Haus der Hitschke überwacht, zu jeder Tages- und Nachtzeit. Der Hubersohn war gerade dabei gewesen, ein Stück Schinken in der Speisekammer zu zerlegen und aufzuessen, als Schillers Anruf kam.

Jetzt warten er und der Neue im Hofeingang, spähen hinaus.

»Sie kommt«, flüstert der Hubersohn und macht sich bereit. Er hält den Balken wie ein Schwert in der Hand, holt aus und schlägt ihn der Hitschke mit voller Wucht gegen die Schienbeine. Sie schreit auf und fällt zu Boden, Kartoffeln rollen auf die Straße. Sofort stürzt sich der Hubersohn auf sie und hält ihr den Mund zu. Er weiß, der Vater ist zwar auch dafür, dass die Hitschke einen Denkzettel bekommt, nur mitkriegen will er davon nichts. Sie schleppen die wimmernde Hitschke in die Scheune und werfen sie ins Heu.

Der Hubersohn kniet sich vor sie hin.

»Hab ich dich, Hase«, sagt er und schiebt sein Gesicht nahe an ihres heran. »Hast wohl gedacht, du könntest dich nachts unbemerkt rausschleichen und die Felder vom Vater ausplündern. Hast nix mehr zu fressen, Hase, nicht?«

Die Hitschke schaut ihn mit schreckgeweiteten Augen an.

»Ist nackt«, sagt der Neue und zeigt auf ihren ausgemergelten Bauch, der aus dem Mantel hervorblitzt.

Der Hubersohn schlägt den Mantel zurück. Noch nie hat er den Körper einer alten Frau gesehen. Die schlaffen, runzligen Brüste, die zu den Seiten wegkippen, die wächserne Haut und der aufsteigende Geruch ekeln ihn. Angewidert wendet er sich ab und spuckt ins Heu.

»Pfui«, ruft er. »Du nackige Sau!«

Die Hitschke stößt einen schrillen Schrei aus und schlägt um sich, bis die Faust vom Hubersohn sie mitten im Gesicht trifft. Blut läuft aus ihrer Nase. Der Hubersohn, selbst überrascht von seinem Schlag, schaut zum Neuen, der ihm aufmunternd zunickt. Also beugt er sich dicht über das Gesicht der Hitschke und kippt einen Atemschwall über ihr aus, von dem er weiß, dass er nach Kohl stinkt, dem Huberkohl, den der 1000 Vario eingebracht hat. Den Kopf hat der Hubersohn sogar eigenhändig angesetzt, ihn fein geschnitten und gestampft, wie die Großmutter es ihm einst gezeigt hat. Hat ihn mit Kümmel, Lorbeer und Wacholderbeeren sechs Wochen im Steingut gären lassen. Vier ganze Teller voll hat der Vater am Abend gegessen.

»Hältst du jetzt dein Maul, Hase?«

Die Hitschke nickt.

»Dann hör gut zu, was ich dir zu sagen hab. Wir wissen, was du für eine bist, was du gemacht hast mit den Kindern, dass du sie verzaubert hast. Wegen dir ist hier alles durcheinander, wegen dir und deinem Hund, dieser kleinen Ratte.«

Er drückt ihr eine Hand in den Bauch, drückt fester, bis die Hitschke zu winseln anfängt.

»Du holst die Kinder jetzt zurück, du sorgst dafür, dass wieder alles normal wird, und wenn nicht, wenn nicht, dann zünde ich dein Haus an, ich zünde es an mit dir drin. Dann brennst du, Hase, dann brennst du lichterloh.« Er krallt die Hand ins Hitschkefleisch. »Hast du mich verstanden?«

Da sie nicht reagiert, versetzt er ihr einen Stoß.

»Ob du mich verstanden hast?«

Sie nickt. Der Hubersohn stemmt sich hoch.

»Und jetzt hau ab«, zischt er und nimmt den Balken wieder auf.

Die Hitschke, starr vor Angst, bleibt liegen, und der Hubersohn tritt ihr in die Seite.

»Haust du wohl ab von meinem Grund und Boden.«

Drohend hebt er den Balken, und sie rappelt sich hoch, kriecht ein Stück durchs Heu, schafft es auf die Beine und schleppt sich davon.

Zitternd versucht sie, den Schlüssel ins Loch zu stecken. Dreimal fällt er ihr runter, bevor sie es endlich schafft, die Tür aufzuschließen. Nach Atem ringend steht sie im dunklen Flur, läuft in die Küche, schaut aus dem Fenster die Straße hinunter, ob sie ihr nachgekommen sind, aber da ist niemand. Sie dreht sich um, vor ihr die offene Tür zur Speisekammer. Sie starrt hinein in dieses schwarze, ausgeplünderte Loch. Was soll sie tun, wie soll sie aus dieser Sache herauskommen? Wird sie in diesem Haus krepieren? Sie rauft sich die Haare, schlägt sich gegen die Schläfen, aber ihr Kopf scheint leer, leer gedacht, leer gehungert, sie kann keinen klaren Gedanken mehr fassen, spürt ein Schluchzen hochkommen, ein lang angebahntes Schluchzen, das, so hat sie das Gefühl, ihren ausgedörrten Körper zerreißen wird, merkt dann, dass es gar kein Schluchzen ist, dass es vom Magen herkommt, von der rohen Kartoffel, die dort gärt, und den Johannisbeeren, und sie krümmt sich, rennt zur Toilette, übergibt sich, würgt das wenige, was sie im Bauch hat, heraus. Vom Boden aus hangelt sie nach der Zahnpasta, schmiert sie sich auf den Finger und steckt ihn in den Mund gegen den bitteren Geschmack. Sie zieht die Gummistiefel aus, lehnt sich erschöpft an die Badewanne, die blutigen Beine ausgestreckt auf den kalten Fliesen. Sie schließt die Augen. Müde ist sie, unendlich müde von diesem Kampf. Sie hört jetzt einfach auf, etwas zu wollen, sagt sie sich. Den Hunger stillen, nach einer Lösung suchen zu wollen, dass der Schmerz aufhört. Nichts wird sie tun, außer hier sitzen und warten, bis der Schlaf kommt, der Tod sie holt, was auch immer. Sie spürt, wie sich die Anspannung löst, die Glieder entkrampfen, der Atem ruhiger wird. Als hätte jemand einen Hahn aufgedreht, flutet Ruhe ihren Körper. Ihr wird warm, der Kopf leicht, und sie lässt sich fallen, merkt, wie sie wegtreibt, endlich wegtreibt aus dieser unendlichen, sie aufzehrenden Anstrengung.

Von einem lauten Schlag wird sie wach. Sie schreckt hoch. Wie lange hat sie geschlafen? Es ist dunkel wie vorhin. Ein Klirren, Rufe von draußen, Männerstimmen. Sie zuckt zusammen, beißt sich auf die Unterlippe, die sofort reißt, weil sie so trocken ist. Dann, was ist das? Ein Rauschen? Sie rappelt sich auf, stöhnt, weil die Beine schmerzen vom Hieb vor der Scheune. Im Flur sieht sie aus dem Fenster, sieht einzelne Gestalten im Garten und auf der Straße, die etwas halten, etwas Langes, Schmales. Nur schwer erkennt sie ohne Brille, was es ist, dass es ein Wasserschlauch ist, angeschlossen an den Hydranten gegenüber vom Podoschnikhaus, dass sie ihn direkt auf ihr Haus zuhalten. Panik erfasst sie, als sie begreift, was das Rauschen bedeutet, und sie stürzt die Treppe hinunter ins Erdgeschoss. Sie haben die Scheibe der Terrassentür zerschlagen, der Hubersohn hält den Schlauch ins Wohnzimmer hinein. Das Wasser sprudelt, überschwemmt den Teppichboden, spritzt auf die Ledercouch, den Sessel, erreicht bald ihre Füße. Sie schreit: »Hört auf! Seid ihr verrückt?«, und geht auf die Knie, versucht, mit den Händen das Wasser zurückzuschieben, hört den Hubersohn verächtlich lachen.

»RAUS MIT DIR«, brüllt er. »MACH, DASS DU ENDLICH WEGKOMMST!«

Sie dreht sich um und stürzt aus der Haustür. Alle sind sie gekommen, das ganze Dorf steht dort im Garten, vor dem Haus und auf der Straße. Sie schlagen und treten nach ihr, als sie an ihnen vorbeiläuft, rufen durcheinander und treiben sie fort.

ZWÖLF

Sie steht am Waldrand. Das Blut läuft ihr an den Beinen herunter, aber sie spürt keinen Schmerz. Sie weiß nicht, wo genau die Kinder sind. Sie haben ihr, selbst ihr, die Augen verbunden, als sie sie abgeholt haben damals. Sie trauen keiner Großen, haben vier von ihnen im Chor gesagt. Sie holt tief Luft und läuft hinein in die Dunkelheit. Es ist, als würde sie eingesogen. Das Knarzen und Rauschen umfängt sie und schnürt ihr die Kehle zusammen, trotzdem muss sie vorwärts. Schneller und schneller läuft sie, bleibt an Wurzeln hängen und fällt, steht wieder auf und läuft weiter, immer tiefer in den Wald hinein. Sie denkt daran, was Kerze gesagt hat. Hingabe, denkt sie, Hingabe, und beginnt zu bellen, erst leise, dann lauter und lauter, bellt an gegen die Finsternis und spürt keinen Schmerz mehr, im Fuß nicht und in den Beinen auch nicht. Lange läuft sie, ewig scheint ihr, bis schließlich die Lichtung in Sicht kommt, die Lichtung, die sie kennt, die ein Ziel ihrer Spaziergänge mit Power war und die den Bach in der Nähe hat, aus dem man trinken kann, und da weiß sie, sie können nicht weit sein. Sie jault auf, mehrmals hintereinander, sie wusste gar nicht, dass sie das kann, so jaulen, läuft schneller und schneller, bis plötzlich ein rötlicher Schimmer zwischen den Bäumen auftaucht. Die letzten Meter meint sie zu fliegen und erreicht schweißnass das Erdloch, in dem ein Feuer nur noch schwach glimmt. Es ist leer. Ein leises Knurren lässt sie den

Blick heben. Ihr gegenüber, am Rand des Lochs, sitzen die Kinder und fletschen die Zähne. Es dauert einen Moment, bis sie Kerze erkennt, die etwas auf dem Kopf trägt, ein seltsames Gebilde aus welken Blättern und in sich verschlungenen Zweigen, die zu zwei Zacken geformt zu sein scheinen, einer riesigen, schwankenden Krone gleich. Sie starrt Kerze an, die vom Bellen in ein Husten, schließlich ins Sprechen kommt.

»Was willst du?«

»Ich wusste nicht, wohin.«

»Wer war das?«

Kerze deutet auf die blutenden Knie der Hitschke.

»Der Sohn vom Huber.«

»Und warum?«

»Ich hatte so Hunger, ich war auf den Feldern.«

»Hast du dich gewehrt?«

»Nein.«

Die Kinder jaulen auf.

»Warum nicht?«

»Ich hatte zu viel Angst.«

Kerze stößt einen Laut aus, der klingt, als könne er nicht aus einem Menschen kommen. Die Hitschke weicht zurück. Eine schnelle Kopfbewegung Kerzes lässt zwei der Kinder, die Hitschke kann nicht erkennen, welche es sind, aus der Gruppe ausbrechen. Sie rutschen auf Knien und Händen den Hang hinunter, klettern auf der anderen Seite flink hinauf und greifen blitzschnell nach ihren Beinen, was sie, die das letzte Bisschen Kraft ihres ausgemergelten Körpers im rasenden Lauf hierher verbraucht hat, in die Knie sinken lässt.

»Was willst du?«, wiederholt Kerze ihre Frage.

Sie erzählt ihnen alles: dass es ihre, ganz allein ihre Schuld war, dass Power verloren gegangen ist, dass er, und hier stockt sie kurz, vor ihr davongelaufen ist, immer zum Wald gezogen hat, seit der Karl verschwunden ist, und das, obwohl der sich doch nie um ihn gekümmert, sich genauso wenig für ihn interessiert hat wie für sie, ihn nie gefüttert hat, nicht mit ihm Gassi gegangen ist in all den Jahren, nicht mal, wenn sie krank war, nicht mal dann, sondern einfach die Haustür aufmachte, wenn das Winseln gar nicht mehr auszuhalten war, ihn zum Gartentor scheuchte und auf die Straße machen ließ, obwohl er ihn doch damals angeschleppt, ohne ein Wort der Erklärung angeschleppt hatte, und trotzdem, trotzdem hat dieser Hund jeden Tag zum Wald gezogen, sechs ganze Jahre lang, bis zu jenem Tag vor sieben Wochen, als sie vom Einkaufen kamen und die Tasche schwer war von den ganzen Hundefutterdosen und ihr in die Schulter schnitt und er, der Hund, wieder zum Wald zog, heftiger als sonst, nicht weitergehen wollte und zu bellen anfing, an der Leine hochsprang, wieder und wieder, und sie ihn anschrie, er solle endlich damit aufhören, der Karl sei weg und komme nicht zurück, dass es nur ihn und sie gebe und wenn ihm, Power, das nicht reiche, dann könne er sich ein für alle Mal zum Teufel und zum Karl scheren! Als er dann weiter zog und an der Leine riss, hat sie angefangen, mit der Tasche, der schweren, mit Hundefutterdosen befüllten Tasche, auf den Hund einzuschlagen, schlug nicht einmal, nicht zwei-, drei- oder vier-, nein, fünfmal schlug sie auf den winselnden Power ein, bis er sich losriss und davonjagte, mit wehenden Ohren, die an den Spitzen weich seien wie Samt, die Leine hinter sich her über die Felder schleifend, weiter und weiter, bis ihn der Wald verschluckte.

Der Regen kommt mit Macht, er schlägt gegen die Blätter der Baumkronen, verschafft sich Platz und bricht mit Gewalt in den Wald ein. Es ist der erste Wolkenbruch, den die Kinder erleben, seit sie hier draußen sind, und sie rotten sich zusammen, halten die Hände über den Kopf, während die Hitschke dasteht, nass wird bis auf die Knochen.

DREIZEHN

Nachts schreckt Kerze hoch. Sie haben das Feuer nicht anbekommen nach dem Regen, es ist bitterkalt. Die nassen Kleider hängen in den Bäumen zum Trocknen, und die Kinder liegen übereinander, nackt, Haut auf Haut, dicht aneinandergedrängt, auch die Hitschke ist dabei. Sie haben sie in ihre Mitte genommen, wo sonst nur der Koala liegen darf. Haben sie händeweise mit Beeren gefüttert, bis ihr ganzes Gesicht rot verschmiert war. Erschöpft ist sie danach eingeschlafen. Kerze fröstelt. Sie zieht Henne näher an sich heran, als wäre er ein großes, schweres Kissen, achtet darauf, dass zwischen ihm und Lara keine Lücke entsteht, das Wärmevakuum der Körper keine Risse bekommt. Sie kann nicht wieder einschlafen, zu viel geht ihr im Kopf herum. Wenn die Hitschke gelogen hat, wenn Power gar nicht gestohlen wurde oder entführt, wenn er davongelaufen ist vor ihr, was bedeutet das für ihre Suche? Was, wenn Power gar nicht gefunden werden will? Muss sie die Aktion abbrechen, den Auftrag beenden? Der Gedanke schnürt ihr die Kehle zusammen, sie kommt hoch und schnappt nach Luft. Noch nie hat sie sich geschlagen gegeben, ein Versprechen gebrochen. Sie hat, auch wenn es richtig eng wurde, nach Lösungen gesucht. Sie hat gelernt, dass, wer nicht aufgibt, ans Ziel kommt. Dass die Widerstände durchlässig sind wie Wasserdampf, wenn man Pech hat, wie zähes Kaugummi, aber nicht aus Stein, niemals aus Stein. Daran glaubt Kerze, das hat sie erfahren, *sky is no limit* steht auf ihrem Schulranzen.

Nur schwer findet sie zurück in den Schlaf, träumt wie jede Nacht von Power, der in einem Moment pferdegroß vor ihr davonjagt und im nächsten zu einer Maus schrumpft. Erschöpft und gerädert wacht sie morgens auf. Ein paar andere sind schon auf den Beinen und in die klammen Kleider gestiegen. Kerze schaut zur Mitte des Knäuels. Sie erschrickt, als sie die noch schlafende Hitschke bei Tageslicht sieht. Der von den Beeren dunkelrote Mund ist leicht geöffnet, der runzlige, dürre, nackte Körper liegt gekrümmt zwischen Marri und Becca. Sie sucht in den Bäumen nach dem Mantel der Hitschke, springt auf, um ihn herunterzuholen und über sie zu legen, zieht sich dann selbst an. Henne hat es geschafft, das Feuer wieder in Gang zu bringen. Er kauert davor, in sich versunken, rückt zur Seite, als Kerze sich neben ihn stellt.

»Was machen wir jetzt?«, fragt er und schaut zur Hitschke rüber.

Kerze antwortet nicht. Sie sieht nach oben. Der Himmel ist blau wie sonst, als hätte es den Regen gestern nicht gegeben. Sie klettert den Hang hinauf und bellt dreimal laut.

Die noch Schlafenden schrecken hoch, auch die Hitschke fährt zusammen.

»Zieht euch an«, ruft sie.

»Flori! Ihr beiden«, sie deutet auf Henne, »geht los und sammelt Beeren und Pilze. Holt auch ein paar Kartoffeln vom Feld und Kräuter vom Waldrand.«

Flori nickt. Er wischt sich den Speichel aus dem Mundwinkel und rappelt sich auf. Im Laufen streift er sich seinen löchrigen Pullover über, folgt Henne, der schon einen Vorsprung hat.

Kerze sieht ihnen nach. Sie hat ein ungutes Gefühl. Zum ersten Mal, seit sie im Wald sind, hat sie Sorge, den beiden könne etwas zustoßen. Nicht mal nach der Sache mit Jaro ist es ihr so gegangen. Sie dreht sich um und beobachtet die anderen, die schlaftrunken ihre Kleider aus den Bäumen angeln und hineinsteigen. Anders scheinen sie ihr, träger als sonst und schmaler. Bei manchen stehen die Knochen heraus, so dünn sind sie. Die verfilzten Haare, die schmutzigen Gesichter, zerfetzten T-Shirts und Hosen, die von Wunden übersäten Körper. Eine plötzliche Angst fällt sie an, denn sie hat sie in diese Lage gebracht, sie zu dieser Unternehmung angestiftet, obwohl es Kinder sind, allein im Wald. Zum ersten Mal überhaupt kommt ihr dieser Gedanke. Erschrocken wischt sie ihn weg, bellt erneut, sinnlos diesmal, denn alle sind längst angezogen und sehen sie fragend an.

»Die Schwänze«, ruft sie und schlägt ihren eigenen ins Laub.

Alle beeilen sich, sie umzubinden, und Kerze versucht, zur Ruhe zu kommen, sich zu sammeln. Nichts hat sich verändert, alles ist so, wie es war. Der Hund ist und bleibt verschwunden. Er muss gefunden werden und zur Hitschke zurück. So war es ausgemacht und verabredet, daran wird sie sich halten, festhalten, bis sie am Ziel ist.

Sie räuspert sich, spürt einen Widerstand im Hals, als säße dort etwas fest, etwas, das von unten aus dem Magen heraufgekrochen ist, sich angesaugt hat an der empfindlichen Stelle zwischen Luft- und Speiseröhre.

Sie hustet einmal kurz.

»Los jetzt«, sagt sie dann.

Die Kinder klettern den Hang hinauf, stellen sich um das Loch herum auf und hecheln hinein. Nur die Hitschke bleibt unten, hat sich zum Feuer geschleppt und hält die schmutzigen Hände zitternd darüber. Wie ein verletztes Tier, das bald tot sein wird, sieht sie aus, denkt Kerze. Und was, wenn es stimmt? Leben und Tod halten sich im Wald die Waage, das hat sie gelernt in den letzten Wochen. Für eins, das kommt, muss ein anderes gehen, sonst bricht alles zusammen. Vielleicht muss die Hitschke gehen, damit sie Power zurückbekommen. Vielleicht ist das die Lösung, die sie am Ende in ihr Heft schreiben wird. Kerze hechelt noch schneller, hechelt an gegen diesen Gedanken, und die anderen tun es ihr gleich, hecheln wie verrückt, bis die Ersten in sich zusammensacken, einer nach dem anderen schlaff den Hang hinunterrutscht. Nur Kerze hält dagegen, wehrt die Ohnmacht ab, bis sie ein Bellen hinter sich hört und den schwindelnden Kopf dreht. Sie sieht, dass Flori und Henne zwischen den Bäumen aufgetaucht sind, die Pullover mit dem Essen darin wie Säcke über den Schultern tragend, und kippt zur Seite.

Als sie nach dem Frühstück wie jeden Tag das Training fortsetzen, sitzt die Hitschke auf einem Stein und sieht zu. In der Hand ein paar Himbeeren, die sie einzeln in den Mund schiebt und langsam kaut. Ihr Anblick reizt Kerze. Das knochige, fahle Gesicht, die strähnig zerzausten Haare, der schmutzige Mantel, der den Blick auf ihre mit Blut verkrusteten Beine freigibt. Sie fühlt sich betrogen von ihr, hereingelegt. Seit Wochen ist sie Powers Spur gefolgt, hat ihr ganzes Denken auf seine Existenz hin ausgerichtet. All das unter den falschen Vorzeichen. Über die Schulter hinweg schaut Kerze immer wieder zu ihr, dann zu den Kindern, die aus dem Tritt zu sein scheinen. Jeder läuft für sich, im eigenen Tempo, sie driften auseinander. Dauernd muss sie das Rudel zusammentreiben, aber es gelingt ihr nicht, sie finden in keinen gemeinsamen Rhythmus.

»Hitschke«, ruft sie schließlich, und die hebt den Kopf. »Mitmachen!«

»Ich?«

»Wer sonst?«

»Aber mein Fuß?«

Kerze zeigt auf Marri, die sofort ein Stück nach vorne rückt, um Platz zu machen.

Die Hitschke verzieht das Gesicht, hilflos schaut sie zu den Kindern, die sie reglos anstarren. Sie schüttelt leicht den Kopf, geht dann vorsichtig, sich auf dem Stein abstützend, in die Knie. Sie stellt die

Hände ins Laub und bewegt sich langsam auf die frei gewordene Position zu. Kerze bellt, und das Rudel setzt sich in Bewegung.

Die Hitschke kann den kaputten Fuß nicht mehr ganz aufstellen, weshalb sie auf den nackten Knien vorwärtsrutscht. Kerze weiß, wie weh das tut. Als die Hitschke an einer Wurzel hängen bleibt und aufs Kinn fällt, geht Kerze hin und zieht sie zurück auf alle viere. Sie bleibt jetzt hinter ihr, schiebt sie an, wenn sie schlappmachen will. Nach zehn Minuten beendet Kerze mit einem schrillen Pfiff den Lauf. Die Hitschke bricht erschöpft zusammen, und Kerze beugt sich über sie. »Ich hätte ihn trotzdem gesucht. Dass du schuld bist, hätte mich nicht davon abgehalten. Aber meine Strategie wäre eine andere gewesen, alles wäre hier draußen anders gewesen. Verstehst du das?«

Die Hitschke, noch immer im Laub liegend, nickt.

»Schau mich an.«

Sie hebt den Kopf.

»Dafür musst du zahlen.«

Kerze öffnet ihre Hand. Drei Tannenzapfen liegen darin. Sie hält sie der Hitschke hin. Die Kinder sind näher gekommen und umringen die beiden.

»Runter damit«, sagt Kerze.

Die Hitschke starrt auf die Tannenzapfen. Sie versucht, sich aufzurichten.

»Ich kann nicht«, sagt sie schwach und sinkt wieder auf den Boden.

»Du kannst.«

Kerze packt sie am Mantelkragen.

»Bitte …«, wimmert die Hitschke, aber ihre Stimme bricht an Kerzes erbarmungslosem Blick.

Sie nimmt den ersten in die Hand und steckt ihn in den Mund. Beißt hinein, probiert zu kauen. Sie schluckt das Stück herunter und beißt ein nächstes ab. Der harzige Geschmack scheint ihre Zunge zu betäuben, sie fühlt sich pelzig an. Sie schluckt, schiebt sich den letzten Rest ganz in den Mund und schluckt auch diesen unzerkaut herunter. Kerze hält ihr den nächsten Zapfen hin, den sie widerstandslos entgegennimmt. Als sie auch mit dem dritten Zapfen fertig ist, fühlt sich ihre Mundhöhle wund an.

»Gut,« sagt Kerze. »Das wär's.«

Sie dreht sich um.

»Es tut mir leid. Ich wollte dich, ich wollte euch nicht anlügen«, sagt die Hitschke dumpf.

»Das hat sich mit den Zapfen jetzt erledigt«, antwortet Kerze im Weggehen, ohne sie noch mal anzusehen.

Den Rest des Tages treibt Kerze das Rudel immer wieder zusammen, lässt die Kinder härter trainieren als sonst und wird trotzdem das Gefühl nicht los, dass sie alles verlernt haben. Wütend verwehrt sie ihnen am Abend das Essen und schickt sie hungrig schlafen.

»Schon wieder einer«, ruft Henne am nächsten Morgen und zerrt einen Mann über die Lichtung, wirft ihn vor Kerze hin. »Ist durch den Wald geirrt. Sagt, er will zu dir.«

Kerze winkt müde ab.

»Bitte, es ist wichtig«, sagt der Mann und richtet sich auf.

»Warst du nicht schon mal da?«

Der gleiche traurige Blick. Die Brille baumelt am Band um seinen Hals wie neulich.

»Ich hab etwas für euch«, sagt er, statt zu antworten.

»Für uns?«

»Ich weiß, wo der Hund ist.«

Kerze hebt eine Augenbraue. »Ach ja?«

»Eine Frau hat ihn, eine Frau aus der Stadt. Sie arbeitet in einem Kaufhaus, in der Parfümerie. Ich kann euch hinbringen, wenn ihr wollt. Ich habe ein Auto.«

»Woher weißt du das?«

»Ich bin bei ihr gewesen.« Er zeigt auf die Hitschke, die sich hinter eine kleine Tanne geduckt hat. »Sie hat mir ein Foto gezeigt.«

»Du hast ihm ein Foto gezeigt? Einem völlig Fremden?«, fragt Kerze die Hitschke.

»Sie wollte erst nicht, hat die Tür nicht aufgemacht. Aber ich hab nicht aufgegeben.« Er lächelt stolz. »Hab immer wieder beteuert, dass ich ihr nur helfen will, so wie ihr ihr helfen wollt. Bis sie mir geglaubt und das Foto ans Küchenfenster gehalten hat.«

Kerzes wütender Blick lässt die Hitschke einen Schritt zurückweichen.

»Ich hab's mit dem Handy abfotografiert und seitdem die Augen offen gehalten. Und vorgestern war es dann so weit.«

»Ich glaub dir kein Wort.«

Kerze schubst ihn, dass er rückwärts ins Gras fällt. Sofort rappelt er sich wieder hoch.

»Ich lüge nicht!«

»Du willst dich doch nur wichtigmachen. Hau ab, so einer wie du hat hier nichts verloren.«

»Und wenn es doch Power ist?«, fragt Becca.

»So ein Quatsch. Wie soll der denn in die Stadt gekommen sein? Wir haben ihn hier im Wald gesehen.«

»Kennst du nicht die Geschichte von diesem Hund, der ausgesetzt wurde und der zweihundert Kilometer …«

»Ja, schon gut.«

Kerze reibt sich die Schläfen, sie überlegt.

»Wie gesagt, ich kann euch mit dem Auto hinbringen. Einen Versuch ist es doch wert.«

Der Mann lächelt Kerze aufmunternd zu.

»Ich finde, wir können uns das gar nicht leisten, dem nicht nachzugehen«, sagt Jaro, der ein Stück abseits steht.

Kerze schiebt ihre Füße im Gras vor und zurück. Sie weiß, dass Jaro, dass die anderen recht haben.

»Also gut«, sagt sie gepresst. »Aber ich gehe allein.«

Henne will protestieren, und sie schüttelt energisch den Kopf.

»Ich allein oder keiner. Der Rest des Rudels muss zusammenbleiben.«

Der alte Polo parkt gleich neben dem Stumpf der Hundertjährigen. Der Mann stolpert an Kerze vorbei, um ihr die Beifahrertür zu öffnen. Kerze sieht sich noch einmal um und atmet die frische Luft, dann steigt sie ein. Der Aschenbecherauszug ist aufgeschoben, Zigaretten quellen heraus.

»Tut mir leid«, sagt der Mann und kurbelt sein Fenster herunter.

Sie fahren los. Kerze legt ihren Schwanz auf den Schoß und schiebt einen Finger durch ein Loch in Hennes Hose. Er und Pauli haben darauf bestanden, dass sie, wenn sie schon nicht mitdurften, ihre Kleider trug. »Wie einen Schutzanzug«, hat Henne gesagt.

Der Mann sieht angestrengt auf die Straße. Er beißt auf seiner Lippe herum.

»Warum machst du das alles?«, fragt Kerze.

»Ich?«

Sie sieht ihn reglos an.

»Natürlich ich, wer sonst«, murmelt er. »Ich hab es ja beim letzten Mal schon gesagt, dass ich gern dabei wäre, dass ich mich nützlich machen will.«

Kerze schweigt.

»Ich weiß, dass ich das kann, euch helfen kann. Ich hab ein Talent, Sachen zu finden. Handys, Portemonnaies, Handschuhe. Dauernd finde ich was und muss es zum Fundbüro bringen. Es ist wie ein Fluch.« Er lacht laut.

Kerze bellt einmal, und er hört sofort auf. »Du kannst nicht mitmachen. Du bist zu groß. Den Großen ist nicht zu trauen.«

»Aber –«

»Es gibt kein Aber in dieser Sache. Es ist, wie es ist.«

Bis sie in der Stadt sind, sagt er nichts mehr.

Es ist später Nachmittag, und die Straßen sind voller Leute. Kerze kneift die Augen zusammen, versucht, so wenig wie möglich von dem, was sie sieht, an sich heranzulassen, und hält ihren Schwanz fest umschlungen.

»Das ist es«, sagt der Mann und zeigt auf das mit riesigen Schaufenstern ausgestattete Gebäude.

Kerze öffnet die Beifahrertür.

»Halt!«, ruft der Mann und tritt auf die Bremse. Aber Kerze ist schon ausgestiegen. Mit schnellen Schritten, ohne auf den Verkehr zu achten, überquert sie die Straße, folgt einer Taube, die mit angezogenem Bein über den Platz humpelt, bis zum Eingang des Kaufhauses.

Es ist schon dunkel, als sie wieder im Wald ist. Wortlos steigt sie aus Hennes und Paulis Kleidern und gibt sie ihnen zurück.

»Er war es nicht?«

»Nein.«

Henne lässt die Schultern hängen. Auch die anderen sehen enttäuscht aus.

»Die Frau hat mir Fotos auf ihrem Handy gezeigt. Er sah ihm nicht mal ähnlich.«

Kerze zieht sich ihre eigenen Sachen wieder an.

»Und jetzt?«, fragt Becca.

»Und jetzt was?«

»Was machen wir jetzt?«

»Wir machen weiter.«

Ein Raunen geht durch das Rudel.

»Ich will nach Hause«, sagt Marri leise.

»Dann geh«, sagt Kerze und legt sich schlafen.

Mitten in der Nacht wird sie wach. Wieder quälen sie Zweifel, denkt sie ans Aufgeben.

Ein Rascheln lässt sie den Kopf drehen. Die Geister sind gekommen und stehen um das Loch herum. Das erste Mal, seit sie hier draußen ist. Einer winkt, und schnell schließt sie die Augen, um die Geister ungeschehen zu machen. Als es pfeift, macht sie die Augen wieder auf. Der Geist, der gewinkt hat, zeigt auf eine kleine Gestalt am Boden neben sich. Sie kann kaum etwas erkennen und kommt hoch. Ist es ein Waschbär, ein Wildschweinjunges? Sie reibt sich die Augen.

»Ist das …?«, fragt sie heiser und stockt.

Das helle Geisterlachen fliegt ihr entgegen, sie klatschen ihr zu. Kerze springt auf.

»Power«, sagt sie tonlos, und die Geister flattern aufgekratzt in die Höhe.

Kerzes brennender Blick fixiert den Hund. Wie selbstverständlich steht er da, sieht sie direkt und herausfordernd an und hebt plötzlich das Kinn, als würde er etwas erschnuppern. Fast zeitgleich schauen der Hund und sie zum Knäuel und zur Hitschke, die das brütende Zentrum bildet.

»Warte«, kann Kerze gerade noch rufen, aber da ist Power schon fort.

Sie stolpert los, den Hang hinauf, rutscht wieder und wieder ab, weil alles noch immer glitschig und schlammig ist vom Regen, wühlt sich, als sie oben ist, durch die Geister, verfängt sich in ihnen, bekommt kaum Luft, schafft es schließlich hindurch und jagt in die Dunkelheit hinaus. Sie läuft, ohne zu denken, ahnt nur, welche Richtung Power nimmt, folgt ihrem Instinkt, dem sie gelernt hat zu vertrauen hier im Wald. Die Geister, die ihr in den Weg flattern, scheucht sie wütend weg. Sie läuft und läuft, spürt, wie sich Steine und Splitter in ihre Fußsohlen bohren, aber nichts und niemand wird sie aufhalten, noch mal, sagt sie sich, wird sie ihn nicht verlieren, und bewegt sich sicher zwischen den Bäumen hindurch, hat das Gefühl, dass sie ihr Platz machen, ihrem Furor weichen.

Als sie die Lichtung erreicht, dreht sie sich einmal um sich selbst. Sie weiß, dass er hier ist.

»Wo bist du?«, ruft sie und lauscht.

Nichts passiert. Also bellt sie laut und kräftig. Da bellt es zurück! Es klingt haargenau wie ihr Bellen. Ein paar Mal bellen sie hin und her, dann entdeckt sie ihn. Er ist nur wenige Meter von ihr entfernt, der tief stehende, riesige Vollmond ist wie ein gigantischer Scheinwerfer auf ihn gerichtet. Sie fröstelt bei seinem Anblick. Das Fell ist an vielen Stellen kahl und blutig verkrustet, sein rechtes Ohr halb abgebissen. Wochenlang hat sie ihn auf einem Foto betrachtet, er ist zu einem Bild in ihrem Kopf geworden, zum ewig Türmenden in ihren Träumen.

»Was hast du erlebt?«, sagt sie. »Wo zur Hölle bist du gewesen?«

Sie macht einen Schritt auf ihn zu, doch er knurrt und weicht zurück, verschwindet bis zur Schnauze im hohen Gras. Wie in Zeitlupe geht sie zu Boden, nähert sich ihm, langsam, vorsichtig, legt den Kopf schief und hechelt ein bisschen. Power macht es ihr nach, sieht aus wie auf dem Foto, als würde er dabei lächeln. Ermutigt pirscht sie sich weiter an ihn heran. Als sie fast bei ihm ist, geht er einen Schritt rückwärts. Seine Lefzen zucken leicht, gleich wird er sie anfallen, denkt sie und dreht sich schnell auf den Rücken, hält ihm ihren Hals hin. Im Hundebuch hat sie über diese Unterlegenheitsgeste gelesen und sich ein Video auf YouTube dazu angeschaut, tagelang in ihrem Zimmer einstudiert, was sie dort gesehen hat. Auch den anderen hat sie die Geste beigebracht, Marri ist die Beste darin gewesen. Sie wartet, hält den Atem an und schließt die Augen. Dass er großen Hunger hat, muss sie denken, dass sich seine Zähne gleich in ihren Hals graben werden und ein Stück aus ihr herausbeißen. Sie spürt, wie er näher kommt, spürt seine Schnauze auf der Stirn, die kühl und nass ist, und riecht seinen fauligen Atem, als er ihr einmal quer übers Gesicht leckt.

Auf dem Weg zurück schlottert sie am ganzen Leib. Sie hat es ihm zugeflüstert, von unten herauf, als er sich über sie hermachte, an ihrer Nase, ihrem Kinn herumnagte. Er solle mitkommen, mit ihr zurückkommen, sie wisse alles, auch wie leid es der Hitschke tue. Er müsse ihr vergeben, sie bereue zutiefst, »aus ganzem großem Herzen«, raunte sie ihm zu, und vermisse ihn schrecklich. Sogar ihre Zunge bot sie ihm am Ende an, streckte sie heraus, und er biss hinein, ein bisschen nur, aber doch so, dass sie Blut schmeckte. Bis er plötzlich von ihr abließ und blitzschnell in den Wald verschwand, ohne sich noch mal nach ihr umzusehen.

Als sie beim Loch ankommt, dämmert es. Alle schlafen noch, auch Pauli sitzt vornübergebeugt am Wächterbaum, schnarcht leise. Sie betrachtet die Hitschke in der Mitte des Knäuels, ihre Arme und Beine sind seltsam verdreht, wie nach einem Verkehrsunfall. Sie weiß, was passiert, wenn sie ihr sagen wird: Nein, Power kommt nicht zurück, er will nicht, hat genug von dir. Weiß, dass etwas kaputtgehen wird in ihrem Gesicht, sie zu weinen beginnen, sie schwach in sich zusammensinken wird. Sie schüttelt sich. Die Vorstellung stößt sie ab, sie empfindet Ekel, meint plötzlich, sich übergeben zu müssen, dreht sich um und läuft davon.

Wenig später sitzt sie auf dem Feld, das Dorf im Blick. Als wäre sie Jahre nicht dort gewesen, kommt es ihr vor. Sie muss an Mama denken, an die vertrocknete Monstera in ihrem Zimmer. Vielleicht hat sie sie mittlerweile weggeschmissen. Der Gedanke, sich nicht von der Monstera verabschiedet zu haben, treibt ihr Tränen in die Augen. Mit einem Schlag in den harten Boden ringt sie das Gefühl, nach Hause zu wollen, nieder. Dass sie versagt, es nicht geschafft hat, werden sie sagen. Nicht nur die Kinder, auch alle anderen im Dorf. Die Geister werden sie auslachen, und der Keingott wird zufrieden schweigen. Sie legt sich hin, schleudert alle Wut darüber in den bis zur Unerträglichkeit blauen Himmel und schließt die Augen.

Als sie aufwacht, kann sie nichts sehen. Rote Punkte tanzen vor ihren Augen, die Wangen glühen. Sie muss lange geschlafen haben. Brütend steht die Sonne über ihr. Langsam rappelt sie sich auf und hält sich den dröhnenden Kopf. Die ersten Schritte geht sie taumelnd, sie strauchelt ein paar Mal und ist kurz davor zu fallen. Einen Arm zum Schutz vor dem Sonnenlicht halb über die Augen gelegt, beeilt sie sich, den Wald zu erreichen. Sie atmet auf, als sie endlich zwischen Bäumen steht, die Kühle spürt, den vertrauten erdigen Geruch wahrnimmt.

Sie sieht ihn schon von Weitem. Henne steht oben am Loch und winkt hinunter zu den anderen. »Sie kommt«, ruft er, und Kerze möchte umkehren, zurück zum Feld rennen, sich dort hinlegen und von der Sonne verbrennen lassen. Stattdessen geht sie weiter und stellt sich neben Henne auf. Sie räuspert sich. Wie gestern hat sie das Gefühl, es habe sich etwas in ihrem Hals festgesetzt.

»Wo warst du?« Jaro steht etwas abseits, er sieht sie ernst an.

»Unterwegs.«

»Unterwegs?«, fragt Becca. »Spinnst du? Du kannst doch nicht einfach so abhauen, uns hier allein lassen und verschwinden.«

»Können doch alle anderen auch«, murmelt Kerze.

»Wie bitte?«, ruft ihr Becca zu.

»Ich«, sagt sie und weiß nicht weiter, reibt sich über die Stirn, hinter der es dumpf pocht. Ihr Blick geht zur Hitschke, die etwas abseits steht. Die Zweige eines Schwanzes sind um ihre Hüfte geschlungen.

»Woher hast du den?«, fragt Kerze scharf.

Die Hitschke zuckt zusammen. Sie schaut zu Marri.

»Den hab ich ihr gemacht«, sagt die. »War das falsch?«

»Ja, das war falsch. Du kannst kein Hund werden, du gehörst nicht hierher, zu uns«, blafft sie die Hitschke an.

Die Hitschke nickt. Geduckt steht sie da, mit hängenden Schultern, bereit für den Schlag. Die Wut kommt wie eine Welle, bricht über Kerze zusammen, spült sie den Hang hinunter und zur Hitschke hin. Sie packt sie am Schwanz und reißt ihn ihr runter. Erschrocken schaut die Hitschke sie an. Graue Haut, eingefallene Wangen, tief in den Höhlen liegende Augen. Die Hitschke sieht aus wie der Tod. Kerze weicht zurück und stemmt sich gegen das Wummern in ihrem Kopf. Sterne tanzen vor ihren Augen. Als sie zu schwanken beginnt, macht die Hitschke einen Schritt auf sie zu und hält sie fest.

»Was hat sie denn?«, ruft Henne von oben.

»Es ist sowieso alles egal«, sagt Kerze schwach.

»Wasser, sie braucht Wasser«, sagt die Hitschke. Und zu Kerze: »Wie bitte?«

»Er will gar nicht zurück.«

Jaro geht zum Wassertopf. Er hebt ihn hoch. »Leer. Ich geh welches holen.«

»Wer will nicht zurück?«, fragt die Hitschke.

»Power. Er will nicht zurück. Nicht zurück zu dir.«

»Warum sagst du so was?«

»Weil es stimmt.« Sie spricht leise. »Ich habe ihn gesehen, letzte Nacht.«

»Was?« Das war Becca.

»Er war beim Loch, ich bin ihm gefolgt. Er kommt nicht zurück.«

»Warum hast du ihn nicht eingefangen? Was soll das heißen, er kommt nicht zurück?«

»Dass er nicht zurückkommt. Nicht freiwillig.«

VIERZEHN

Die Hitschke liegt unter Marris und Beccas Armen begraben. Der Koala, seinen Kopf in ihren Hals geschmiegt und gleichmäßig atmend, zuckt ab und an im Schlaf. Es hat lange gedauert, bis alle eingeschlafen sind. Sie haben diskutiert, sich angeschrien, Kerze angeklagt und doch keine Lösung gefunden. Irgendwann hat sie selbst, die Hitschke, das Wort ergriffen und gesagt, dass es vorbei sei, sie dankbar wäre für alles, was sie für sie und Power getan hätten, aber dass es jetzt das Beste wäre, wieder nach Hause zu gehen, und sie den Auftrag hiermit beende. Zum ersten Mal hat sie sich den Kindern gegenüber ebenbürtig gefühlt, nicht mehr klein und unterlegen wie in den letzten Wochen und Tagen, bis Kerze sie schroff unterbrach, ihr mitteilte, es sei nicht an ihr, darüber zu bestimmen, wie es weitergehe.

Am schwarzen Nachthimmel kann sie einzelne Sterne erkennen, keine Sternbilder. Die voll belaubten Baumwipfel versperren die Sicht, worüber sie froh ist. Ihr fällt auf, dass sie nicht mehr an den Karl gedacht hat, seit sie bei den Kindern ist. Sich nicht gefragt hat, wo er sein könnte, ob er noch lebt, warum er verschwunden ist und ob es ihre Schuld war. Jeden Tag stellt sie sich sonst diese Fragen. Morgens nach dem Aufwachen, beim Geschirrabwaschen, Zähneputzen, Wäschezusammenlegen. Es ist die Nacht nach ihrem Geburtstag gewesen, als der Karl verschwand. Die Hitschke ist an diesem Morgen früh aufgestanden, um einen Johannisbeerkuchen zu backen, weil es sein Lieblingskuchen war. Am Abend vorher hatte sie die Beeren im Garten gepflückt. Er hatte sie aus dem Augenwinkel beobachtet, denn es war ihm nicht recht gewesen, dass sie den Strauch plünderte, wie er es nannte. Am Ende hatte er ihr eine Schale gewährt, die sie zum Schutz vor den Fruchtfliegen in den Kühlschrank stellte. Der Karl schlief noch, als sie den frisch gebackenen Kuchen draußen auf der Terrasse zum Abkühlen auf den Gartentisch stellte. Sie atmete die frische Morgenluft ein und betrachtete die Rosen, deren volle Blüten einen starken Duft verströmten. Der Gedanke kam ihr plötzlich und erschien ihr logisch, als hätte sie alles Recht dazu. Immerhin hatte sie Geburtstag. Sie drehte sich um und griff wie selbstverständlich nach der Gartenschere, die auf dem Fensterbrett lag. Schnipp. Es ging ganz einfach und schnell, fast zu schnell für ihren Geschmack, also machte sie weiter. Schnipp, schnipp, schnipp, schnipp. Immer schneller schnitt sie die Rosen ab und bündelte sie in der linken Hand, bis die Sträucher leer waren. Sie ging zurück ins Haus, füllte Wasser in eine große Vase und stellte sie mit den Rosen darin in die Mitte des Esstischs. Es war das Erste, was der Karl sah, als er eine halbe Stunde später die Treppe herunterkam und wie angewurzelt stehen blieb.

Er hatte sie vorher nie geschlagen, und deshalb war sie wirklich überrascht, als es geschah. Sie wehrte sich nicht, ließ es widerstandslos geschehen, war beeindruckt von der Härte seiner Schläge und sah ihn die ganze Zeit über an. Denn es war ja das erste Mal, dass er sich ihr in so intensiver Weise zuwandte, das erste Mal, dass sie eine so heftige Reaktion bei ihm auslöste. Als es vorbei war, blieb sie auf dem Wohnzimmerfußboden liegen und schloss die Augen, wie wenn sie nach dem Aufwachen versuchte, in einen Traum zurückzukehren. Irgendwann stand sie auf, wusch sich das Blut aus dem Gesicht und wechselte die Kleider. Den Rest des Tages blieb der

Karl in seinem Arbeitszimmer, und sie räumte die Speisekammer um. Als es dunkel wurde, ging sie ins Bett und hörte den Karl eine Stunde später das Haus verlassen. Sie merkte, dass ihr der Fuß wehtat, blieb aber liegen, ging nicht zum Fenster, um ihm nachzusehen, drehte sich um und schlief ein. Am nächsten Morgen war der Karl verschwunden und blieb es. Erst nach Wochen ging sie wegen der Schmerzen im Fuß zum Arzt. Für eine Operation war es zu spät, die Absplitterung hatte sich verwachsen.

Vorsichtig löst sie sich aus dem Knäuel, schiebt Marri, Becca und den Koala zur Seite und schafft es heraus, ohne dass jemand aufwacht. Sie geht zum Feuer, legt noch mal Holz nach und betrachtet den Haufen im Lichtschein der Flammen. Kerze liegt wie immer am Rand, ein Arm ist weit ausgestreckt und ragt ins Dunkle. Aus ihrer Jackentasche holt die Hitschke ein Stück Moos, das sie heute im Wald gefunden hat. Den ganzen Tag hat sie immer wieder darübergestrichen, wie früher über Powers Fell. Power.

Wie ihr Hund denn heiße, hat die Erika sie damals gefragt, ganz am Anfang war das. Sie erschrak, weil ihr in diesem Moment erst bewusst wurde, dass sie dem Hund keinen Namen gegeben hatten, sie nicht und der Karl sowieso nicht. »Da hast du doch jetzt jemanden!« Mit diesen Worten hatte er ihr den Hund übergeben, und sie hatte noch lange darüber nachgedacht, was genau er damit gemeint haben könnte. Als es ihr klar wurde, ließ sie den Hund zwei Tage hungern, bis er ihr leidtat und sie zum Edeka lief, um Futter und einen großen Knochen für ihn zu kaufen. »Wie heißt denn dein Hund?« Die Erika tätschelte ihm den Kopf, und sie, die Hitschke, sah an ihr vorbei und zur Kaffeemaschine, die neben der Kasse stand und wässrigen Cappuccino zum Mitnehmen produzierte. Power stand auf dem blauen Knopf an der Seite. Power.

Sie beugt sich hinunter und legt das Moosstückchen in Kerzes offene Hand. Schließt ihren Mantel, entfernt sich leise.

Mühelos findet sie aus dem Wald. Erstes Dämmern, drei Rehe mitten auf dem Feld, die sie ansehen, als hätten sie sie erwartet. Sie nimmt den direkten Weg zurück ins Dorf, überquert den menschenleeren Kirchplatz und biegt in die Heilandstraße ein. Geht an Hubers Hof vorbei, am Podoschnikhaus, begegnet niemandem. Sie öffnet das Gartentor und greift in ihre Manteltasche. Der Schlüssel liegt im Haus. Sie hebt einen Stein auf, geht durch den Garten zur Terrasse und schlägt den Rest der Scheibe ein. Sie steigt hindurch, watet durch das Wohnzimmer und geht die Treppe hinauf.

Im Schlafzimmer zieht sie sich an, einen Pullover über eine Stoffhose, wuchtet den alten speckigen Lederkoffer vom Schrank und wirft wahllos Kleider hinein. Sie öffnet die Fenster, geht über den Flur ins Bad und reißt das kleine Milchglasfenster auf. Mühelos trägt sie den schweren Koffer die Treppe hinunter, hat starke Oberarme bekommen vom wochenlangen Topfschleppen. Sie läuft durch die Räume, öffnet auch hier alle Fenster und verlässt über die Terrassentür wieder das Haus.

An der Haltestelle sieht sie auf die Uhr. Der erste Bus fährt in einer halben Stunde, aber es ist ihr egal, ob jemand kommt. Sie setzt sich auf die morsche Holzbank und streckt die Beine aus. Hört die Vögel pfeifen, ein Auto in der Ferne. Sie faltet die Hände im Schoß, die schmutzig sind, vom Wald, von allem, was sie erlebt hat. Sie ist nicht gestorben, sie hat das überlebt, denkt sie und lacht.

FÜNFZEHN

»Du lügst«, sagt Kerze und funkelt Jaro wütend an. »Ich hab ihn doch gestern noch gesehen.«

»Ich lüge nicht«, antwortet Jaro und zeigt hinter sich in den Wald. »Power liegt unten am Bach auf einem Stein. Sein Kopf ist offen, und sein ganzes Hirn hängt im Wasser.«

»Iiiiiihhhh«, machen Flori und Lara, aber Kerze bringt sie mit einer Handbewegung zum Schweigen.

»Wenn es wahr ist, dass du nicht lügst, dann bring ihn mir her.«

»Den fasse ich nicht an.«

»Dann bleibst du ein Lügner. Auf Lügen stehen Tannenzapfen. Drei Tannenzapfen!«

Jaro zögert. Er ringt mit sich, dreht sich um und geht ein Stück weg von der Gruppe. Vor einem Baumstumpf bleibt er stehen, kehrt ihnen den Rücken zu. Er flüstert, seine dünnen Arme suchen etwas in der Luft. Jaros Geister sind da. Ob es die gleichen sind wie ihre?, denkt Kerze für einen kurzen Moment, dann dreht sie sich energisch um, peitscht mit ihrem Schwanz auf den Boden und schreit: »Henne, hol mir die Zapfen!«

Da läuft Jaro los, schnell wie ein Wiesel springt er über Steine und Wurzeln. Er reißt sich das Hemd vom Leib, während er läuft, stößt einen Schrei aus, der gellend die Baumkronen durchschlägt, und Kerze und die anderen rennen hinterher, sie heulen auf, manche auf zwei, viele auf vier Beinen folgen sie Jaro bis zum Bach.

Auf dem Felsvorsprung sammeln sie sich und schauen hinunter. Power sieht normal aus von hier oben, findet Kerze. Für kurze Zeit lässt sie das zu, genießt sein Heilsein, erwartet den Moment, in dem er sich aufrappelt, sein Fell schüttelt, ihnen zubellt. Dann schiebt sich die Wirklichkeit ins Bild und lenkt ihren Blick direkt auf Powers lila angelaufenes Hirn, das, umspült von Wasser, aus Powers geöffneter Schädeldecke herausgequollen ist. Ein kurzer Pfiff Kerzes läutet den gemeinsamen Abstieg ein. Einige Kinder haben sich in einer Reihe aufgestellt und kotzen in die Büsche. Marri weint, sie drückt sich an Kerzes Rücken, und die duldet es, sie weiß, das ist ein wichtiger Moment für alle. Als Marri weniger schluchzt, löst sie vorsichtig ihre Arme und geht auf die Knie. Es muss jemand machen, und allen, inklusive ihr selbst, ist klar, dass Kerze diejenige sein muss. Sie zögert nicht, sie stopft das lila Hirn zurück in Powers Kopf. Es ist aufgedunsen vom Wasser, sie muss stark drücken, um alles hineinzubekommen. Dann zieht sie ihr zerschlissenes Halstuch aus und bindet es fest um seinen Kopf. Power sieht aus wie die Hitschke bei Regen, wenn sie dieses durchsichtige Kopftuch aus Plastik trägt, das winzig klein gefaltet immer am Boden ihrer Tasche auf einen Wetterwechsel wartet. Er wird ihr so gefallen, da ist sich Kerze sicher, auch wenn er tot ist. Die Maden bewegen sich durch Powers Fell, es sieht aus, als würde er atmen, und wieder bekommt sie das Gefühl, als wäre er doch noch am Leben, als wäre er nur lange gelaufen und läge jetzt zum Ausruhen auf dem Stein. Sie ermahnt sich, dass nicht ist, was nicht sein kann, und sofort schießt ihr der Ekel über die Maden in die Glieder, und sie lässt dem Widerstand ihres Körpers Raum. Dann besinnt sie sich und hebt die Hand. Die Schillerzwillinge wischen sich die Kotze aus den Mundwinkeln und drehen sich der Runde zu, Henne und Jaro richten ihre Schwänze und blicken ernst zu Power. Als Kerze einmal bellt, stellen sich alle im Halbkreis um sie herum. Sie klatscht in die Hände, die Kinder fallen auf die Knie, strecken die Zungen heraus, und das seit Wochen akribisch geprobte, gemeinsame kehlige Hecheln klappt auf den Punkt. Auf ein Schnalzen Kerzes hin richten sich ihre gespannten kleinen Körper auf, und ein Gebrüll bricht los, ein Klagejaulen über Powers Tod, das Ende ihrer Suche.

SECHZEHN

Kerze läuft ganz vorn, führt den Marsch an. Den Hund hat sie sich über beide Unterarme gelegt, schlaff hängen Kopf und Hinterteil herab. Der Wald hinter ihnen strahlt in dunklem Grün, und sie gehen, den weit aufgespannten Himmel über sich, querfeldein zur Straße, der sie bis zum Dorf folgen. Autos fahren hupend vorbei, müssen in den Graben ausweichen. Als sie den Ortseingang erreichen, kommen ihnen Leute entgegen. Sie reißen die Augen auf, bleiben mit offenen Mündern stehen und weichen vor ihnen zurück. Stumm schauen sie der Prozession hinterher. Die Kinder kreuzen den leeren Kirchplatz, auf dem die Tauben aufgescheucht nach allen Seiten wegfliegen, und biegen in die Heilandstraße ein, an deren Ende das Haus der Hitschke steht. Verlassen wirkt es, wie ein abgestorbener Baum.

Als sie vor der Haustür stehen, macht Kerze eine kurze Bewegung mit dem Kopf zu Henne, der daraufhin die Klingel betätigt. Sie warten, aber die Hitschke öffnet nicht. Weil alle Fenster offen stehen, ruft Kerze hinein.

»Hitschke«, ruft sie. Und noch mal: »Hitschke«.

Sie tritt einen Schritt zurück. »Die ist weg«, sagt sie und schaut auf Power hinunter. »Dann machen wir das, kein Problem.« Sie sieht sich um. »Dorthin«, sagt sie und geht zur großen Tanne neben dem Schuppen.

Henne gräbt ein Loch, in das sie Power legen, Kerzes Heft und alle Schwänze. Kerze streicht sich die Maden von den Armen, faltet die Hände und spricht kein Gebet. Die Leute sind ihnen nachgekommen, sie stehen vor dem Zaun und beobachten, was passiert. Als Kerze fertig ist, nickt sie den Kindern einmal kurz zu, dann strömen alle in unterschiedliche Richtungen davon, biegen in ihre Straßen ein und stoßen Gartentore auf, kehren nach Hause zurück.

Kerze sagt »hallo Mama« zu Mama, die gerade aus der Küche in den Flur kommt und abrupt stehen bleibt, sich vor Schreck am Treppengeländer festhalten muss.

Kerze läuft an ihr vorbei, die Treppe hinauf, wirft einen Blick ins Zimmer der Mutter, sieht die Monstera auf dem Sims stehen, halb vertrocknet wie immer.

»Schön, dass die noch da ist«, ruft sie nach unten.

»Bitte?«

»Ach, egal.«

Im Badezimmer macht sie das Duschwasser an, geht kurz in ihr Zimmer, in dem die Geister nicht mehr sind.

DANA GRIGORCEA

Dana Grigorcea
Die nicht sterben

Roman
Auch als E-Book erhältlich

>>Ein unglaubliches schriftstellerisches Talent!<<

Milo Rau im Literaturclub des Schweizer Fernsehens

B. ist eine kleine Stadt in den Bergen, an der Grenze zu Transsilvanien. Eine junge, in Paris ausgebildete Künstlerin verbringt hier ihre Sommerferien in der Villa ihrer Großtante. Sie liebt die Natur, die bukolische Landschaft und das einfache Leben der Einheimischen. Was sie lange Zeit nicht wahrhaben will, sind die sozialen Abgründe, die Perspektivlosigkeit und Verzweiflung ihrer Freunde. Das Unheil aber kommt mit dem Fund einer Leiche – übel zugerichtet wie vom Fürsten der Finsternis.
Schaurig, tiefgründig, archaisch: Ein atemberaubend atmosphärischer Roman über Rache und Extremismus und die Sehnsucht nach der starken Hand, nach einem gestrengen, grausamen Richter – wie Dracula.

>>Im Vorübergehen zaubert Dana Grigorcea eine neue literarische Gattung aus dem Hut: den politischen Schauerroman.<<

Neue Zürcher Zeitung, Roman Bucheli

**Matthias Jügler
Die Verlassenen**

Roman
Auch als E-Book erhältlich

Kein Mensch ist vor den Momenten sicher, die alles von Grund auf ändern

Johannes blickt zurück auf eine ostdeutsche Kindheit, die von feinen Rissen durchzogen war. Der frühe Tod seiner Mutter, das rätselhafte Verschwinden seines Vaters. All seine Fragen dazu blieben unbeantwortet. Als er in einer alten Kiste auf einen Brief stößt, verändert dieser Fund alles: Seine Erinnerungen sortieren sich neu und mit ihnen sein Blick auf das eigene Leben. In eindringlicher Dichte und mit kraftvoller Klarheit erzählt Matthias Jügler von Verlust und Verrat, vom Wert des Erinnerns und den drängenden Fragen einer ganzen Generation. Ein warmherziger, leuchtender Roman von außergewöhnlicher sprachlicher Intensität.

»Ein packender Roman. Matthias Jügler erzählt so schnörkellos und doch intensiv, dass einem manchmal der Atem wegbleibt.« *NRD Kultur*
»Anrührend erzählt, aber niemals rührselig.«
Der Tagesspiegel